クトゥルー・ミュトス・ファイルズ
The Cthulhu Mythos Files

ファントム・ゾーン

邪神街

下

樋口明雄

創土社

《登場人物紹介》

＊深町《ふかまち》彩《あや》乃《の》
大学卒業後、都内の出版社に入社。オカルト雑誌・月刊『ＷＯＯ』編集部員として取材で信州を訪れた際、電車の中で謎の少年ミチルと出会い、事件に巻き込まれてゆく。二十四歳。

＊藤《ふじ》木《き》ミチル
信州の西にあった御影町に生まれる。十一歳の美少年。旧支配者復活のさまたげとなる〝発現者〟ということで、邪神の眷属のひとり〝司祭〟と呼ばれる魔人に命を狙われることになる。

＊頼城《らいじょう》茂志《しげし》
〝発現者〟を闇から守る〝守護者〟。二百年もの年月を老いることなく不死身のまま生きる男。ミチルを魔の手から守るため、彩乃をも巻き込んで邪神の眷属たちと戦うことになる。

＊有坂・ジュリアン
御影町の教会に赴任してきた神父だが、実の正体は邪神の眷属たちを率いる魔人。さまざまな魔力を使い、屍鬼たちをあやつり、邪神復活のため、御影町を世界から消滅させて人々を皆殺しにしようとする。

＊吉倉《よしくら》京介《きょうすけ》
御影小学校の教師。ミチルのクラス六年一組の担任。かつては彩乃の恋人だったが、危難に巻き込まれ、思わぬ活躍をすることになる。

＊片桐穣二《かたぎりじょうじ》
吉倉の親友。陸上自衛隊に入隊、北富士駐屯地に配属されて二年。第二オートバイ偵察隊の隊長を務める。休暇を取って御影町の実家に戻ったときに異変に巻き込まれる。

＊中道浩史《なかみちひろし》
御影中学一年一組のクラス委員。眼鏡をかけたインテリ少年。

＊中道弥生《やよい》
浩史の妹。御影小学五年。化け物に変貌した両親に兄とともに殺されそうになり、家から逃げ出すが……。

＊三宅順《みやけじゅん》
御影中学一年一組。中道兄妹とともに御影町から必死の脱出を試みる。

＊北本真澄《きたもとますみ》
御影小学校六年一組。怠惰な母を持ち、孤独な少女ゆえに〝トモユキ〟という名の幻の親友を生み出す。

＊屍鬼《しき》
古き邪神たちの眷属。姿かたちは、人々のトラウマや妄想が生み出したさまざまな恐怖の具現化。

目次

第三部

1

　赤い満月を背後にして、黒衣《こくい》の大男が歩いてくる。

　靴音高らかに、大股に両手を前後に振りながら、ゆっくりと歩いてくる。

　頬骨《ほおぼね》の突き出した青白い顔。

　爛々《らんらん》と輝く双眸《そうぼう》。

　その口がカッと開かれて、恐ろしい声がそこから押し出された。

　――小僧《こぞう》をついに見つけたぞ。

　ハッと顔を上げた。

　ワゴンRのハンドルに顔を伏せて、いつしか眠っていた。

　吉倉京介《よしくらきょうすけ》は身を起こし、車の外を見た。

　空は重々しいまでに昏《くら》く、今が昼なのか夜なのか判然としない。

　そんなダークブルーの視界に街が沈んでいた。

　京介の車は、小さな公園の中に停まっていた。

〈すずらん公園〉と入り口に書かれてある。

　シーソーやブランコなどの遊具が、誰にも使われずに存在していた。木立の向こうには老人ホームの四階建ての建物があったが、そこは人けが途絶《とだ》えて、薄暗く、閑散《かんさん》として見えた。

（小僧をついに見つけたぞ）

　夢の中の言葉が、ふいに心によみがえってきた。

　京介は得体《えたい》の知れない不安を感じながら、ぼんやりと公園の中にある便所の建物を見ていた。

　見ているうちに、そこがやけに邪《よこしま》な気配を

放っているような気がした。

便所の中に何かがいる。決して近づいてはならない。そんな気がして、視線を離した。

便所の手前に缶飲料の自販機があった。喉《のど》の渇《かわ》きを覚えて、京介は車のドアを開け、そこへ歩み寄った。

財布《さいふ》から取り出した硬貨を投入したが、まったく無反応だった。レバーをひねって硬貨を落とした。

すでに電気すら止まっているのだろう。

「くそ――」

小さく悪態《あくたい》を吐《つ》き、京介は自販機を蹴飛ばした。何度も執拗《しつよう》に蹴った。

お前らに負けないぞ。

いつまでもおびえて逃げ回っているだけだと思うなよ。

靴先が缶飲料を取り出すプラスチック製の扉に命中し、それが壊れた。さらに蹴り続けると、商品を選ぶ四角いボタンが次々と砕けていった。最後に拳《こぶし》でガラスを殴りつけた。缶飲料の見本が並ぶガラス窓に大きな亀裂《きれつ》が走った。

京介は血を滴《したた》らせる拳を見ながら、はあはあと息をついていた。

「何をやってんだ、ぼくは……」

そう独《ひと》りごちたとき、足許《あしもと》に落ちていた自分の財布に気づいた。

そこに挟《はさ》んでいた写真が飛び出して、砂にまみれていた。そっとかがみ込んで拾った。

昔の恋人の写真だった。

京介は眉根《まゆね》を寄せて目を細め、小さな笑窪《えくぼ》をこしらえて微笑《ほほえ》む若い娘の顔にじっと見入っていた。そうしているうちに、しらず涙があふれ、頬を伝った。

「彩乃《あやの》……」

その名を口にして、京介は目を閉じた。

「お前に、会いたい」

そうつぶやいたとき、心に何かが差し込んできた。

京介は電撃に撃たれたように立ちすくんだ。しばし呆然《ぼうぜん》としていたが、ふいに我に返ってハッと向き直る。

「何だ、今のは？」

頭の中に痼《しこ》りのようなものが残っていた。耳鳴りが続いている。

たしか、声が聞こえた。

――ひかり。

そんな言葉が意識の中に飛び込んできた。子供の声だった。

御影町《みかげちょう》の町役場がある本通り商店街の一角に、四階建てのテナントビルがあり、その一階に銃砲店が入っていた。

『木村銃砲火薬店』と看板《かんばん》が掛かっている。

かつて狩猟《しゅりょう》が盛んだったこの街で、猟友会がらみのお得意さんがかなりいたらしく、店はそこそこに繁盛《はんじょう》していたようだ。

だが、いまは入り口の扉が壊されていた。表に面したウインドウのガラスもひび割れている。

京介が慎重《しんちょう》に中に入ると、銃架《じゅうか》の鎖《くさり》がすべて断《た》ち切られ、ガンラックにかけられていたはずの散弾銃やライフルはすっかりなくなっていた。

街の住民が、それもおそらく複数、ここに押し寄せて強奪《ごうだつ》していったのに違いない。略奪《りゃくだつ》者たちは、よほどあわてていたのか、足許の床には何発かの散弾らしい銃弾が転がっている。

店の主人がどうなったかは知るよしもない。ただ、無人の銃砲店がそこにあり、無秩序に荒らされるままになっていた。

空は昏く、赤や紫などのおどろおどろしい色が複雑に重なり合って、どこまでも広がっていた。

真っ黒な雲が低いところを流れてゆく。太陽はまだ見えていたが、薄い銀色の円盤となって、空の一角に浮いているだけだった。

車を走らせている間、何度か銃声を聞いた。ずいぶんと遠くから聞こえたり、思わぬ近くで発砲され、身をすくめたこともある。この店から銃を奪っていった誰かが撃っているのかもしれなかった。

それも今は聞こえなくなった。街は薄暗さと静寂《せいじゃく》に包まれている。

駅前の北口交番に行くと、そこはもぬけの殻《から》だった。

事務机の横に中身が抜け出したように、警察官の制服一式が床にくしゃくしゃになって落ちていた。制服は赤黒い染みが目立っていた。血の臭いがかすかにした。

誰かが盗んだらしく、官給の拳銃はなかった。ホルスターの蓋《ふた》が開けられたままになっていて、白い安全紐が途中で断ち切られているのがわかった。

京介はまた愛車に乗り、ハンドルを握ったまま、呆然としていた。

三島地区の駐在所にも向かってみたが、やはり前に来たときと同じく無人だった。あのおぞましい気配を放つマークが、壁に赤く染みのように浮かび上がっていた。

フロントガラス越しに、閑散とした児童公園と、三島地区の商店街が見えていた。

視界のところどころに白い花が咲いていることに気づいた。それはブランコのすぐ下から出ていたり、歩道のコンクリブロックの隙間《すきま》から生《は》えていたり、車道の路肩《ろかた》の側溝《そっこう》にはめこまれたグレーチングと呼ばれるスチール製のメッシュの中から、ひょっこり突き出していたりする。

京介はそれらをじっと見つめた。

いつからだろう。こんな花が、やけに街のあちこちで見かけるようになった。

雑草のような茎《くき》や葉なのにバラに似た白い美しい花が咲いている。

それを凝視《ぎょうし》するうちに、邪な感覚がじわじわと心を占《し》めてきた。街の怪異現象が始まり、それが蔓延《まんえん》するとともに、この花はそこかしこに見られるようになったのではないか。

つまりあの白い花の増殖《ぞうしょく》は、この街を覆《おお》った怪異と連動している。

人間が生きているかぎり頭髪や体毛が生えて成長を続けるように、この花ももしかすると

――。

だしぬけに絶叫《ぜっきょう》が聞こえた。男の声。前方からだ。

京介は車のフロントガラス越しに目撃した。

右手の路地《ろじ》から、半裸の男が飛び出してきた。膝《ひざ》までのハーフパンツを穿《は》いていた。昔はバミューダパンツといっていたあれだ。

しかしながら男は裸足《はだし》だった。そのまま熱海《あたみ》の海岸にでもいそうな姿。痩《や》せ細った上半身に肋骨《ろっこつ》の段差が浮き出していた。年齢は五十ぐらい、よく日焼けした顔で目を見開き、口を開けて大股《おおまた》で走っている。

その両手に猟銃らしきものがあった。

京介は視線を戻した。男が飛び出してきた路地から、別の何かが出てきた。

それは無数の蟲《むし》だった。

バッタのように後脚《あとあし》がL字に曲がり、体節が

重なった丸みを帯びた胴体の左右についている。頭はごくごく小さいが、そこから異様に長い触覚《しょっかく》が突き出して上下に揺れていた。

カマドウマという名を思い出した。

いや、本来、カマドウマは大きいものでもせいぜい三センチぐらいだ。地下室の壁や便所などにいる無害な昆虫だ。

それが目の前の奴らは胴体だけでも五〇センチはある。二本の触覚は全長で五メートルぐらいありそうだ。

しかも悪いことに、それが一匹のみならず、二十四、三十四と路地から出てきたのだ。

あの少女、北本真澄《きたもとますみ》は、奴らのことを屍鬼《しき》といっていた。

さまざま形態をもつ魔物の呼び名だ。

気持ち悪い動きでピョンピョンと跳びながら、悲鳴を放ちつつ逃げる半裸の男に群れが追いついた。

いっせいに「キーキー」と啼《な》きながら男を俯《うつぶ》せに押し倒し、山のようにたかった。肉を引き裂《さ》く露骨《ろこつ》な音を立てて、蟲どもは犠牲《ぎせい》者の躰《からだ》をよってたかってむさぼり始めた。

五分もかからなかった。

奴らは、肉という肉、内臓という内臓を食った。それから最後に男の肋骨や大腿骨《だいたいこつ》まで、バキバキと音を立ててへし折りながら喰らいつくし、ようやく去っていった。

路上には、赤黒い肉がまとわりついた骨がいくつか、転《ころ》がっているだけだ。

京介は震《ふる》えながら一部始終を見ていたが、ふいにフロントガラスに顔を押しつけんばかりにして車外を見た。路上に猟銃が転がっていた。

意を決して車のドアを開けた。引き上げていった猟銃のところまで走った。

蟲どもが戻ってくることはなかった。

そこには血だまりと、肉や筋が絡《から》んだままのいくつかの骨の破片が散乱していた。つい今し方、無数の巨大なカマドウマによって、男は引き裂かれ、食糧になったばかりだった。

その陰惨な現場に残された猟銃を、火事場泥《どろ》棒《ぼう》のように持っていこうとしているのだ。

路面に横たわった散弾銃をとった。

血塗《ちぬ》られていて滑り落ちそうだった。

思った以上に重たい。それでも両手で抱《かか》えるようにして、自分の車に戻ってきた。

バタンとドアを閉めた。しばし車の中で震えていた。

街は静寂に包まれていた。

思い出したように散弾銃を確かめた。銃身《じゅうしん》がふたつ、上下に重なったタイプだ。

グリップ近くのレバーを拇指《おやゆび》で操作すると、その銃身が本体からはずれて四十五度ぐらいの角度で折れた。銃身の後端《こうたん》には、太い二発の散弾が差し込まれていた。

そっと指先で抜くと、薬莢《やっきょう》は赤いプラスチック製で、根許《ねもと》の部分だけ真鍮《しんちゅう》でできていた。

「00　BUCK」の文字が見えた。

素人《しろうと》の京介も、その意味だけは知っていた。

大学の頃から稲見一良《いなみいつら》が鮮烈《せんれつ》に書いて遺《のこ》したアウトドア・スタイルのハードボイルド小説の愛読者だったからだ。

ダブルオー・バック、それは鹿《しか》撃ち用の強力な散弾だった。

これなら戦えるかもしれない。そんな気がした。

今までは、なすすべもなく悲鳴を上げながら逃げまどってきただけだ。

だが、この街から逃げられないとわかった以上、やはり戦うしかない。そのためにようやく入手できた武器であった。

ふと、さっきの銃砲店の床に散弾が何発か転がっていたのを思い出した。

あれを取りに戻るべきだ。

そう思ったとき、またあの〝声〟が頭の中に聞こえた。

――ひかりのほう、へ。

はっきりと、そう告げていた。

「誰だ、あんたは？」

京介は運転席に座ったまま、大声で叫んだ。

答える者がいるはずもなかった。

2

どこまで行っても廃墟《はいきょ》だった。

ビルのガラスが割れていたり、信号機がへし折れて舗装《ほそう》路に突き刺さっていたりする。風が吹くたびに埃《ほこり》っぽい臭いが鼻を突く。砂塵がつむじ風に巻き上げられて、ふたりの前を横切っていったこともある。

深町《ふかまち》彩乃《あやの》と頼成《らいじょう》茂志《しげし》は、三十分以上、会話を交《か》わさなかった。

朽《く》ちたコンクリや、えぐれたアスファルトを靴底《くつぞこ》が踏みつける音だけが続いていた。

そして、風。

頭上を覆う漆黒《しっこく》の闇《やみ》を不吉な昏い風が渡っていた。

崩《くず》れかけた建物、割れた窓ガラス、折れ曲がった街灯《がいとう》。人が生きている気配がまったく感じられない。巨大な地震か、核戦争が起こったあとのようだ。

街は歳月《さいげつ》を経《へ》て、徐々に荒廃《こうはい》していったのではない。

路肩にうずたかく積もった瓦礫《がれき》の山、倒れた電柱や信号。倒壊《とうかい》しかかった建物、錆《さ》び付いた商店街のシャッターの群れ。埃っぽく、黴臭《かびくさ》い空気。

十年も前に滅びてしまったような様相だった。しかしながら、ここは数日を経ずして一気に崩壊した。

その証拠があちこちにある。

ビルの壁面《へきめん》にぶつかって大破《たいは》している自動車。その傍《そば》に落ちていた携帯電話は、まだ電源が生きていた。

庭先に転がった首のない死体に、羽音《はおと》もうるさく無数の蝿《はえ》がたかっていた。

西部劇でおなじみ、荒野を転がってゆく回転草《タンブルウィード》のように、丸まって往来を転げてきた新聞紙を拾って広げると、日付は〝七月二十一日〟となっていた。

『ＪＡ御影支店』と看板が出た農協の建物に突っ込んで半壊したマイクロバスの運転席。そのひび割れたガラスから、だらんと突き出していた運転手の腕にあったアナログ腕時計も、「21」という日にちを表示していた。

彩乃の記憶に残っているのは、霧生《きりゅう》市内のシティホテルにチェックインした日。

あれは七月二十八日だった。

ということは、彩乃がいた世界から、この街に転移《てんい》したとき、一週間という時間の逆戻りがあったということになる。

浦島《うらしま》太郎が玉手箱《たまてばこ》の煙《けむり》を浴びて一瞬にして老化したように、この御影町もまたいくつかの矛《む》盾《じゅん》を遺しつつ、短時間で廃墟となっていった。

あまりに急ぎ足で終末の様相を呈してきた。

「建物や道路の位置関係が、私が記憶している御影町とはかなり違ってる」

彩乃の言葉に頼城がうなずいた。

「この〈ゾーン〉では、時間と空間がねじ曲がって狂ってるんだ」

それは何のためかと彩乃は考えた。

屍鬼やあの〝司祭《しさい》〟にとって、街という器《うつわ》は重要ではない。

ミチルという目的、そして人間という餌《えさ》が得られたら、あとはどうでもいいのだ。

この御影町から、あらゆる人間が屍鬼に食い尽くされてしまえば、街の存在意義はなくなる。きっとこの奇妙な空間すらも、遠からず消失してしまうことになるだろう。

ゴウッと音を立てて、頭上を風がよぎっていった。

「ミチルは無事なの？」

軍用コートの男はしばし黙していたが、ふいにこういった。「自分でわかるはずだ」

「わかるって……」

「ここはもう通常の世界ではない。五感が研《と》ぎ澄まされていることに気づかないか」

彩乃は言葉を失った。

そういえば、この暗がりだというのに、闇に沈む街の様子が手に取るように見えていた。張りつめた空気の中、小さな瓦礫がどこかで落ちる音もはっきりと聞こえていた。

そして――死臭《ししゅう》すらも彩乃は嗅《か》ぎとっていた。

「人がもともと持っていたいろいろな力は、愚《おろ》かにも自分の手で奪い去ってしまった。長い歴史の中で、人は自分の先鋭《せんめい》な五感にフィルターをかけるように感覚を閉ざしてしまった。それは真実を見つめようという心を失ったからだ」

歩きながら頼城はゆっくりと喋《しゃべ》った。「だが、この特殊な世界においては人間はフィルターから解放される。それを強く意識することだ。五感のみならず、古来《こらい》、人がもっていた別の力もここでは発揮《はっき》できる」

街を覆う空はどんよりと昏く、怪しげな雲が渦巻いていた。

建物の間から見える、ずっと遠くの地平線に、ときおり青白い稲光《いなびかり》が落ちるのが見えるが、雷鳴はまったく聞こえなかった。

「いくら歩いても、誰にも会わないわ」

彩乃がつぶやいたのを頼城が見ていた。

「おそらく街の人々はほとんどが殺された。生き延びている人間がいるとしても、少数だろうな」

「私の両親と弟もきっと……」

彩乃は眉根を寄せたまま、黙った。頼城が横目で見ていた。

この街に起こった幾多《いくた》の怪異な出来事を考えた。

もしかすると変わり果てた家族の姿を見ることになるかもしれない。あるいは家そのものがなくなっているのかもしれない。

その想像を彼女は打ち消した。

「早くミチルを捜しましょう」

「いいのか」

彩乃はうなずいた。「近くにいると感じるの」

「〝司祭〟はミチルの心の声を塞《ふさ》ぐこともできるだろう。が、そうしないのはお前をおびき寄せるためだ」

「どうしてあの化け物たちは私を欲しているの？」

「はっきりとはいえないが、ミチルとお前は運命的に結ばれていたということだ。血筋《ちすじ》かもしれないし、生まれる前のことに関係があるのかもしれない」

「それって前世《ぜんせ》のこと？」

「いや、輪廻転生《りんねてんせい》とは関係がない。運命の話だといったはずだ。そうじゃなければ、今頃、お前はまだ平凡《へいぼん》な生活をしてただろう」

オカルト雑誌の編集部を思い出して、彩乃はひそかに苦笑した。

口をいったん引き結んでから、前を見据《みす》えつつ、頼城がつづけた。「ミチルのような〝発現者〟や俺のような〝守護者〟といった特殊な人間は、どの時代にどこに生まれるかをプログラミングされているのだと思う。それは善と悪が拮抗する中、どちらかが優位にならぬよう中立を保つための見えないシナリオといってもいい」

「どうして善と悪がバランスをとる必要があるのかしら」

「あらゆる世界は常に陰《いん》と陽《よう》という二極の対立によって構成されているからだ。そういうシナリオがここには存在する」

「それは神が書いたシナリオなの？」

「俺はまだ神に遭《あ》ったことがない」

頼城がニコリともしなかったので、最初、彩乃にはそれが冗談だとは思えなかった。


二車線の舗装路。ふたりは中央を走る白い破線のラインの左右に立っていた。

道端には狭い歩道があり、横倒しになった自転車が見えた。ガードレールは埃まみれになり、しかもところどころが湾曲したり、蛇腹《じゃばら》に押し曲げられたりしていた。

その向こうに小さな児童公園があった。

彩乃はおぼろげに記憶していた。

たしか〈すずらん公園〉という名で、御影町のいちばん端《はし》にあった。老人ホームのお年寄りたちが、毎朝、竹箒《たけぼうき》などで掃除《そうじ》をしていた。

その公園にはもちろん誰もいない。

木造りのシーソーがへし折れていた。砂場は大きく揺《す》り鉢状に穿《うが》たれ、大量の砂が爆発したように周囲にぶちまけられていた。

ゾウやウサギを模したスプリング付きの遊具は、どれもひん曲げられて横倒しになっている。そして、ブランコは絡み合ったり、鎖が切れて落ちたりしている。

彩乃は公園を凝視した。

缶飲料の自動販売機が公園の端に立っていた。スイッチ類や見本が並んだガラスプレートがメチャメチャに壊されていたが、自販機はなおもそこに毅然《きぜん》と立ちつづけていた。

邪気があった。

あの屍鬼と呼ばれる魔物たちが放つ、独特のおぞましい気配が漂っていた。

彩乃は緊張した。服の下の皮膚が粟《あわ》立っているのを感じた。

後退《あとずさ》ろうとしたときだった。

頼城が右手を真横に伸ばして、彼女の腕をつかんだ。

眼前、十数メートルばかりの空間に、まるでスクリーンに投影されたように、青白い光が広がっていた。その中心に何かが動いて見えた。

そこから邪な気配が吹き寄せてくる。

ふいに悲鳴が聞こえた。

彩乃は目を大きく見開いた。映画のスクリーンのように、光の中にそれが浮かび上がった。

どこかの家の中の風景。そう気づいたとたん、彩乃はハッとした。

あれは自分の家だ。懐《なつ》かしい我が家の居間だ。革張りのソファにガラステーブル。白いレースのカーテン。

そこに異形《いぎょう》の群れがいた。

仔牛《こうし》ほどもある巨大な芋虫《いもむし》が、緑色の躰を蠕《ぜん》動《どう》させながら居間の床に何匹も蠢《うごめ》いていた。

幾重《いくえ》にも体節があり、短い剛毛《ごうもう》が全身にびっしりと生えていた。

手前に見える芋虫が躰を大きくうねらせながら、白いものを呑《の》み込んでいる。それが血まみれの手であることに気づいた。

ふたたび、悲鳴。

彩乃は目撃した。もう一匹の芋虫が、女性を足から呑み込んでいる。

母親だった。黄色いトレーナーの腹部の辺りまで芋虫に喰われていた。両手を床につけて必死に逃げようとするが、芋虫はその胴体をがっしりとくわえたままだ。

大きな口を動かしながら、さらに母親を深々と呑み込もうとした。芋虫の口の周囲に、短く鋭い歯が並び、それが腹の皮膚を食いちぎりながらくわえ込み、口全体を動かしながら奥へ奥へと呑み込んでいるのがわかった。

「やめて――!」彩乃が絶叫した。

母親が泣きながら片腕を伸ばした。そのすぐ前に、別の人間を呑み込んだ芋虫が蠢いている。弟の和宏《かずひろ》の頭がその口から出ていた。

だが、母と違って和宏はすでに死んでいるらしい。虚《うつ》ろな目のまま口を半開きにして、そのままずるりと芋虫に呑み込まれた。

芋虫は和宏の全身をすっかり呑み込むと満足そうに躰を震わせ始めた。

メキメキと芋虫の体内で音がしている。飲み込まれた弟が全身の骨を砕かれている。その異音だった。

最初に彩乃が目撃した手は、きっと父のものだ。それはすでに見えなかった。

彩乃は家族の最後を見せられているのだった。

最後に金切り声を発して、母親の顔が芋虫の口の中に見えなくなった。

何かを求めるように腕が伸ばされ、指が空をむなしく掴《つか》んだ。が、それもするりと芋虫の口の中に入って消えた。

彩乃はへたり込みそうになった。

生きていることの意味。そのすべてが崩壊《ほうかい》していくような気がした。

——撃て。

頼城の声に我に返った。

「え……」

ふいに重たいものを手渡された。見れば、頼城のショットガンだった。

「セフティは解除してある。引鉄《ひきがね》を引けば撃てる」

彩乃は両手でそれを持った。

もう一度、幻影《げんえい》を見た。


それが実態でなく、偽《いつわ》りの映像だとしても、彩乃には許しがたかった。

両手でショットガンをかまえ、ぶっ放した。

派手な銃声が耳朶《じだ》を打ち、爆圧が鼓膜《こまく》を圧迫し、反動が躰を突き上げてたたらを踏んだ。

一発、二発。三発。四発。

素早《すばや》くポンプアクションで空薬莢を弾きながら、装填《そうてん》された全弾を撃ち尽くした。

幻影は消失していた。

青白く流れる硝煙《しょうえん》の向こうに異変があった。

自販機の斜め前にぬめった塊《かたまり》が立っていた。

巨大なイソギンチャクのような形をしていて、上部に開いた大きな〝口〟の周辺に、無数の触手《しょくしゅ》のようなものがある。それが散弾を浴びて、無残にズタズタに裂かれ、粘液《ねんえき》をまき散らしていた。

「ぐ、ぐ、ぐ、ぐ……」

奇妙なくぐもった声を洩《も》らしながら、次第《しだい》に形を崩していく。見ているうちに、それはドロドロに溶けていき、地面に残る粘液の水たまりだけとなった。

青白い硝煙が風に流れ、静寂が戻る。ひどい耳鳴りが残っていた。

「あの屍鬼が幻影を作り出して、お前に見せていたのだ」

そう、頼城がいった。

彩乃はその場にショットガンを落として、ひび割れたガレキだらけのアスファルトの上に膝を落とした。

そのまま前倒しに腕をついて這《は》いつくばった。歯を食いしばった。涙があとからあとから出てきた。

頼城がその背中にそっと手を当てた。

「私が家族のことを考えたばっかりに――」

躰を震わせながら、彩乃がすすり泣いた。

「奴らは心の隙を突いて、人の弱点を攻めてくる。それが常套《じょうとう》手段なんだ」

「父も母も、弟も……死んだのね」

頼城はうなずいた。「そうだ」

「それを〝司祭〟が見せたの？」

「わざわざ過去の現実を送り込んできた目的はな――」

「わかってる。私の心をショックで打ちのめすためでしょう」

しばしアスファルトの路面に両手を突いたまま俯いていたが、ふいに彩乃は顔を上げた。

片腕で涙をぬぐうと、ゆっくりと立ち上がる。

肩越しに頼城を振り向いた。

濡《ぬ》れた目を大きく開き、空を見上げた。

「ちくしょう」小さくつぶやいた。

歯を食いしばり、あらぬ方を見てまたいった。

「ちくしょう」

両手で強く拳を握りしめて俯《うつむ》き、何度も「ちくしょう」とつぶやいていた彩乃は、ふいに顔を上げると、虚空に向かって大声で「ちくしょう！」と叫んだ。

肩の力をふっと抜き、頼城のほうを振り返る。

また涙をぬぐった。

毅然とした表情になっていた。

「あいつがやったことは逆効果だわ」

発砲の余熱が残るショットガンを片手で掴み、彼女はいった。「――私は絶対に〝司祭〟を許さない。この銃であの悪魔の頭をぶち抜いてやる。私の家族を殺したことを後悔させてやる」

涙をぬぐい、彩乃は向き直った。

スキットルのウイスキーをあおる頼城にショットガンを戻そうとした。

「そいつはもうお前のものだ」

いわれて驚いた。「だって……」

口ごもる彩乃の前で、頼城はコートの裾《すそ》をめくって黒い拳銃を抜き出して見せた。

星崎《ほしざき》という若い刑事が持っていたものらしい。

もっともあの男は彩乃が知らないうちに屍鬼に成り代わってしまっていたが――。

頼城はスキットルをコートのポケットに落としてから、そのコートを脱いだ。薄茶色のショルダーホルスターを脱いで、彩乃に差し出した。

「口金《くちがね》を外して孔《あな》の位置でサイズの調整ができるようになっている。ディサンティスというアメリカ製の拳銃用ホルスターを改造したものだ。

散弾を撃てるショットガンのいいところは、ろくに狙わずにぶっ放しても当たる確率が高いことだ。ましてや、銃身をソウドオフ（鋸で切り落とすこと）してるから、弾丸がより広く散開する。破壊力も並みじゃない。ただし、至近距離での発砲という条件が必要になるが――」

「撃つたびに手を痛めてうんざりするのよ」

「反動を制御《せいぎょ》するコツをつかめてないからだ。

男の硬い筋肉よりも、女のしなやかな筋肉のほうが射撃に向いているという説がある。外国のトップシューターに女が多いのは、たぶんそのためだろう」

彩乃は持っていたショットガンを足許に置いた。

受け取ったホルスターのバックルを外し、肩紐を短くしてから、セーターを着るようにそれを両腕にかけて胸と肩に回した。ホルスターが上半身にぴったりフィットしている。

足許に置いていたレミントン社のM870ショットガンを拾って、ホルスターに入れ、二カ所でホックを留《と》めた。

思ったほど銃の重さを感じないことに驚いた。彩乃はブルージーンズに薄手のタンクトップだったが、素肌に食い込むような違和感はまったくなかった。

銃は左の脇の下、右側には予備弾を入れる革製のループがいくつも並び、赤いプラスチック製の散弾実包《じっぽう》が十数発ほど差し込まれていた。

「これでキャップをかぶってサングラスをかけたら、まるで〈ターミネーター〉のサラ・コナーだわ」

「いいじゃないか。あんたにはお似合いだ」

「何日か前まで、ただの平凡な編集者だったのに？」

「すでに第二の人生に踏み込んでる。そろそろそのことに気づくべきだ」

軍用コートを着込むと、またスキットルをとりだしてあおった。

「どうでもいいけど、そのお酒臭い息、何とかならない？」

頼城はむっとした顔で振り返り、「行くぞ」と歩き出した。

3

吉倉京介はワゴンRを御影中学校に向けて走らせた。

銃声が散発的に聞こえている方角を漠然と目指しているうちに、自分がゆくべき場所がわかったのだった。

頭の中に聞こえた子供の声は、しきりに〝ひかり〟といっていた。

光が丘という地区がある。御影町のちょうど中心部にあたる。そこに御影中学校があった。誰かがそこに自分を招いている。


金網《かなあみ》のフェンスで囲まれた校庭。校舎は小さな丘の上にあった。周囲には他の施設や家屋《かおく》がなく、かなり開けた場所だった。

校門の鉄製のゲートは、車が突入したときにそうなったのだろう、大きく歪《ゆが》んだまま、校庭に向かって倒れていた。

正面に校舎があり、その右手に体育館がある。鉄棒や野球場やバスケットボールのゴールは少し離れた場所にあった。

手前の広いグラウンドに、何台かの車が好き勝手な向きに停まっていた。普通自動車や軽自動車、ワゴン車や軽トラックもあった。

校舎に近い場所には小さな花壇《かだん》や芝生《しばふ》ゾーンがある。

その上を異形の者たちが歩いていた。

校舎の上空にも、いろいろな形をした屍鬼たちが飛び回っている。無数の魚が池の中を泳ぐような感じだった。

二階の窓から散弾銃の銃身を突き出した男が発砲した。

青白い銃火が薄闇を切り裂き、同時に下を歩いていたゾンビ——血だらけの中年男が頭をぶち抜かれた。胴体だけになった男はゆっくりと仰《あお》向けに倒れて動かなくなった。

歩く死人の群れも屍鬼だ。誰かの恐怖のイメージが作り出したものだろう。

それだけではなかった。ゾンビの群れの間を、斑《まだら》模《も》様《よう》の巨大な毛虫が這っていた。直径が二メートル、長さは五メートルもありそうだった。

それが校舎にとりついたかと思うと、体を蠕動させながら壁面を登り始めた。

別の男が窓から身を乗り出すようにして、真下に向かって散弾銃を撃った。

青い粘液を飛び散らせて、巨大な毛虫が壁からずり落ちた。二発目の散弾を浴びた化け物は、「ぎゅいっ」という奇怪な声を放ち、動かなくなった。

ふいに羽音が頭上でしたかと思うと、大きな翼を広げた鳥が昏い空から舞い降りてきた。猛禽《もうきん》のようだが、その顔は人間の女だった。真っ赤な唇《か》が裂けて、牙が覗《のぞ》いていた。

窓から身を乗り出したままの男の背中を、人面鳥は巨大な鉤爪《かぎづめ》で捉《とら》えると、翼をさかんにあおりながら、上昇を試みた。

だが成人の男の体重を持ち上げるには、少々揚力《ようりょく》が不足しているらしい。

人面鳥は悔《くや》しそうな叫び声を放つと、男を引きずって窓から落とそうとした。男は持っていた散弾銃の筒先《つつさき》を人面鳥の顔に向けた。

派手な銃声とともに鳥の頭部が消失した。無数の羽根を宙に舞わせながら、人面鳥が逆さになって落下していく。

鉤爪の束縛から逃れた男は、とっさに窓枠を片手で掴んで落下を防いだ。

銃口から煙を洩らす散弾銃を教室の中に放り込み、自分も入ろうとしたとき、ふたたび別の屍鬼が空から舞い降りてきた。

赤いドレスを着た女。

Jホラーの映画に出てくるような、それはおぞましくも美しい女の幽霊《ゆうれい》だった。彼女は端然《たんぜん》と微笑みながら、長い髪を宙に舞い踊らせ、静かに降下してきた。教室に戻ろうとする男に背後からすうっと近づくと、片手で頭髪を掴み、無造作《むぞうさ》に首をひねった。

頸骨が折れる音がはっきりと聞こえた。

男は全身の力を抜き、ゆっくりと窓から校庭に落ちていった。

下に群れていたゾンビたちが、たちまちその死体を取り囲み、むさぼり始めた。

赤いドレスの女は、宙《ちゅう》を漂ったまま教室の窓から中に入ろうとした。銃声が轟《とどろ》き、女は胸の真ん中をぶち抜かれたらしい。両手を大きく左右に広げたまま、逆さ飛び込みのように反転して、頭から落下していった。

幽霊を銃弾で殺せるのか？　京介は意外に思った。

何よりも、どうして彼らは校舎の中に入れないのだろうか。それまでの神出鬼没《しんしゅつきぼつ》ぶりを思うと、侵入はたやすいように思える。

が、まるでそこに結界を張っているかのように、魔物たちは一定の距離を空けて、人間たちを遠巻きにしている。

ここは何らかの力をもったフィールドだ。京介はそれを感じた。

だからこそ、自分はここに〝呼ばれた〟のか。

京介は決意した。

ワゴンRを発進させて、校庭の真ん中に突っ込んだ。何台も停めてある車の間を縫《ぬ》うように走り、よろよろと歩く、腐った顔のゾンビたちを撥《は》ね跳ばした。地面を這っていた巨大な虫も何匹かタイヤで踏み殺した――はずだ。

校舎の間際《まぎわ》に車を停めると、助手席に置いた散弾銃を掴んでドアを開けた。

ふうっと生ぬるい風が顔を撫《な》でた。異空間と化してしまった街の空気。その中に、血の臭いがはっきりと混じって感じられた。

異様な声を放ちながら、魔物たちが京介に向かって群がってきた。

京介は散弾銃をスリングで肩掛けすると、走った。

すぐ近くにある校舎の入り口から入ろうとしたが、内側から大量の板きれが打ち付けられているのに気づいた。ガラス扉はとっくに壊されていたが、板きれがバリケードになっていて、中への侵入は不可能だ。

京介は舌打ちをした。

魔物たちが包囲網《ほういもう》を縮《ちぢ》めてきた。

鬼のような顔をした奴、翼をもった奴、シュモクザメのようなハンマーヘッドの男、純白の着物を着た雪女……まさに百鬼夜行《ひゃっきやこう》だった。

人間の恐怖というのは、人間の数だけ存在する。それも様々な形となって――。

異形の者どもがいっせいに声を放ちながら、京介にかかってきた。

肩掛けしていた銃のことなど、すっかり忘れていた。魔物たちの姿に硬直した瞬間、心の中に無数の触手のようなものが侵入してきて、魂を引き抜こうとしているのを感じた。

恐怖が絶頂《ぜっちょう》に達しようとしていた。

――魂を喰われちまうぞ。心をガードするんだ、莫迦《ばか》野郎！

真上から声がして、ハッと見上げた。

教室の窓からロープがするすると下りてきた。

何人かがそれを上で支えているのが見えた。男の姿もあれば、女もいた。それぞれの顔はちょうどシルエットになっていて、はっきりとは見えない。

京介はとっさにロープを握《にぎ》り、力任せに自分の躰を引き上げた。

身長は一七五センチあっても、体重は五五キロしかない。そんな痩せっぽっちの体型が自分の命を救った。

しかも毎日の筋トレは意識的にやっていたから、両手だけで自分の躰を支えることができるのだ。

両脚を壁につき、ロープを握る両手の位置を少しずつ上げながら、躰を引き上げてゆく。

――その調子だ、先生。早く上がってこい！

必死にロープを握って壁を登りながら、声に聞き覚えがあると気づいた。

真上を見る余裕はなかった。やけにロープが激しく揺れると思ったら、アメリカの伝説にあるビッグフットのような毛むくじゃらの怪物が、すぐ下でロープを掴んで登ろうとしていた。

さらに別の屍鬼――焦《こ》げ茶色のフードでスッポリと頭を覆った子供のような奴が、下端につかまってロープを登ろうとしていた。

奇妙な既視《きし》感を抱いた。

そう。あれは街が崩壊する前、何人かの生徒たちがいた教室で、最後の授業をやった。いや、当時はそれが最後になるとは思ってもみなかったが、そのときの国語の授業は芥川龍之介の「蜘《く》蛛《も》の糸」の朗読《ろうどく》だった。

京介は恐怖の中で笑い始めた。

あまりの偶然性に、笑わずにはいられなかった。

そうしながらも必死にロープを這い登っていった。笑いの感情が活力を取り戻してくれたのだと思った。

ありがたいことに、最後までロープは切れなかった。

「蜘蛛の糸」の主人公、カンダタにならずにすんだ。

ようやく二階まで到達すると、いくつかの手が窓越しに伸びてきて、京介の躰をいっせいに引っ張り上げた。

教室の床に転がり落ちると同時に、また窓から身を乗り出した連中が外に向かって発砲を再開した。

その耳をつんざく銃声の中で、京介は仰向けになって虚ろに笑いつづけた。

「いかれちまったのかい？」

自分を見下ろしながらいった男は、たしかに見覚えがあった。

「片桐《かたぎり》？」京介は仰向けの姿勢のまま真顔に戻り、その名を呼んだ。「片桐穣二《じょうじ》か？」

がっしりと肩幅の広い男が、ガスオート式の散弾銃を肩に当てながらうなずいた。

額に赤いバンダナを巻き、散弾がいっぱい差し込まれた弾帯《だんたい》を斜めに肩掛けしていた。まるで『ランボー』だと思ったが、そんな時代錯誤《さくご》な戦士姿がいかにも片桐らしい。

窓について防戦している男女が三名、片桐の周囲に立っている男たちが四名。片桐をいれて、全部で八名がここにいた。今し方、殺されたひとりを入れると、九名がこの教室に籠城《ろうじょう》していたことになる。

いや、他にもいるのかもしれない。

片桐穣二は子供の頃からの親友だった。高校卒業まではずっといっしょだったが、大学へ進学せずに陸上自衛隊に入隊した。北富士駐屯《ちゅうとん》地に勤務していたという。それがたまさかの休暇《きゅうか》をとって故郷《こきょう》の街にもどっていた。京介とは何度か繁華街《はんかがい》で飲んだが、あれから街に残っていたのだと知った。

片桐は一部始終を手短《てみじか》に話した。両親も祖父も妹も姪《めい》も殺され、ひとり生き残った片桐だけが家から逃げ延びた。

襲ってきたのは、巨大な狼《おおかみ》だったという。童話を読んで以来もっていた、幼い姪っ子のトラウマが実体化したものだったらしい。

片桐は巨大な牙で腕や胴体に傷を負いながらも、登山用の大型ナイフで狼の喉をえぐって倒した。

家族を皆殺しにされたショックに打ちのめされながらも、街からの脱出を試みた。やはり京介のときと同じように、同じ場所に戻されてしまったという。

「手こぎのボートを使って榊川《さかきがわ》の川下りまでやったんだ」

中学生用の小さな椅子に座りながら、片桐は煙草《たばこ》をくわえた。

「どうだった？」

「成功したらこんなところにはいねえよ」

頬を歪めるように笑いながら、片桐は煙草に火を点《つ》けた。「町境《まちざかい》にさしかかったとたん、反対側の町境に飛ばされた」

「ってことは？」

「上流に戻されちまったんだ」

紫煙《しえん》を鼻から洩らしながら片桐が苦笑した。

「永久運動というか、重力やエネルギーを無視した無限ループだな。物理学者が見たら、さぞかしおったまげただろう」

「やはり御影町は閉ざされたんだな」

「たぶん別の空間に移された。だから誰も外に出られない。盗《ぬす》まれた街ってわけだ」

「ひとつの街が消えたとしたら、他で騒ぎが起こるだろう?」

「それは俺も考えた。だが、外の連中は誰ひとり騒がないし、疑問も抱かない。

黒瀬峠《くろせとうげ》の観光バスから降りてきた連中は、すぐそばに御影町があることを知りもしないで、和気藹々《わきあいあい》とやってた。いくらこちらから叫んでも声は届かなかった」

「向こうからは見えてない?」

そういって、京介は気づいた。「そうか。もし、タイムパラドックスみたいに自動的に歴史が修正されたとしたら? そもそも御影町という街は存在せず、住民であるぼくたちもいない。そんなまやかしの時間が作られてしまったとしたら?」

「SFかい。俺は苦手だ」片桐がそういって笑った。

「だが、そもそもお前がここに来たのは?」

「みんなと同じく、〝声〟を聞いた。〝ひかりにむかえ〟というから、すぐにわかった。光が丘にあるこの学校は街のちょうど中心にある。あの魔物どもにとっても、ここは文字通りの盲点《もうてん》だった」

「盲点?」

「人間の視野の中心にはひとつだけ死角がある。それが〈盲点〉だ。

眼球の内側の中心部には、そこだけ視覚細胞が存在しない小さなポイントがあるんだ。まともに星を見ようとすると見えず、ちょっとだけ視点をずらすとくっきりと見えることがあるだろう。あれはそれが原因なんだ」

煙草の煙をまとったまま片桐が説明する。「軍隊用語じゃ、オフ・センター・ヴィジョンといってな、暗闇《くらやみ》における索敵《さくてき》技術の基本さ」

「つまり、閉鎖空間になったこの町の中心部には、あの屍鬼たちにとっての死角が存在した。それが光が丘にある中学校だったと？」

「奴らは屍鬼っていうのか。たしかに、ここをたちまち嗅ぎつけられたが、校舎の中まで入ってこられない。窓の外に張り付くのが限界らしい。この校舎だけが一種の結界みたいになっているんだ」

「さっき〝声〟って、いったよな。ここにいるみんながあれを聞いたというのか」

「生き残った住民の全員が聞いたわけじゃない。理由はわからないが、波長が合う人間だけに聞こえたんだろうさ。もとは二十四名ほどいたが、数時間でずいぶんと死んだ」

くわえ煙草で、片桐は散弾銃に装弾《そうだん》している。

「名誉《めいよ》の戦死が五名、ひとりが自殺」

「あとの九名は？」

「校舎の裏側を見張ってる」

「みんなをここに導いたのは、いったい誰なんだ？」

「年端《としは》もいかない子供の声。わかっているのはそれだけだ」

「罠《わな》だとは思わなかったのか」

「お前がそれを疑わなかったのと同じく、俺たちは信じた。なぜだかわからない。だけど、その子はここにはいない。いや空間だけじゃなく時さえも超越《ちょうえつ》して、あれは俺たちに届いたような気がする。ただの勘《かん》だがな」

「時を超えて、声が届いた……」

つぶやいてみても、やはり意味がわからなかった。

片桐は散弾銃のチューブ式弾倉《だんそう》に二発を装填すると、フォアグリップを動かして初弾を薬室に送った。弾倉の空いたスペースにさらに一発を装填し、トリガーガードにある小さなセフティボタンを押した。

「銃砲店、交番、それにヤクザの隠れ家。かき集めるだけの武器をかき集めてきた」

だが、お前がその散弾銃を手みやげにしてくれたのはありがたい。銃は一挺《ちょう》でも多くほしい。できれば弾丸もな」

「あいつらに銃弾が通用するとは」

「屍鬼には実体を持つのとそうじゃないのがいる。だが実体を持たない奴も、人を襲うときだけは別だ。幻が幻のままなら物理的な攻撃ができないからな。

だからさっきみたいに実体化するその瞬間を狙えば、ホログラフィみたいな化け物も射殺可能だ」

「ところでここにずっと籠城してたのか？」

「まだ半日だ。だが食糧はたっぷり用意した。給食室に発電機と燃料を持ち込んで、冷蔵貯蔵庫の機能を復活させたんだ。ピザや店屋物《てんやもの》の出前は無理だが、数日は立てこもれるぜ」

「そのあとは？」

京介に訊かれ、片桐は眉をひそめていった。

「考えてねえよ」

ふいにどこかでガラスの破砕《はさい》音がして、片桐が素早く教室の出口を見た。散弾銃を両手で握りしめている。

音は西側にある理科室のほうからだった。

吉倉京介の不安な表情を振り返って、片桐が笑った。

「心配しなくていい。裏口の警備は万全だ」

京介は思い出した。あと九名がここに立てこもっている。

すぐに銃声が聞こえた。

散発的な炸裂《さくれつ》音が狭い校舎に轟いた。

「けっこうな人数が集まったもんだな」

京介がいうと、片桐は不敵な顔で笑った。

「どいつもこいつもあの声に導かれてやってきたはいいが、いざ、どこまで持ちこたえられるか。神のみぞ知るって奴さ」

なるほど、と京介は思った。

まさにこの試練は絶望的だ。死ぬにせよ、生き延びるにせよ、その行方はひとえに神あるいは運命に任されている。幸運を信じて戦うしかない。

そのとき、校舎の反対側で敵を見張っていたグループのうち、三人がもどってきた。

片桐は報告を聞き、リーダーらしくねぎらい、彼らの肩を叩いた。

その中にひとりの少女の姿があった。顔の左右で縛ったお下げの髪。デニムのスカートに焦げ茶色のトレーナー。胸の真ん中には、可愛い仔犬の刺繍《ししゅう》があり、英語で〈Ｐｒｅｔｔｙ Ｄｏｇ〉と書かれていた。

京介はその少女を見つめた。見たことがない顔だが、どこかで見覚えがあるような気がした。ふいにそれを思い出して、慄然とした。

北本真澄。

かつて彼が担任だったあの生徒。

顔かたちはまるで似てない。背丈《せたけ》も真澄ほど高くはない。なのに、どこかあの少女の面影があるような気がした。

「きみ、御影小学校の生徒かい？」

少女は首を振った。「私は霧生小学校の四年生です。親戚のおうちに遊びにきてたの」

「名前は？」

「三田村友香《みたむらゆうか》」

そう答え、少女はふっと笑みを返してきた。

4

街区の中央に近づくと、荒廃はいっそうひどくなった。

壁に無数のひび割れが走った四階建てのテナントビルの一階に、『木村銃砲火薬店』の看板がかかっていた。

ウインドウはあちこちが白濁《はくだく》したり、ひび割れが走ったりしている。ガラス扉が外されて、店の内側に倒れている。

頼城がそこに足を踏み入れたので、彩乃が続いた。

カウンターの向こうに壁に作りつけの銃架があったが、すべて鎖が外され、あらゆる銃が持ち去られていた。奥の倉庫らしき部屋に続くドアも、文字通り打ち破られていたから、何が起こったのかは彩乃にも察しがついた。

「自警団《じけいだん》が作られたようだ」

「だったら街の人たちはどこかで生きてるかしら」

「状況次第だな。分が悪いことだけはたしかだ」

頼城はカウンターをひらりと飛び越えると、向こう側にある扉を開け放たれたロッカーをのぞき込んだ。

レミントンと書かれた紙箱を見つけて、それをカウンターの上に置く。青いプラスティック薬莢の散弾がガラスの上をバラバラと転がっていった。

「十二ゲージのダブルオー・バックだ。弾丸の補充だけはできたな」

彩乃はホルスターの空のループに何発か差し込んだ。頼城が腰に巻き付ける革の弾帯を見つけて持ってくると、残りの散弾をすべて差し込み、彩乃のウエストに巻き付けた。おかげで一気に体重が増えた感じがした。

ショーケースの横に落ちていたキャップをとって、目深にかぶってみた。壁にひび割れた鏡。その中に自分の顔が映っている。キャップには〈SURE FIRE〉と刺繍があった。

「これでますますリンダ・ハミルトンになった気分。あなたのぶんは？」

「拳銃弾は銃砲店には置いてない」

「それもそうね」

答えたとたん、だしぬけに頼城がよろめいた。

彩乃が向き直る。何が起こったか判然としなかった。

銃砲店の壁に寄りかかり、ぼさぼさの長い髪を垂《た》らして、頼城はカーキ色の軍用コートの背中を上下させていた。

「どうしたの？」と、彩乃が声をかけた。

骨張った大きな顔を上げて彼がいった。

「心配ない。いつものことだ」

口の端から鮮血《せんけつ》が流れている。

「ちょっと、それって……」

「飲み過ぎただけだ」

そういいながら、コートの袖《そで》で口許をぬぐった。

二度、三度と深呼吸をすると、顔に血の気が戻ってきた。

何度か咳《せ》き込んでから、床に痰《たん》を吐いた。それは血の混じった色をしていた。

屍蝋《しろう》のような顔。以前の頼城とは明らかに違ってみえた。その虚ろな影に、彩乃はかすかな不安を感じた。この男は病気ではないのか。

ずっと頼りにしていた頼城という存在がもし――。

「いつまでも俺にすがるな。だから銃を渡した」

見透《みす》かしたように彼がいった。

「でも」

「ミチルを救うべく、お前は覚醒《かくせい》したんだ。もういっぱしの戦士だ」

「私もあなたのような〝守護者〟になれるの？　ミチルを守ることができるの？」

「お前次第だ」

「無責任なことをいわないで。ここまで私を連れてきたんだから」

声高《こわだか》に彩乃がいうと、頼城がうなずいた。「すまない」

「戦いの前に、敵のことを教えて。あの〝司祭〟のことを知りたいの」

しばし目を閉じていた頼城は、自分で納得したようにかすかにうなずいた。

「〝古き邪神〟にとりこまれる前、あいつはジュリアン・有坂《ありさか》・ウェーバーという名の神父だった」

そういった。

父親は生粋《きっすい》のカトリック系の神父で、チャールズ・ウェーバーという名前。ペンシルバニア州の教区から派遣されていた。

母親の有坂美汐《みしお》は神奈川の教会の娘だったという。それも百年も前の話だ。

二百年近く生きているという頼城からすると、その半分の年月でしかない。

その人物が魔にとりこまれ、なにがしかの力を得て不死者となった。それにしても、キリスト教の聖職者がなにゆえにダークサイドの誘惑《ゆうわく》に屈《くっ》したのか。

「目的は何なの」

「自分が生まれてきたことを呪《のろ》っている。不死者たるあいつが、何とも皮肉なもんだな。聖職者として長く生きてきて、その世界の矛盾や汚さも知ったんだろう。彼にとってみれば、〝宗旨《しゅうし》替《が》え〟はごく当然のことだったんだ」

長く息を洩らしてから、思い出したようにスキットルを取り出し、呷《あお》った。酒臭い息を放って、頼城は口許をぬぐった。

「もうひとつ。あいつはゲームが好きなのだ。そういう意味で、俺はあいつにとっての好敵手というわけだ。

〝司祭〟はいままで、少なくとも三つの街や村を滅ぼしている。俺はそのすべてを防《ふせ》げなかった。つまり負け戦《いくさ》続きなのさ。だが、今度ばかりは負けられない」

「ミチルという存在があるから？」

「そうだ」頼城はうなずいた。「奴は自分の後継《こうけい》者にミチルを選んだ。そしてあの子の故郷である御影町を屍鬼たちの狩り場に選んでしまった」

「今度の戦いは、あなたひとりじゃないわ」

頼城が青ざめたまま、笑った。「お前に会えて良かったよ」

銃声。

銃砲店の窓がビリッと震えた。

「え」

驚く彩乃は振り返った。

サッシの窓越しに見える、くすんだ街の景色。いくつか並ぶ建物の向こう、緩《ゆる》やかにせり上がった丘の上に学校らしきものが見えていた。

ふたたび銃声。

彩乃は凝視した。

汚れたガラス越しだし、離れているために、わかりづらいが、校舎のどの窓にも明かりはなく、どんよりと曇《くも》った空の下、それは孤影悄然《こえいしょうぜん》とした感じで見えていた。

「あそこに誰かが立てこもっているようだな。もっとも……屍鬼どもが相手じゃ、かなり絶望的だ」

「だったら、助けにいかなきゃ。でも、ミチルは？」

「あの子なら、今のところ、大丈夫だ。囚われの身だが生命エネルギーは強く感じる」

彩乃はじっと校舎を見ていた。

ふいに思い出した。

あれは御影中学校だ。

そこはたしかに街の中心だった。そして、かつての母校でもあった。

その瞬間、ヴィジョンのようなものが脳裡《のうり》に閃《ひらめ》いた。


——吉倉京介がいる。

それは確信だった。

この〈ゾーン〉という空間では、人間の感覚が研《と》ぎ澄まされ、人がもともと持っていた知覚力がよみがえるのだという。まさに彩乃はそのことを実感した。

ミチルを救う前に、彼と合流しなければならない。

善と悪の戦いが、これから始まる。深町彩乃はそれを強く感じていた。

「ゆくぞ」

短くいって、頼城が歩き出した。彩乃が続いた。

銃砲店を出ると、不吉な風が吹き寄せた。

雑草がまばらに生えた歩道の一角に、バラによく似た一輪の白い花が咲いていた。それがゆっくりと血のような赤い色に染まってゆく。

5

「外がおかしい」

窓際で見張りをしていた男がいった。

武見《たけみ》という二十代半ばの若者で、二級建築士の資格をとったばかりだった。吉倉京介とは駅前の飲み屋で馴染《なじ》みだった。

京介は、片桐穣二といっしょに窓際に走った。

ガラス越しに校庭を見下ろし、顔を見合わせる羽目《はめ》になった。

さっきまで悪夢のように群れていた魔物や怪物たちの姿がまったくなくなっているのだ。餌食になった人間たちの血の痕や染みは、グラウンドや校庭のあちこちに残っている。

だが、徘徊《はいかい》していた死者たちや悪夢のような生物、悪鬼や幽霊の類《たぐ》いはどこへ行ったのか、まったく見えない。身をかがめるようにして頭上を見上げても、空を舞っていた奴らの姿もない。

「あきらめて引き上げていった……なんて考えるのは甘すぎるな」

そう京介がつぶやくと、片桐は疲れ切った顔で苦笑いした。

「プラン2を選択したということだろう」

煙草をくわえてマッチを擦《す》って火を点けた。

「それが何であれ、危険度が増したのは間違いないさ」

バタバタと足音がして、校舎の裏側を見張っていたグループのひとりが戻ってきた。

「あいつら……急にいなくなったぞ」

田端《たばた》という名前の塾《じゅく》の経営者だ。獣医師をしている妻とふたりで、ここに駆けつけてきたのだという。

「引き続き、見張っててくれ。次に何が起こってもいいように、くれぐれも気をゆるめないようにな」

田端を帰してから、片桐は不安な顔で窓外《そうがい》を見た。

京介はさっきからずっと猟銃を握りしめていた。自分ではまだ一発も発砲していない。掌《てのひら》ににじんだ汗で木製ストックが滑《すべ》りそうな気がした。

眼前のひび割れた窓ガラスに自分の顔が映っていた。

それをじっと見つめているとき、そう遠くない場所から悲鳴が聞こえた。

大勢の男女のものだった。

片桐がくわえていた煙草をはき出し、靴底で踏みつけた。散弾銃を手にしたまま立ち上がった。

悲鳴はまだ続いていた。校舎の中からだ。だとすると、裏側を見張っていたグループだということになる。

「何が起こったんだ」

教室を出ようとした京介を片桐が片手で静止した。「持ち場を外れるな」

乱雑な足音がして、さっき教室を出たばかりの田端が真っ青な顔で戻ってきた。この教室にいる他の男女八名がそろって視線を向けている。片桐を始め、不安と恐怖に引きつった顔ばかりだ。

「向こう側にいた連中が……」

そういって言葉を失い、田端はその場に両手を突いてしまった。片桐が背中に手を当てて、穏《おだ》やかな声で訊いた。

「落ち着いて話せ。何を見たんだ?」

「みんなが立てこもっていた理科室が……一面、

血の海だった。そこに手や足や生首《なまくび》が転がっていて……」

そこまでいった田端が、「ぐっ」とうめいて口に手を当てた。

たまらずその場に嘔吐《おうと》した。ろくに食べていなかったらしく黄色い胃液ばかりだ。

「まさか……屍鬼が入ってきたのか？」

そういった片桐の傍から、京介が訊《き》いた。

「三田村友香は？　あの小学生の女の子はどうなった？」

「みんなバラバラにちぎられてて、わけわかんないよ」

泣き声を洩らした田端の顔を、京介は言葉を失ったまま見つめていた。

「屍鬼の姿は見たのか？」

片桐に訊かれて、田端はハッと顔を上げた。

そのとき、教室の外に靴音が聞こえた。硬い靴底がゆっくりとしたリズムで床を打っていた。

この音、どこかで聞いたことがあると京介が思ったとたん、いつも見ていた悪夢の光景が脳裡によみがえった。

あの男だ――そう、直感した。

片桐が教室の入り口に銃口を向けたとき、足音が突然、止まった。

「そこにいるのは何者だ？」

彼が誰何したとき、教室のドアが音もなくすっと開いた。

外に立っていたのは黒衣の男であった。

すらりとした体躯《たいく》を詰め襟《えり》の神父服に包み、青白い顔に薄い唇、そして異様な光を放つ凶眼《きょうがん》。

夢とまったく同じ姿で、そいつは目の前に立っていた。

「こんな茶番が誰の入れ知恵かはわかっている」

男は冷ややかな笑みを浮かべ、そういった。

「あの少年、私の手中にあってなお、かようなむだ足掻《あが》きをするとは」

少年……そう、夢の中でこの男は誰かを求めていた。

――小僧をついに見つけたぞ。

そんな声がはっきりと脳裡に焼き付いていた。

「あいつ、緑が丘の教会に赴任《ふにん》してきた神父よ」

教室に立てこもっていたひとり、ジーンズ姿の中年女性がいった。

京介は教会が建てられたことは耳にしていたが、神父のことは知らなかった。この男がなぜ京介の夢の中に現れ続けたのかも不明だ。

「お前も屍鬼の仲間か」

片桐の問いに、黒衣の男はゆっくりと首を振った。

「屍鬼どもを召還《しょうかん》したのが私だ。神父ではなく、昔から〝司祭〟と呼ばれているがね」

「どうやってここに入ってきた？」

「私にとっては無意味な〝結界〟だ」

「こんなことをしでかしている理由は何だ」

「ここに住んでいた藤木《ふじき》ミチルを確保し、生き残った人間をすべて屍鬼どもの餌食《えじき》にするために、街ぐるみ〈ゾーン〉に移動させたのだ。もっとも街を滅ぼすきっかけを作ったのは住人たちそれぞれの心の中にある情念だったがね」

「藤木ミチル……！」

京介は無意識に自分の教え子の名前を口にしていた。

「お前が狙っていたのは、やはりあの子なのか？」

ふいに〝司祭〟が片眉を上げた。自信に満ちたおぞましい笑みを浮かべると、ゆっくりとうなずいた。

「数十年来、会えなかった特別な力を秘めた人間だ。すぐに私のものとなる。それまで街の崩壊の最後の仕上げをゆっくりと楽しませてもらうよ」

〝司祭〟の後ろ、教室の外からふいに奇妙な金属音が聞こえてきた。

ヘリコプターのメインローターが回転するような、ヒュンヒュンという音だった。

男の背後、薄暗い空間に青白い光が差した。にわかに金属音が高まり、ソフトボール大の火の玉が〝司祭〟の肩越しに、京介たちのほうへと飛んできた。

京介も片桐たちも、思わずたじろいだ。

それは彼我《ひが》の間の空中に、急制動がかかったように停止した。

青い炎に包まれた光球であった。半透明なそれの内部に眩《まばゆ》い光源があり、そこからときおりスパークがほとばしっていた。

その閃光の瞬《まばた》きのたびに、ヒュンヒュンと奇妙な音が放たれていた。断続的な音が、次第に高まってゆく。

声を失って見ている人間たちの顔に、その青い輝きの照り返しが明滅《めいめつ》していた。

金属音がさらに高鳴り、やがて何かを鞭《むち》で打つような甲高い音が混じるようになった。その音が放たれる間隔が次第に短くなってゆく。

ふいに京介は校舎の裏側を見張っていたグループ——理科室でどんな惨劇が起こったかを思い出した。自分の目で見たわけではないが、田端という男がこういったのだ。

——一面、血の海だった。手や足や生首が転がって……。

「危険だ！　離れろ！」

京介が叫んだ。

彼と同時に片桐がダッシュした。

他の人間たちも、やや遅れて教室から逃げ出そうと走り出す。〝司祭〟が立っている入り口は教卓に近い側。もうひとつのドア目指して疾駆《しっく》した。

耳障《みみざわ》りな金属音と、甲高い鞭打つような音が最高潮に達したとたん、何かが爆発した――いや、京介は見ていないから、そう感じただけだ。

片桐と京介が廊下《ろうか》に飛び出すと同時に、背後から無数の青い光の矢が飛んできた。

悲鳴と絶叫。

鋭い音を立てて光の矢が耳許《みみもと》や肩先をかすめて前方に抜けてゆく。

京介は足を滑らせて転んだ。視界がくるりと回り、一瞬、意識を失いそうになった。

冷たいリノリウムの廊下に手を突いて、動かぬ躰を前へ前へと引きずろうとした。そうしながら肩越しに見てしまった。

さっきまで京介たちがいた教室に異変が起こっていた。

たしか二年一組と表札が出ていた部屋が、真っ赤に彩《いろど》られていた。

文字通りの血の海。その中に寸断された人間の肉体の切れ端《はし》が、いくつも乱雑に投げ出されたように転がっていた。

縦《たて》半分のまっぷたつに切断された頭、無造作に転がる手首、胴体から弾けた内臓など。

原形をとどめるものは、いっさいなかった。

腥血《せいけつ》の臭いが鼻を突いた。

その惨状の上、教室の真ん中の空間に浮かびながら、なおも青い光球が金属音を発しながらスパークを放っていた。あれから放射された無数の光の矢が、逃げ遅れた人々をズタズタに切断してしまったのだ。

自分と片桐だけが無事だった。それもコンマ何秒かの僅差《きんさ》で、教室の外に出たからだ。

あとのメンバーは全員が即死した。間近に爆弾が落ちたような無惨《むざん》な死であった。

その場に両手を突いて顔を上げ、京介は凍《こお》り付いていた。

教室の中央に浮遊《ふゆう》してる光球が、ふいにこっちに向かって移動を始めた。

奇妙な金属音がふたたび高まりつつあった。

京介は魂を抜かれたように、光り輝く魔球の到来を待った。

なすすべもなかった。

その視界を遮《さえぎ》るように片桐が立ちふさがった。

散弾銃の銃床《じゅうしょう》を肩に当て、かまえたまま、二発続けて発砲した。鼓膜を引き裂くような轟音《ごうおん》がして、目の前で青い光球が爆発した。

メタリックな無数の砕片がキラキラと輝きながら四散し、落ちてゆく。

「何してやがる。死にたいのか！」

怒声《どせい》とともに肩をつかまれ、強引《ごういん》に立たされた。

片桐穣二が京介の背中に手を回し、ふたり三脚のようにいっしょに走った。

走りながら、肩越しに振り向くと、教室の外の廊下に〝司祭〟が端然と立っていた。骨張った顔に薄笑いを浮かべ、黒衣の聖職者がいった。

――さあ、ゲームの始まりだ。どこまで逃げられるかな？

野太《のぶと》い笑い声が、背後から追いかけてきた。

6

三宅順《みやけじゅん》たちは、あてどもなく自転車をこいで走らせていた。

時間の経過とともに、街の荒廃が見る見る進行しているのがわかる。具体的な破壊行為があるわけでもないのに、建物の壁が次第に劣化《れっか》していた。

道路のアスファルトの亀裂が進み、ガードレールが高熱を受けたようにぐにゃりと曲がっていく。まるでビデオの早送りのように高速度で建物や道路や立ち木が朽ちていき、ボロボロになっていくのだ。

空気が埃っぽく、血の臭いと死臭とカビ臭さに満ちていた。

途中でコンビニに寄った。店内はメチャメチャに荒らされていた。魔物たちの仕業《しわざ》ではなく、人間によって略奪行為があったのは明白だった。

この街から逃げられない。それを知ったのは順たちだけではなかったのだろう。

考えつくことは誰もが同じだ。どう生き延びるかである。そのためにはまず食糧を確保しなければならなかった。

倒された無数の棚《たな》。割れたガラス。アイスクリームのボックスは横倒しになり、飛び出した商品が溶け、数色が入り交じった気持ち悪い沼を作っていた。

レジカウンターにも土足《どそく》で上がった痕《あと》があり、肉まんやフランクフルトなどを入れたケースが床に落ちて、粉々《こなごな》に壊れていた。弁当やインスタントラーメンの類いは、すべて持ち去られていた。缶飲料やビール、酒類なども、まったくなかった。

それでも無秩序《むちつじょ》に荒らされた店内で、順たちはチョコやガム、菓子類などを見つけた。パンも少しばかり残っていた。

店を出ると、自転車の前に座り込み、三人で分け合って食べた。

　風が吹き、目の前の通りを、空き缶が派手な音を立てながら転がっていった。それからまた静寂が戻った。

　弥生《やよい》が昏い空をじっと見上げていた。涙に濡れた頬を埃だらけの手でぬぐったせいか、黒い痕が頬についていた。兄の浩史《ひろし》が気づいて、優しくハンカチでぬぐってやった。

　戦災孤児という言葉を、順は思い出した。

　悲惨な戦争を描いた映画で、空襲の焼け跡に生き残った子供たち。今の自分たちは彼らのような姿なのだろう。

　悲惨な戦争は生き残ることができれば、また明日が来る。しかし、この街に暮らす人々にとって、明日という日はもう二度と来ないのかもしれない。

　世界が終末《しゅうまつ》を迎えたわけじゃないのに、この街だけが滅《ほろ》びてゆくなんて理不尽《りふじん》すぎる。

　無情《むじょう》な気持ちに包まれて、順は昏い空をじっと見上げていた。

「弥生、よせ」

　浩史の声に、順は視線をやった。

　コンビニの駐車場、倒れたままの原付きスクーターの横に、小さな白い花が咲いていた。

　アスファルトのひび割れた隙間から生えて、バラのような形をした花弁《かべん》を開いている。それを弥生がつまんだ。

　ぷつっと茎を折ったとたん、弥生が小さく悲鳴を洩らした。

　バラのようなその草が、折れた断面から赤い液をしたたらせたのである。それは弥生の足許にポタポタと音を立てながら落ちていた。弥生は摘《つ》み折った花を投げ捨てた。

　まさに血だった。

「何だ、これは」

立ち上がった浩史が、妹の棄《す》てた花を靴底で踏みつぶした。

アスファルトに褐色《かっしょく》の液体が広がった。鉄分の臭いが鼻を突いた。

「これは奴らの花だ」

三宅順が顔をしかめながらいった。「きっと屍鬼に殺された人間たちの生命を吸い取ってるんだろう」

そのとき、すぐ近くで銃声がした。二発。さらに一発。

静寂に包まれた街に、それはゴウゴウと轟き、谺《こだま》が重なりながら返ってきた。

昔は、山から響いてくる猟の銃声に不安を感じた。散弾銃をむき出しにしながら、オレンジ色の帽子と狩猟服を着た男たちが、林道を歩いている姿もよく見かけた。好奇心もあったが、やはり恐ろしかった。

しかし今は違った。銃の発砲音は、生きている人間がまだそこにいるという証拠だ。

「銃声の場所に行ってみないか」

「本気か？　順」

「俺たちも戦わなければ、たぶん生き延びられないと思う。このまま逃げつづけたって、いつかは捕《つか》まって殺されるよ」

浩史は眼鏡《めがね》の奥から、じっと順を見ていたが、ふいにうなずいた。

そうして妹の背中にそっと手を乗せた。「行こう。パパとママの仇《かたき》をとるんだ」

そのとき、順の心の中に声が聞こえた。

――ひかりのほうへ。

肩越しに振り向き、順が口を開いた。「誰だよ、変な声を出すのは」

「いや。俺たちじゃない。声が頭の中に聞こえた」

　浩史がいってから、妹の顔を見た。

　弥生が兄を見上げた。「呼んでいるのよ。そこに行けって」

「そこってどこだよ。〝ひかり〟っていわれたって……」

　そういった順の前で、弥生が小さく微笑んだ。

「今の声、私、知ってる気がする」

「〝ひかり〟というのは、もしかして光が丘のことか」

　浩史がいったのをきっかけに、順の中にそれがひらめいた。

　光が丘地区に入ると、彼らは高台《たかだい》に向かう坂道を、自転車を押しながら登った。

　丘の上に出ると、それぞれの自転車を草むらに倒して、その場に腹這いになる。順は無人の文具店からせしめた八倍の双眼鏡《そうがんきょう》を目に当てていた。

　御影中学校の校舎がそこから見下ろせる。

　順たちが通う母校であった。

　そこに何人もの大人たちが立てこもっているらしく、銃声とともに青白い銃火《じゅうか》が校舎の窓から放たれていた。校舎の周囲を無数の影が飛び回っていた。校庭にもいくつもの影がある。

　それらはときおり、不快で気味の悪い声を放っていた。

　軽自動車に乗った男がひとり、グラウンドに停めた車から飛び出し、校舎に駆け寄った。二階から下ろされたロープにつかまって、屍鬼どもに囲まれながらも教室の窓から中へと入っていった。自分たちに、同じことができるとは思えなかった。

　だったらどうすればいいのか。

二〇〇メートルばかり離れた丘の上の学校を見ながら、三宅順は考えた。

籠城する人々に合流することが得策《とくさく》だとは、とても思えなかった。いくら巧《たく》みに防御《ぼうぎょ》しても、弾薬がつきればそれまでだ。ひとつところに人間が集まるのは、かえって全滅を早めるのではないだろうか。

ならば、〝声〟はどうして自分たちをここに呼んだのだろうか。

そもそも、あの声の主は誰なのか。

「とりあえず、俺たちは安全みたいだ。あの屍鬼たちは、みんな校舎に気が向いてる。まさか俺たちがここにいるとは思ってないだろう」

順の隣で浩史がそういった。

この丘はマラソンの時間に、サボるために来たことがある。

丘の周りをぐるっと回る一時間のコース。順たちはスタートと同時にすぐにこの丘にやってきて、まじめな生徒たちが汗をかきながら学校の周囲を回るのを遠巻きに眺めていた。

そうして彼らがゴールに近づくと、一気に駆け下りて後ろから合流し、何喰わぬ顔でゴールインしたものだ。

しかしいま、目の前に見えるのは、マラソンをしている生徒たちではない。

さまざまな形態をとった異形の魔物たちが、校舎の周囲をびっしりと取り巻いている。「おおおお」と気味悪く叫ぶ屍鬼たちの声。

そのギャップが今でも信じられない。

数年前に霧生の映画館で家族と観た『ロード・オブ・ザ・リング』という映画を思い出した。ゴブリンやドワーフといった妖精や怪物が無慮数《むりょすう》千《せん》、人間たちが立てこもる城塞《じょうさい》を包囲して攻めるという場面。あれがまさに現実に起こるとは。

あの映画のように、敵の意表を突く側面からの攻撃ができないか。

そんなことを考えたが、すぐに自分で否定した。人間と屍鬼、彼我の攻撃力の差は歴然としている。

彼らはあらゆる自由な形態をとった、それこそ全身武器ともいえる存在なのだ。爪や牙や怪力、さまざまなやり方で、人の肉体を簡単に引き裂くことができる。さながら人間が素手《すで》で猛獣を相手にするようなものだ。

勝ち目がない。

このまま静観するしかない。順は思った。

ここで何が起こるのか。それを見届けようと考えた。

腕時計を見ると午後六時二十分。

夕刻前だというのに、空は夜のように真っ暗で、しかも星ひとつなかった。濃い墨《すみ》のような漆黒の闇が頭上に広がっている。風が冷たく、Tシャツ姿では凍り付きそうだ。夏という季節も、ここではもう無意味なのかもしれない。三宅順はそう思った。

丘の上に見える御影中学校の校舎で、さかんに銃声が聞こえていた。

それが、今は沈黙していた。

校舎の中から阿鼻叫喚《あびきょうかん》が聞こえたため、きっと屍鬼が侵入したのだろうと思った。

視界が暗くなって、浩史が持っている八倍の双眼鏡でも向こうの状況は確認できない。だが、想像を絶する惨劇がそこで繰り広げられているのだろう。

浩史は恐ろしさに身をすくめて震える妹の弥生を抱きしめた。その隣で順はゆっくりと息を洩らした。白い呼気が流れてゆく。

「ここから早く立ち去ったほうがいいよ」

順は力なくいった。「たぶん、近いうちにあの人たちはみんな殺されてしまう。俺たちには何にもできない」

「そうだな」

眼鏡をそっと外して目を擦《こす》り、浩史がうなずく。「行こう」

妹の弥生が兄の腕を掴んで、哀しげな顔をした。

「お兄ちゃんはさっきの声を忘れたの？」

「幻聴《げんちょう》だよ。みんな、どうかしてたんだ」

「あそこにはきっと仲間がいるんだよ。私たちは、ひとりひとりじゃどうにもならないけど、力を合わせたらきっと助かる」

「ヒロイック・ファンタジーの登場人物じゃないんだぜ」

そういった浩史にまた妹が食い下がった。

「だって、どっちにしたって街から出られないんだよ。いずれ、あいつらにつかまってママたちみたいに殺される」

「どうすりゃいいんだよ」

「きっと方法がある。私たちにやれることが絶対にあると思う」

浩史は妹を見た。「お前……どうしたんだ？まるで別人みたい――」

いいかけたとたん、弥生が虚ろな目で立ち上がった。

（ひかり、へ――）

また、あの声が順たちの頭の中に響いてきた。

弥生がいったのか。

いや、そうじゃない。

浩史の妹の姿に重なって、別の人間のシルエットが見えていた。

それは華奢《きゃしゃ》な感じに痩せた少年だった。まるで娘のように睫毛《まつげ》が長く、色が白い。母体の中の胎児《たいじ》のような恰好《かっこう》で背中を丸めている。

現実にそんなものが見えているはずがない。だが順は、おそらく隣にいる浩史も、たしかにそれを目撃していた。

そのイメージは自分たちの意識の中に直接送り込まれているような気がした。

少年は眠っているように目を閉じているが、そこから放たれる感情は明確だった。

順は理解した。〝声〟が〈ひかり〉といったのは、この光が丘という地名のことではない。この世界を覆う闇に対抗する光の存在がある。そこに集《つど》えということだったのだ。

その光がこの少年——?

見ているうちに、輝きがふうっと薄れ、幻視《げんし》のイメージが遠のいていく。

「おい、待てよ!」

思わず順は身を乗り出し、右手をかざしたが、すでに少年の姿はなかった。

ふらりと弥生が倒れそうになり、兄の浩史があわてて抱き留めた。少女は穏やかな顔で浩史にもたれながら眠っていた。

眼鏡をかけた浩史と目が合い、三宅順は苦笑いを浮かべた。「どうするよ」

「行くしかないだろ? 俺たちにもやれることが、きっとある」

中道《なかみち》浩史がそう答えた。

7

吉倉京介と片桐穣二は、薄暗い中学校の校舎の中、廊下を走り続けた。

最初は一階に下りて校庭に出ようと試みた。だが外にはふたたび幽鬼や妖怪、魔物たちの姿があった。百鬼夜行絵図を体現するような悪夢の生き物たちが、野球場やバスケコート、朝礼台の周辺をうろつき回っていた。

「外には出られない。いったん引き返そう」

片桐の声に従って、京介は後戻りをした。

ふたりとも御影中学校の卒業生だが、この校舎は彼らが卒業したあとに建てられた。だから建物の詳細な構造はわからない。

が、学校というのは、だいたいにおいて同じような造りになっているものだ。小学校の教師をやっていた京介は、そう思った。

校舎はL字形をした鉄筋コンクリート造りの四階建てで、そこに隣接《りんせつ》して大きなドーム屋根の体育館もあった。

逃げ回るとしても場所が限られている上、外の連中に入ってこられたらどうしようもない。

一階の職員室の横を抜け、校長室の脇《わき》にある階段を上った。

踊り場を折れて二階に上ったとき、二年一組の教室の前に、あの〝司祭〟の姿はなかった。

ふたりは油断《ゆだん》なく散弾銃をかまえながら歩いた。

さっきまで彼らがいた教室の入り口から大量の血が廊下に流れ出していた。その中に髪の毛や肉片、骨の欠片《かけら》まで混じっているのを京介は見てしまった。

片桐は教室を覗いたようだが、京介は目を背《そむ》けて前を通り過ぎた。

「あの野郎、どこへ行きやがった」

銃床を肩付けして銃をかまえながら片桐がつぶやく。

ふたりが足を止めたのはまもなくだった。

廊下が突き当たる前方の曲がり角。L字になった校舎のちょうど中央だ。

薄暗い前方を凝視した。

殺気を感じた。

空気が震えているのだ。鼓膜を圧するような低音が、校舎全体を包んでいた。

「何かがいるぞ」片桐がいいながら銃口をポイントした。

京介は躰を硬直させて待ちかまえた。

それは音もなく姿を現した。青白い巨大な顔。大きく開けられた口に無数の鋭い牙が並んでいる。

円盤のような目。黄色い胸鰭《むなびれ》、毒々しいまでに赤い背鰭。あちこちから伸びている触手。青と緑と赤が入り交じった毒々しい色の胴体。いや、魚体というべきか。

ウナギかウミヘビのように長い、巨大な魚。それが薄暗い校舎の廊下、角を曲がってぬうっと姿を現した。空中をゆらりと揺れて泳ぎながら、こっちに曲がってくる。

京介は思い出した。何日か前に夜空を泳いでいた、あの巨大な魚だ。

リュウグウノツカイに似ていて、さらにおぞましく、極彩色《ごくさいしき》に飾られた姿。突出した左右の目をせわしなく動かし、鰓《えら》や腹鰭の辺りから、幾本もの触手を揺らし、巨大な尾鰭をゆっくりと振って空中を滑ってくる。

無数の鱗粉《りんぷん》が蛍《ほたる》の乱舞のように光りながら狭い空間に撒《ま》き散らされていた。

前に目撃したときは、漫然《まんぜん》と夜空《よぞら》を遊泳していたが、今回は違う。

〝深海魚〟は、明確に京介たちを目指していた。それもおそらく捕食《ほしょく》対象として。

京介が仁王《におう》立ちになり、撃とうとした。

「待て」

片桐が制止した。冷静な声に驚いた。

「あいつはまだ幻体だ。実体化するまで銃弾の効果はない」

少し前にいわれたことを京介は思い出した。

〝深海魚〟がなおも接近してきた。音もなく巨体をくねらせ、空中を滑ってくる。

一五メートル。一〇メートル。

ギザギザの鋭い牙が並んだ口が、さらに大きく開かれたと思ったら、ふいにその体躯が変化した。

薄ぼんやりとした光を放っていた怪物が、妙にぬめっとしたリアルな魚体に変身したのである。同時に、腐臭のようないやな臭いが漂ってきた。

「今だ、撃て！」

片桐の声とともに京介が発砲した。

距離はほんの数メートル。無我夢中で撃った。実銃を撃つなんて初めてのことだったが、そんなことを思っているヒマもなかった。片桐と並んで二発ずつぶっ放した。

怪物が空中で血潮《ちしお》を噴《ふ》き、身をよじって咆哮《ほうこう》した。

頭部を中心に、魚体のいくつかに鹿撃ち弾によって無数の孔が穿たれた。そこから真っ赤な鮮血が噴出する。

鞭のようにしなやかな尾鰭をふるったとたん、壁や天井にそれがたたきつけられ、重々しい衝撃《しょうげき》音が校舎を揺るがせた。

片桐がすばやく猟銃に再装填して、さらに発砲した。巨大な魚は頭部を大きく炸裂させ、空中でもんどり打ったまま、目の前の廊下に落下した。

しばし巨体をうねらせ、バタバタと尾鰭で床を叩いていたが、ふいに沈黙した。

なおも銃口を向けたままの片桐。凝然《ぎょうぜん》と見据える京介の目の前で、〝深海魚〟の醜悪《しゅうあく》な姿が、ふいにグズグズに崩れ、砂のようになって散っていってしまった。

あっという間のことだった。

京介は急に力が抜けて、その場にくずおれそうになった。

散弾銃を握る手が震えて、銃身が微動していた。

「いい射撃《しゃげき》だったぜ、先生」

片桐が汗ばんだ顔でいったときだった。

——調子に乗るな、凡人ども。

聞き覚えのある野太い男の声がして、ふたりは同時に振り返った。

すぐそこに〝司祭〟が立っていた。

薄い唇を吊り上げて笑い、冷ややかな目で見据えていた。

その右手をひょいと挙げ、掌を上にしたと思うと、すぐ上の中空に光が生じた。それはたちまち大きくふくれ上がり、あの青白い閃光を放つ光球になった。

続いて〝司祭〟は左手を同じように宙にかざした。そこにもうひとつの光球が生じた。

ふたつの光球はそれぞれが呼応《こおう》するように、同じテンポで眩いスパークを放ちながら、あの不気味なヒュンヒュンという音を高めていった。

同時にあの鞭打つような音が聞こえ始める。

「何てこった。もう弾丸がない」

片桐がつぶやいた。ガスオート式の散弾銃の排莢口《はいきょうこう》が開いていた。

京介も気づいた。自分もこの猟銃の他に、予備弾を持ってきていなかった。

ふたつの光球が甲高い音を高めながら、同時に近づいてきた。空中を滑るようにやってくる。

それらを凝視しながら、京介と片桐は後退った。

絶体絶命だった。

その光がいちだんと強烈になり、パシパシッという音が高まった。ふたつの光球が超新星の爆発のように輝きを放ったときだった。

銃声が校舎を揺るがせた。

同時に、目の前に浮遊していた光球が無数の光の粒子《りゅうし》となって四散した。

〝司祭〟の顔が驚愕《きょうがく》の表情をこしらえ、すぐに口を引き結んでゆっくりと背後を振り返った。

そして肩をいからせたまま、彫像《ちょうぞう》が動くように重々しく背後に向き直った。

京介は黒衣の聖職者の肩越しに、その姿を見つけた。

タンクトップに藍色《あいいろ》のキャップを目深《まぶか》にかぶった若い女性。

肩には革製のショルダーホルスターをつけて、彼女は腰だめに銃身を短く切り落とした散弾銃らしきものをかまえていた。その十二ゲージの巨大な銃口から青い硝煙《しょうえん》が洩れている。

女は素早く銃身の下のポンプを操作して、空薬莢をはじき飛ばし、次弾を装填した。

プラスチックのケースが廊下を転がってゆく音がした。

女はゆっくりと足を踏み出し、こちらに歩いてきた。

その後ろに、軍用らしいカーキ色のコートを羽織《はお》った、大柄な男がついていた。右手にはリボルバーがあった。

「ついにあんたに追いついた」

女がいいながら、ショットガンの銃口を〝司祭〟の胸に向けた。

「私の家族の無惨な最期《さいご》を見せつけたわね」

「気に入ってもらえたかな」

「やめとくべきだったわ」

「お前はまだ覚醒していないが、ミチルと同じ種類の人間だ。能力に目覚めさせるには、最良の手段だった」

「〝発現者〟はふたりもいらないでしょう？」

「その通り。だから、お前は私のゲームの相手なのだ」

「ふん。ゲーム上等！　だけど、ミチルは必ずとりもどすわ」

目深にかぶっていたキャップのツバを人差し指で押し上げた。鼻筋《はなすじ》の通った端整《たんせい》な顔立ちを見て、京介は驚いた。

「深町彩乃……？」

彼女はよく光る目で京介を見据え、不敵な笑みを浮かべていった。

「莫迦。こんなところで、フルネームで呼ばないでよ」

「油断するな。そいつを撃て」


彩乃の後ろに立っている大男がいった。

「でも……ミチルの居場所を聞かなきゃ」

彩乃がいうと、男はかぶりを振った。「こいつは喋らないさ」

彩乃は〝司祭〟に近づいた。

「よくも私の家族をなぶり殺しにしたな」

そういいながら銃口を〝司祭〟の額《ひたい》に押しつけた。人差し指をトリガーに当てた。「あんたがしでかした悪行《あくぎょう》の数々を、ここで後悔させてやる」

黒衣の男は佇立《ちょりつ》したまま、冷ややかな目で彩乃を見ていた。

ふいに薄い唇を吊り上げたかと思うと、嗄れた声でいった。

――なかなか面白いゲームじゃないか。

「何？」

彩乃が眉根を寄せていった。

――私を撃つはずじゃなかったのかね？

男の姿に異変が起こった。

輪郭が不安定になったかと思うと、ふいにそれが小さく縮み始めた。

見ていた京介は、映画の特殊効果で使われるモーファリングという技術を思い出した。ＣＧなどで被写体の輪郭をわざと崩して別の形に再生させる手法だ。

ハッと気づいたとたん、そこに座っていた〝司祭〟の姿はなく、小さな少女が足を投げ出していた。

デニムのスカートに焦げ茶色のトレーナー。胸には仔犬のアップリケと〈Ｐｒｅｔｔｙ　Ｄｏｇ〉と縫い取られた刺繍。お下げの髪を垂らしながら俯いていたその子が、ゆっくりと顔を上げた。

京介はハッと気づいた。

三田村友香だった。片桐たちといっしょに籠城していた娘だ。

「何をやってる。早く撃て！」

彩乃の後ろで男が怒鳴った。だが、彼女はさすがに撃てないようだ。

「お姉ちゃん、怖い」友香が震える声でいった。

「助けて」

「莫迦野郎が」

立ちつくした彩乃を押しのけるように、前に出てきた大男が、持っていた拳銃の銃口を少女の顔に向けた。拇指で撃鉄《げきてつ》を起こす。その金属音がやけにリアルに京介の耳に届いた。

「違う。この子は本当に人間なのよ。〝司祭〟が憑《とりつ》いていただけ」

そう、彩乃がいった。

「なに……」

男は逡巡《しゅんじゅん》していた。しばし少女の額に銃口を向けていたが、ふいに撃鉄を戻した。

「たしかに〝司祭〟はいなくなった」

そういって少女から離れた。

友香は小さな拳で目を擦りながら、しくしくと泣き出した。

その前に彩乃がしゃがみ込むと、ふいに少女は両手を前に伸ばして首にしがみついた。

「その子は、ここに立てこもっていたグループのひとりだ。名前は三田村友香」

そういって京介はその横顔を凝視した。

どう見ても、ごく普通の少女だった。

しかし不安はなくはない。この友香という少女が、あの北本真澄を思い出させる、何らかのイメージを持っているからだ。

しばし友香を抱きしめていた彩乃は、早くも少女が寝入っていることに気づいて、微笑んだ。

その小さな体をゆっくりと床に下ろした。そしてショットガンをショルダーホルスターに突っ込んでから、あらためて向き直った。

吉倉京介は彩乃を見つめた。彩乃も黙って見返していた。

「もう二年になるわね」

低い声で、彩乃がいった。

京介がうなずく。「そうだな。たったの二年でずいぶんと変わってみえる」

「あんたは全然だね」ふっと笑って彩乃がこういった。

「さっきミチルといったが、まさか藤木ミチルのことか？」

「あの子を連れ去られたから、この街に戻ってきたのよ」

「ぼくの生徒だ」

「奇遇。でも、おかげであなたと再会できた」

「あの子は東京に行ったはずだが？」

「私といっしょに戻ってきたの。いいえ、戻らされたというべきかな」

そういって彩乃はまた笑った。「ところで、あんときの約束、憶えてる？」

「約束？」

「今度、あなたに会うときは、思い切りぶん殴ってやるって」

いいざま、彩乃は足早に歩み寄り、京介の前に立ち止まった。

右手に拳を作ってグイと後ろに引いた。次の瞬間、それが風を切る素早い音がしたかと思うと、京介は顎《あご》に見事なアッパーカットを喰らい、そのままもんどり打って仰向けに倒れた。

8

「過激な女だな」

片桐穣二がくわえ煙草のまま、気絶した京介を介抱《かいほう》していた。「何があったか知らんが、二年ぶりに会うなり、これはないだろう？」

「放っといて。個人的な問題なんだから」

ショットガンに弾丸を装填しながら深町彩乃がいう。

頼城茂志という相棒の男は、武器弾薬を捜すためにいなくなっていた。

少女はまだ吉倉京介の傍で眠っている。仰向けになっているところに、片桐が羽織っていた上着をかけられていた。

「まあ、いいさ。それよりも、あんたらはどうやってここに入ってきた。外には化け物どもがうじゃうじゃいたはずだ」

「私たちがいた時間と、あなたがいた時間が微妙にずれてたの。だから何事もなくここに入れた。

でも、あのとき〝司祭〟に遭遇《そうぐう》してから、ふたつの時間の流れが合致《がっち》したようね。こうしてあなたたちにも会えたし、会話もできる」

「何のことかわからん」

「〈ゾーン〉という空間に移動してから、時空《じくう》が狂ってしまったの。でも、それがだんだんと修正されていったのよ」

「SF小説は苦手だ」

片桐は頬を這い上がってくる煙草の煙に目を眇《すが》めた。「ところで、さっきの頼城って男は何者だ」

「〝守護者〟といってもわかんないでしょうね。あの〝司祭〟や屍鬼たちに対抗できる存在だと思っていいわ」

「俺たちを助けるために、わざわざここへ？」

「吉倉京介」彩乃は顎で差していった。「その人、昔の彼氏だったのよ」

「尋常《じんじょう》ならざる仲だったらしいな」

いわれて彩乃は、ふっと小さく唇をすぼめて笑った。

「そういうあなたはどうなの？　奥さんか恋人に優しくしてる？」

「女房は静岡の実家にいる。結婚して四年で別居状態だった」

「おかげで命拾いしたってわけね」

「実をいうと、俺のほうが逃げ出したかった。鬼のような女だった」

「マッチョな男なのに恐妻家《きょうさいか》だったわけね」

「うちの部隊でいちばんのな」

「部隊？」

「陸上自衛隊なんだ」

「なるほど」

彩乃は片桐の顔をじっと見つめていたが、ふっと笑みを洩らした。そうして傍らで寝入っている少女、三田村友香を見下ろした。

安らかな寝顔だった。

〝司祭〟は、この少女に憑依《ひょうい》することで、外部から校内に入ってきた。精神的なテレポーテーションのようなものだろうと彩乃は想像した。

ここにいる大人たちが同じことに見舞われないのはなぜか。幼いがゆえに少女の心に隙があったのか、それとも別の理由だったろうか。が、そのため〝結界〟に孔が空いたと頼城はいった。

片桐の話だと、巨大魚の形をした屍鬼が襲撃してきたそうだ。たまたま侵入口を見つけて入ってきたのだろう。

そうなると、ここに長くはいられない。じきに他の屍鬼たちも校内に侵入してくるはずだ。

足音がして振り返ると、頼城が戻ってくるのが見えた。

軍用コートの肩に銃身の長い猟銃をかけて、革製の弾帯らしきものを片手にぶら下げていた。銃が血だらけなのは、きっと惨劇のあった二年一組の教室から持ち出されたものだからだろう。

「ここを出るぞ」

彩乃たちの前に立ち止まり、頼城は顎を振った。来いということだろう。

「俺たちは〝声〟に呼ばれて集まってきた。ほとんどが殺されたが、けっきょく、集められた理由はいったい何だったんだ」

片桐の疑問に答えたのは頼城だった。

「生き残った戦力の確保」そう、彩乃が答えた。

「戦力ったってなあ。この娘を入れてたったの五人だ」

「それでも戦力は戦力。ミチルを救ってこの街から出るの」

「そういや、あんた……外の世界から来たっていったよな。だったら、街から脱出する方法も知っているのか？」

彩乃は片桐を見て頷《うなず》いた。

「だが、校庭には奴らがたくさん群れてる」

「強行突破するしかない。時間が経てば経つほど、こちらが不利になるばかりだ。その先生をさっさと起こしてくれ。女の子は俺が背負《せお》っていく」

頼城はコートのポケットからとりだしたいくつかの散弾実包を片桐に渡した。

「ちょっと、いつまで寝てるのよ」

彩乃が吉倉京介の頬を叩くと、彼は眉間《みけん》に皺《しわ》を刻み、小さくうめいた。それからゆっくりと目を開けて見上げた。

「彩乃……？」

「いきなり殴ったりして悪かったわ。でも、ここから脱出するには、あなたの力が必要なの。意識をしっかり持ってこれを使って」

そういいながら、彩乃は京介が持っていた猟銃を彼の手に握らせた。

身を起こした京介は頭を振ってから、彩乃に殴られた顎に手をやった。

「前はおしとやかなお嬢さんだったのに、すっかりキャラクターが変わったな」

「鍛《きた》えられたのよ。ここ数日で」

「たったの数日？」

「日は短くても話せば長いわ」

「何にせよ、助けにきてくれて感謝してる」

京介をじっと見つめて、彩乃がわずかに微笑んだ。

直後、間近で迫力のある咆哮が放たれた。

全員がいっせいに振り返る。

薄暗い壁の前に巨大な影があった。彼らの目の前、長大な牙を生やした太古の生物、サーベルタイガーが、今まさに飛びかかってこようと身を縮めているところだった。それがしなやかな筋肉を躍動《やくどう》させ、一気にジャンプした。

銃声が狭い校舎の通路にとどろき、鼓膜を圧迫した。

散弾を喰らって顔面を砕かれた巨大な虎が、もんどり打って床にたたきつけられた。

底力《そこぢから》のある声を放ちながら、横倒しになりつつ暴れる虎に向けた。

数歩、近づきながら頼城茂志が回収してきたばかりのベレッタ社の水平二連式散弾銃を向け、無言でトドメの一発をぶち込んだ。頭部を粉砕された虎がそれきり動かなくなった。

「悠長《ゆうちょう》に話している余裕はない。とっとと行くぞ」

銃身を折って空薬莢をはじき飛ばし、すかさず友香を背負った頼城。その声にせかされ、片桐が続き、彩乃と京介が歩き出した。

校舎の一階に下りて、正面出入り口に待機《たいき》した。

一年から三年までの靴のロッカーが並んでいる。分厚《ぶあつ》いガラスの扉が見えるが、片桐たちが運び込んできた木材で打ち付けられていて、容易《ようい》に開けられないようになっていた。

埃に白っぽく汚れ、ひび割れたガラス戸の向こうに、校庭に乱雑に駐車《ちゅうしゃ》した、幾台かの車の群れが見えていた。

その間を黒い影が無数に蠢いている。光を放つ者もその合間を縫うように飛んでいた。

奇妙な叫び声、咆哮、笑い声などが重なり合って聞こえてくる。

ガラス越しに凝視しながら片桐がつぶやいた。

「悪夢を見ているようだ」

「それ以上だよ」と、京介がいう。「あの中を強行突破するとは自殺行為だな」

「手前に置いてある青いワゴンRがぼくの車だ」

「キーは？」

彩乃に訊かれて京介は答えた。「差し込んだままだ」

そうはいったものの、外の光景を見るにつけ、なかなか行動にはいたらない。

「いつまで待っててても騎兵《きへい》隊はやってこないぞ」

いらだつように頼城がドアに打ち付けた板の隙間に猟銃を突っ込み、無理やりにこねて、外しにかかった。

片桐と京介がそれにならった。ようやくガラス戸のひとつが開くようになると、外の魔物たちが察して向かってきた。

最初にとりついてきたのは、つるつるの坊主頭のゾンビだった。


いかにもB級ホラー映画に出てきそうな怪物だ。それが大きく口を開けて乱杙歯《らんぐいば》を向きだし、奇怪な甲高い声を放ちながらガラス戸に激しく体当たりをした。

すさまじい音とともに分厚いガラスが白濁し、放射線状にひび割れた。

片桐が腰だめに猟銃をかまえて発砲する。ガラスが大きく粉砕《ふんさい》された。

ダブルオー・バックの強力な散弾に頭を吹き飛ばされたゾンビが、両手を左右に広げたまま、ゆっくりと後ろに倒れた。

間髪《かんはつ》を容《い》れず、次の化け物がやってきた。

キノコのように傘《かさ》を広げた躰、その全身に無数の〝目〟があった。それが軟体《なんたい》動物のように躰をうねらせながら、急速に向かってくる。

「どこのどいつだ？　こんな醜悪なものを心で生み出しやがったのは」

そういいながら片桐が撃った。

肉片と眼球が無数に散乱し、粘液を飛ばしながら怪物がくねった。

彩乃と京介がガラス戸を開けた。

初っぱなに飛び出したのは友香を背負った頼城茂志。背中の少女が落ちないように左手をまわしつつ、右手の拳銃をぶっ放した。

白いドレス姿の背の高い白人女――真っ赤な唇からわずかに牙が覗いているため、おそらく吸血鬼だろう――の額の真ん中に着弾痕《ちゃくだんこん》が穿たれた。女は目を見開き、ものもいわずにくずおれた。

続いて彩乃、京介。最後に片桐穣二が散弾銃を低くかまえながら外に出た。

京介の青いワゴンRが、すぐそこにあった。

とっさに駆けつけて、運転席のドアを開く。その刹那、車内にひそんでいたものが飛び出してきた。

全身を無数の鱗《うろこ》にびっしりと覆われた裸女だった。両手で京介の躰にすがりつき、その勢いで仰向けに押し倒してのしかかってきた。

「あはははは！」

鱗女は狂ったように笑いながら、ギザギザの牙が生えた口を開けて、京介の顔に噛みつこうとした。

直後に銃声がして、女の頭が血煙《ちけむり》とともに消失した。

「うわっ！」大量の返り血を顔や胸に浴びて、京介が叫んだ。

撃ったのは彩乃だった。「車内にまだいるわ」

片桐がドア越しに散弾をぶち込む。

すさまじい銃声とともに車内に隠れていた毛むくじゃらの巨大な蟲が奇怪な悲鳴を上げた。

破れたガラス窓に緑色の粘液が飛び散った。

だが、蟲は一匹ではなかった。さらに多くがシートの間に蠢いている。

「ダメだ。他の車を捜せ」

頼城の声に、京介は周囲を見た。どの車もかなり離れて停めてある。キーが差し込まれたままだという保証もない。

「場当たり的な作戦は、やっぱり命取りだったぜ」

片桐に皮肉られた頼城がむくれた。「まだ負けと決まったわけじゃない」

「八方塞がりな上に頼みの騎兵隊の到着もない。どうすりゃいいんだ」

「うるさい！」

斜めに滑空《かっくう》して頭上から襲撃してきた大きな真っ黒な鳥の化け物を、頼城が拳銃で狙い撃ちにした。

小さな拳銃弾では致命傷《ちめいしょう》にならず、鳥はそのまま急降下してきた。巨大な嘴《くちばし》を開けて奇声を放ち、黄色い鉤爪を開いていた。

京介が銃床を肩付けしてかまえ、散弾銃を撃った。

黒い無数の羽根を散らして、巨鳥が空中でもんどり打ち、翼を奇妙な方角に折ったまま、落下してきた。そのまま銃をかまえつつ、京介は周囲を見渡す。

様々な形をしたおぞましい百鬼夜行の群れが、包囲網を縮めていた。

京介と彩乃、友香を背負った頼城、そして片桐。全員が本能的に背中を向け合い、四方をカバーしながら立つかたちとなった。

いちばん近い車はミニバンの日産セレナ。だが、そこまでの距離は三〇メートルはある。

なお悪いことに魔物たちの包囲網の外だ。

その百鬼夜行の群れが、奇声を上げながら

いっせいに襲いかかってきた。

四人が同時に銃をかまえた。

そのとき、校門の方角からエンジン音が聞こえた。

京介は見た。

ディーゼルエンジン独特の排気音とともに、ヘッドライトを点灯《てんとう》させながら疾走《しっそう》してきたのは、九四年型の三菱デリカ・スターワゴンだった。

それが校庭に突入してくるなり、前にいた半魚人のような魔物を撥ね跳ばした。

続いてイソギンチャクかフジツボのような軟体生物を大きなタイヤで踏みつけてつぶした。

さらに数体の怪物、魔物が車体と衝突して跳ばされ、あるいは粉砕された。

デリカは派手な排気音を立てながら、まっしぐらにやってくる。

片桐が汗ばんだ顔に笑みを浮かべた。「奇兵隊のご到着らしい」

砂煙《すなけむり》をもうもうと立てながら、デリカは横滑りしつつ彼らのほうへやってきて、すぐ目の前で停まった。

「ひでえ運転だな。誰だ」

遠慮会釈《えんりょえしゃく》もなしにいう頼城の前、車体のスライドドアが開いて、眼鏡をかけた少年が上半身を出し、手招《てまね》きした。「早く、こっちへ！」

ウインドウ越しに見ると、運転席と助手席にいるのも子供のようだ。

「これはまた小さな騎兵隊だな」

頼城がいいながら、彩乃を最初に乗せた。

背負っていた友香を車内の彩乃に渡す。続いて片桐、京介。最後に頼城本人が乗り込もうとしたとたん、背後から激しく鞭を打つような音が聞こえてきた。

振り返ると、巨大な蜘蛛が八本の長大な脚を動かしながら走ってくるところだった。

脚の長さは二メートル近く、胴体だけでも仔牛ほどもあった。それが牙を左右に開くなり、銀色の糸を長く飛ばしてきた。

あやうく躱した頼城の傍、デリカのバックミラーが音を立てて溶けた。

頼城が二連の猟銃を発砲する。赤ん坊のような悲鳴とともに、蜘蛛の胴体が黄色い粘液を跳ばして四散した。

頼城は銃口を油断なく外に向けながら、素早く車内に入り、ドアを閉めた。

「これで全員だな」

顔に付着《ふちゃく》した魔物の血をハンカチでぬぐいながら京介がいったとたん、デリカが急発進した。激しくノッキングし、車体を揺すりながらながら苦しげに走り出した。

ハンドルを握っているのも小柄な少年だった。まだ十代になったばかりだろうか。

助手席には小学生ぐらいの少女がいる。その横顔を見て、京介がいった。

「きみはたしか五年生の中道弥生……？」

彼らを手招きした少年にも見覚えがあった。

「吉倉先生。お久しぶりです」

眼鏡の少年は、顔から血の気が引いたままだったが、無理やりに笑みをこしらえた。

「中道浩史じゃないか」

去年、御影小学校を卒業していった生徒だ。

「運転してるのは三宅順です」

浩史がいったので、京介はすぐに思い出した。いずれも、小五、小六と二年続けて、自分が受け持った子らだった。いつも彼らはつるんで遊んでいた。

「俺たち、妙な〝声〟に呼ばれたんですよ」浩史がいう。

「子供の声なのよ」と助手席の弥生。

「君らもか」

「でも、化け物に囲まれた中学校に入るに入れず、遠くから見ながらやきもきしてたんですが、結果オーライでした。

近くに車が乗り捨てられてたんで、これで学校に突入しようって決めたんだけど、こうやって先生たちを助けることになるなんて」

頼城が抱いていた少女――三田村友香は、彩乃の膝の上でまだ眠ったままだった。

彩乃はその柔《やわ》らかな黒髪をなでた。かすかな寝息《ねいき》が聞こえていた。

「すべてはあの子が導いてくれたのよ」

助手席にいる弥生がまた振り返りながら、そういった。

「あなたたちを集めたのは藤木ミチルという男の子。今は〝司祭〟に囚《とら》われの身となってる。私たちはあの子を救い出さなきゃいけない」

彩乃が友香の小さな躰を抱きしめたままいった。

「だとすると、俺たちは光の戦士。まさしく〝選ばれし者〟ってわけだ」

ハンドルを握りながら順がそういった。

「ゲームのやり過ぎだってば」と、浩史が苦笑いする。

甲高いエンジン音で会話が聞き取りづらい。おまけにひどい揺れだ。

「どうでもいいがな。そのヘタっぴな運転、何とかならんか」

片桐がシートにつかまりながらいう。「ギアがローになったままじゃないか。それじゃ、いくらアクセルを踏み込んでもスピードは出ないし、ガソリンのむだ遣いだ」

「高校生に無理な話だよ。オートマならともかく、マニュアルシフトの車なんか、無免許で運転できるかっての」

運転席の三宅順が大声で叫んだ。「エンストさせないだけで精いっぱいなんだ」

「もう車を停めても大丈夫よ」

後ろを見ながら彩乃が笑った。「奴らは追ってこない」

その直後、彩乃の笑顔が凍り付いた。

いいながら振り向いた京介が言葉を詰まらせた。

「どうした？」

車内にいる全員が、それに気づいた。

三宅順がブレーキを踏み、デリカが停車した。

彼らが乗った車は、丘を下りるなだらかな坂道の途中に停まっていた。けだるいアイドリングの音とともに、排気管から青いガスを洩らしている。

道の左右は白樺《しらかば》やカラマツが混じった疎林《そりん》が続き、坂道を下った先に御影町の市街地が見えている。

ぐるりと四方を取り巻くすべての世界が、いま、オレンジと黄金色《こがねいろ》の入り交じった光に包まれ、眩いばかりに輝いていた。

西の空に沈みゆく巨大な夕陽が巨大にふくれあがり、真っ赤に燃えていた。

その毒々しいまでの緋色を、デリカの車内にいる一同は憑《つ》かれたように見つめていた。

京介は自分がまるで他の惑星《わくせい》にいるような錯《さっ》覚《かく》におちいった。

いや、実際にそうなのかもしれなかった。自分たちは街ぐるみ別の世界にさらわれてしまったのだ。ここは元の世界ではないのだ。だから、この夕陽は彼らがふだん見ていたものではない。

「これから長い夜が始まる」頼城茂志がそうつ

ぶやいた。「もう明日という日は来ない」

「二度と朝日を見ることはないのね」

彩乃が訊いた。

「この世界を出ないかぎりはな」

それにしても、と、吉倉京介は紅蓮《ぐれん》と黄金色に燃え上がる空を見つめて思った。

何て美しい。おぞましいまでに美しい黄昏《たそがれ》の光景ではないか。

まるでこの世の終わり、世界の終焉《しゅうえん》を見るようだ。

いや、まさにこれは終焉。御影町にとって、これは最後の夕陽なのだ。

街は滅びてゆく。

少年と運転席に入れ替わった片桐の運転でデリカがゆっくりと走り出した。

ゆるやかな下り坂。道の左右、路肩に沿って誰が植えたのか、バラを思わせる花が無数に咲き誇っていた。

そのすべての花びらが血のような赤一色だった。

9

青白い光を放ちながら、球体が空中で回転していた。

そのすぐ前に佇立していた〝司祭〟が、青いスパークの輝きに、骨張った顔を闇に浮かび上がらせながら、虚空《そうくう》を凝視している。

光球は長身痩躯の男のすぐ横に浮かび、上下にゆっくりと揺れていた。

その眩い光輝《こうき》を放つ物体の中に少年の姿があった。

胎児のように丸まって、今は眠っている。その安らかな寝顔を見つつ、〝司祭〟は片眉を大きく吊り上げて、不敵な笑みを浮かべた。

藤木ミチルをついに手中にした。

これから少年の心を砕き、無にしたところで、施術《せじゅつ》をする。

もともと〝発現者〟は、古《いにしえ》の邪神の復活を阻止する存在である。

彼らはこの世界のあちこちに生まれ、それぞれが無意識にパワーを発しながら、地球という惑星全体を見えないバリアのようなもので覆っている。それを彼らは〝輝き〟と呼んでいる。

その〝輝き〟がこの世界に充《み》ちているかぎり、邪神の復活はあり得ない。

かつては自分自身もその〝輝き〟を放つ者のひとりだった。

しかし今は違う。

この世界を憎しみや恐怖で充たし、この星から〝輝き〟を駆逐《くちく》し、やがて大いなる邪神を復活させるために生きてきた。

そしてこの藤木ミチルもまた、彼以上の力を持つ魔人となるだろう。

それまで何人かの〝発現者〟を見てきたが、ミチルほどの力を持った者は初めてだった。

おそらく自分をはるかに凌駕《りょうが》するほどのパワーを持つ存在であろうことは、間違いない。

ただし、そのパワーにまだ目ざめていない。

〝発現者〟というのは、往々にしてそういうものだ。

それが光になるか闇になるか。

単純な選択肢《し》の差異が、この世界を大きく変える。

ただしミチルを確実に覚醒させるためには奴らを消す必要があった。あの少年が〈仲間〉だと思っている――我々にとっての邪魔な存在をことごとく抹消《まっしょう》し、ミチル自身に徹底的な孤絶感を植えつける。

そのためには、あの愚かな人間たちを処理しなければならない。

それにしても、頼城！

〝司祭〟の怒りを受けて、傍らで回転していた光球が、輝きを増した。

中に映っていた藤木ミチルの姿が見えなくなり、代わりに毒々しい赤や青の入り交じった光がきらめくようになった。

怒りや憎しみや哀しみや怖れを吸収して、この〝スフィア〟は活性化してゆく。

頼城茂志。もう二十年も前に、お前とは決着がついていたはずなのに。それが、どうして今になって姿を現したのか。不死者のようによみがえっては、私の前に立ちはだかる。その理由は何なのだ。

〝司祭〟は、深町彩乃のことを思った。

ミチルと運命的に結ばれていた女だった。本来は、それだけのことだったのだ。

だが、頼城茂志という〈守護者〉に出会うことで、あの娘の運命は劇的に変化した。そのことに、〝司祭〟はずっと途惑《とまど》いを感じていた。

最初はただの餌食だったのに、あの女は確実に力を増していた。それは先の短い頼城の後継者になるためではないのか。しかし頼城のような〈守護者〉になるには、ある条件が必要だ。

それは文字通り〝受け継ぐ〟ことだ。

誰もが簡単に素質を受け継《つ》ぐことはない。特殊な条件の下で、特殊な力が温存されている。

そんなきわめてまれな環境下において、ある試練を経たのち、初めて〈守護者〉として目覚める、そんなプロセスが必要なはずだった。

（待てよ）

〝司祭〟は思った。

（そのプロセスを作り出し、試練として彼女に与え、見事に合格点を引き出してしまったのは、他ならぬ自分ではないのだろうか？）

だとしたら――

彼は思った。だとしたら、あの彩乃という女こそが、ミチルを動かすカギになる。

いずれにせよ、ミチル同様、あの女ももうすぐ手中にできる。

すべてはそれからだ。

〝司祭〟は、片眉を吊り上げ、薄い唇を歪めて凄絶《せいぜつ》な笑みを浮かべた。すると〝スフィア〟の光が次第に薄れていき、ふたたびすべてが闇に閉ざされた。

10

湿《しめ》っぽい壁に覆われた昏く狭い部屋の中に、少女はひとり座っていた。

もうずっと長い時間、ここにいた。

石畳《いしだたみ》のようにゴツゴツとした冷たい床に座り込み、背を丸くしながら両脚を抱えるようにして、膝頭《ひざがしら》に顔を押しつけていた。ゆっくりと舟をこぐように躰を揺すっている。

ぎゅっと目を閉じ、口を引き結んでいるのは、心を固く閉ざしているからだ。

ちょっとでも意識を開放すると、すかさず過去の残像が頭の中に流れ込んでくる。それを何としても防がねばならなかった。

思い出したくもない記憶が、現実に目の前で見ていることのように、はっきりと明瞭《めいりょう》なイメージとなって襲ってくるからだ。

だから必死に心に壁を作って、その侵入を阻止しなければならない。

トモユキは何をしているのだろう?

ゆいいつの味方、いや理解者であった友達のことを考える。

けれども自分にはわかっている。この心の壁を作っているかぎり、あのトモユキもここには入ってこられないのだ。

北本真澄はそっと顔を上げて、薄闇の中に立ちはだかる冷たい石の壁を凝視した。

目の前の壁の外に、彼がいるのを感じた。何とかトモユキを招き入れなければ。そうしないと、このままずっとここにいたら、私は――。

しかし真澄には勇気がなかった。それに立ち上がることもできないほど疲労《ひろう》していた。

――あんたなんかね、生まれなきゃ良かったのよ!

ふいにまたママの〝声〟が意識に飛び込んできた。

その瞬間、真澄は肩を震わせた。恐怖とおぞましさと哀しみが入り交じった感情が突き上げてきて、躰全体から力が抜けそうになった。

同時にママのイメージが強いパワーをともなって杭を打ち込むように意識の中に突き刺さった。

頬骨の突き出した顔。毒々しいまでに濃い化粧《けしょう》と、白髪交じりのほつれた髪。鬼のようにつり上がった目で娘の真澄をにらみつけながら、真っ赤な唇の間から歯を剥《む》き出して怒鳴りつけた。

――さっさと死んでしまえ。

何度も唾《つば》を吐きかけられ、頬を平手《ひらて》ではたかれ、足や腹を蹴飛ばされ、髪の毛を鷲《わし》掴みにされて振り回された。額が割れるほど、柱に顔を叩きつけられたことだってあった。

だけど、私はママを憎まなかった。二年前にパパが家を出て行ってからというもの、たったひとりの親だったし、いつか幸せが来ると本気で思っていたから。

だってどんなお話でも、不幸にあった子供には神様が慈悲《じひ》の手をさし伸べてくれるのだから。

そんな無知な心に本当の憎しみが芽生《めば》えたのは、あるとき、ママが父親じゃない男と裸になって抱き合っている姿を、障子の隙間から見てしまったからだ。

真澄が知らない若い男の下になって、ママは獣のように絶叫していた。最初はその男がママに何か悪いことをしているのだと思った。でも、そうじゃなかった。ママは自分から男を求めていた。

何ておぞましい。

真澄は激しく顔を振って、そのイメージを追い払おうとした。

けれども、払いのけても払いのけても、汗だくになって若い男に抱かれるママの裸身が心に突き刺さるように襲ってくる。

獣のそれのように口から放たれた淫猥《いんわい》な嬌声《きょうせい》が、いやでも意識の中心でリフレインする。

昏く、狭い部屋の中で、真澄はまた泣いた。冷たい壁に四方を囲まれた空間に閉じこもって、身を震わせながら嗚咽《おえつ》した。

――ママを殺してやりたい。

台所の包丁をとって、ママの背中に突き立ててやりたい。あのとき、あられもない母親の姿を凝視しながら、真澄はそう思った。

そんな意識の中から、もうひとつの人格が生まれた。

真澄はその人格にトモユキと名付けた。ただひとりの友人だった。

心の中で呼びかけていただけのトモユキが、実際に姿を現したとき、真澄は驚きはしたが、べつだん恐怖は感じなかった。なぜならば、それは自分の心が分かれて作られた存在だったからだ――。

《真澄、ドアを開けてくれ》

トモユキの声がして我に返った。

それははっきりとした音声として耳に飛び込んできた。真澄は暗がりに目を見開き、冷たく湿った石の壁をじっと見つめた。

この壁のすぐ外にトモユキがいて、そこから声をかけている。

――だって、ここから出られない。ママが外にいるの。

しばらくすると、またトモユキの声がした。

《忘れたのかい。ママはぼくたちで〝処理〟したじゃないか》

真澄は思い出した。そうだった。トモユキとふたりでそれを念入りにやってのけた。

だからママはもういなくなった。いくつかの赤い塊《かたまり》になって、酷《ひど》い臭《にお》いを放ちながら、まだあの部屋に転がっているはずだった。

――でも……どうやって、ここから出るの？

この部屋にはドアがないよ。

すると外にいたトモユキが笑った。

《きみは自分からそこに入ったんだよ。ドアは存在するんだ》

――え？

眉根を寄せて凝視する先、ふいに石壁の中央に幻のようにドアが浮かび上がった。

錆び付いた鉄扉《てっぴ》だった。周囲に小さな鋲《びょう》が並んで打ち付けられ、鉄棒の閂《かんぬき》が真一文字《まいちもんじ》に取り付けられている。

真澄はゆっくりと立ち上がると、その閂を横にずらして外し、ノブをひねってドアを押した。かすかな軋《きし》み音とともにそれが開いた。

真っ白な光。

その中にシルエットとなって、少年が立っていた。

「トモユキ……」

真澄は少年の名を呼び、心を閉ざしていた部屋を出た。

光の中でトモユキは笑って立っていた。

ふいに彼は踵を返すと、ゆっくり歩き出した。

少年のすぐ目の前に遊園地で見かけるような回転木馬があった。アールヌーボー調の豪華な装飾《そうしょく》を施《ほどこ》されたメリーゴーラウンド。

いくつかの木馬やゴンドラが、柱の間に並んでいる。

トモユキは円形の広いプラットホームに上がると、そのうちのひとつである白い木馬に乗った。

驚いた真澄が見ている目の前で、カライアピーの音楽が高らかに鳴り始め、ゆっくりと木馬たちが回り始めた。

トモユキは馬吊り棒にしがみついたまま、回る木馬に上下に揺られながら、ずっと真澄を見つめていた。

ふいにその姿に変化が起こった。視界から外れ、やがてまた現れたトモユキは、もはや少年ではなくなっていた。

そう。木馬が一周するごとに、トモユキは大きくなってゆく。二周目で若者になり、三周目で大人びた顔となり、四周目で中年の顔に変化した。それとともに着ている服もみるみる変わってきた。

今、トモユキはまったく違う人物になっていた。真っ黒な背広《せびろ》のような上着とズボン、黒い革靴《かわぐつ》。そして首には白い詰め襟。

突然、メリーゴーラウンドが回転をやめた。

男は木馬を降りて、プラットホームから地上へと足を降ろした。

頬骨が突き出した痩せ顔、異様に光る青い目。薄い唇に笑みを浮かべて立っている。

最初、真澄は驚いたが、その人物が脅威《きょうい》ではないことが、すぐに理解できた。

彼女にはそれが聖職者だとわかった。

――来なさい。

男がふいに背を向けて歩き出した。

真澄は一瞬、その後ろ姿を見つめた。しかし、すぐに男を追って歩き出した。

迷いは吹っ切れていた。

11

フロントガラスの先、まっすぐな一本道が前方に向かって延びている。

アスファルト道路のずっと向こうは、暗晦《あんかい》な闇に溶け込んではっきりと見えない。

その闇の奥から絶え間なく現れる道路の中央ラインの破線が、規則正しくならびながら車の前から後ろへと流れてゆくのを、深町彩乃はじっと見つめていた。

何度も交差点や分岐《ぶんき》点を通過したが、一度として停車しなかった。

現実世界から消し去られてしまった街。ここ御影町にもはや秩序はなく、社会規範《きはん》も交通ルールも無意味だ。

それがわかっていて、なぜか彼らは左車線を律儀《りちぎ》に走っていた。きっと運転手の癖《くせ》が抜けないのだろう。

九四年型三菱デリカ・スターワゴンの広い車内には、四人の男女、そして四人の少年少女が、物憂《ものう》げなディーゼルエンジンの排気音に身を任せていた。

少年少女たち――三宅順、中道浩史と妹の弥生、三田村友香は、そろって眠り込んでいる。

彩乃もそれまで様々なことがあって心底、疲労していたが、不思議と目が冴《さ》えて眠気は訪れなかった。

ハンドルを握る片桐穣二と助手席の頼城茂志。大人でただひとり眠っているのが、彩乃の隣の席にいる吉倉京介である。

屍鬼たちの包囲をからくも突破し、御影中学校をあとにして以来、京介はひとりであれこれとしゃべりつづけていた。誰もろくに受け答えもしなかったがかまわないようだった。

心底、恐怖におののき、あるいは興奮冷めやらぬがゆえの饒舌《じょうぜつ》だということに気づいていたから、彩乃も京介のむだ口を無理に止めたりしなかった。

ふと沈黙に気づくと、いつの間にか京介は寝入っていた。安らかな寝顔だった。

うるさかった男が寝入ったとたん、なぜか車内の空気が重苦しくなった。運転席の片桐穣二がわざとらしく咳《せき》払いをして、いった。

「で、これからどこへ向かえばいいんだ?」

助手席で前方の闇を凝視していた頼城が答えた。「このまままっすぐだ。街外れに小さな河川公園がある。電話ボックスが目印だ。街からの〝出口〟がそこにある」

「誰かを助けにゆくんじゃなかったのか?」

「それは俺と彼女の仕事だ」

「彼女って……その彩乃って娘のことか。だったら俺も手伝う」

「あんたには、この子らを最後まで守る義務がある」

「子守りなら娘と学校のセンセがおあつらえ向きだろう？」

片桐が後部座席で眠りこけている京介を指さした途端《とたん》、頼城が素早く手を伸ばし、ハンドルを強引に掴んで回した。すんでのところで路肩にあるゴミステーションの建物に正面衝突しようとしたデリカが、からくも右に逸《そ》れてそれを回避した。

「ちゃんと前を見てくれ」いらだたしげに頼城がいった。

「俺を見くびってるんじゃねえのか？」

「そうじゃない。弱きを守ることも重要な任務だ」

頼城の左手にあるウイスキーの入ったスキットルを見て、片桐が苦笑いした。「アル中のオッサンに何ができる。俺はこれでも自衛隊じゃな……」

いいかけた言葉が途中で消えた。

あわてて急ブレーキを踏んだ片桐が、前方を凝視していた。

左車線の真ん中に停止したデリカが、エンジンをアイドリング状態にしたまま、かすかに車体を振動させていた。

片桐と頼城がフロントガラス越しに前方を見ている。彩乃も異変に気づいて目をやった。

真っ暗な二車線の舗装路が前方に延びている。その路肩に人の姿があった。前方およそ五〇メートル。

やけに小さいと思ったら、みんな子供のようだ。十人前後、一列になってアスファルト舗装された道路の端を歩いている。

その後ろ姿。こんなに暗瞑《あんめい》な視界なのに、その姿がやけにはっきりと、闇に浮かぶように見えているのはなぜだろう。

もしや幽霊?――そう思って、彩乃は内心、苦笑した。

幽霊が出たからといって何なのだろう。私たちはもっと恐ろしく、もっとおぞましいものをいっぱい、いやというほど見せつけられてきたのだ。

子供たちは路肩を歩き続けている。魔界に閉ざされ、ありとあらゆる恐怖の中で人々が殺されていったこの街にあって、まるでそこだけ日常の光景を切り取って貼り付けたように見えた。

幽霊ではないとすれば、幻でも見ているのか。

「車を出せ」と、頼城がいった。

「だけどよ……」

躊躇《ちゅうちょ》する片桐に彼は命じた。「惑わされるな。あれも〝奴ら〟の仲間だ」

「屍鬼ってことか?」

「いいから走れ。かまわずにそのまま行くんだ」

片桐が乱暴にアクセルを踏みつけたおかげで、発進の勢いでデリカがガクッと揺れ、彩乃はシートの背もたれに押しつけられた。

そのまま加速するデリカの車窓越しに、見た。

路肩を並んで歩く子供たち。闇に閉ざされる世界を、場違いなほど平和そうに行列を作って歩く小学生の列。

それらの顔また顔がいっせいに振り向いた。

彩乃が息をのんだ。子供たちのどの顔もすべて目鼻口のない、のっぺらぼうだった。

デリカはその横を走り抜けてゆく。路肩の行列とすれ違うとき、真っ白な顔がいくつも、車の通過を追っていっせいに振り向くのが見えた。

しかし何事もなく、デリカは通過し、加速しながら離れてゆく。

「虚仮威《こけおど》しじゃねえか」片桐がせせら笑った。

「そうじゃない。俺たちは見張られているということだ」

そういいながら、頼城がスキットルを口につけて呷った。「この街はすでに奴らのものになってるってことを忘れるな」


前方にフェンスが見えてきた。ところどころ、破れたりひん曲がっている。

町外れの河川公園。彩乃たちが外界からゾーンへの進入路に使った電話ボックスが小さく闇の中に溶け込むように立っていた。

「あれか？」片桐が指差した。

「車を近づけてくれ」と、頼城がいう。

デリカが電話ボックスに接近していく。あそこから外界に出られたら、この恐怖の街のことを忘れられるかも知れないと、彩乃は思った。

しかし、その前にミチルを助けなければならない。そのために私はここに来たのだから。

ずっと感じていたミチルの思念。助けを求める声が、だんだんと微弱になっている。

あの魔物に捕らえられた少年の身に、どんなことが起こっているのか。

電話ボックスがさらに近づいてきた。デリカのヘッドライトの光が、まともにそれを捉えるようになった。

そのとき、彩乃は目撃した。ふいにフロントガラスの外、視野全体が波のように揺らいだのである。

揺曳《ようえい》がおさまったとき、目の前に立っていたはずの電話ボックスが忽然《こつぜん》と消えていた。ハッと肩越しに振り向くと、リアウインドウのずっと向こうにそれはあった。

いつの間にか通り過ぎた？

いや、そうじゃない。彩乃はすぐに気づいた。

私たちは〝戻されて〟しまったのだ。

「くそったれ。またかよ！」

ブレーキを踏みながら片桐が悔しげに叫んだ。

デリカをいったんバックさせ、ハンドルを切りながらUターンさせる。前方に見える電話ボックスに向けて車を発進させた。

しかしすぐにさっきのように視界が揺らぎ、電話ボックスが消失した。まっすぐ道路を走っているはずなのに、空間がねじ曲がって、元来《もと》た道に戻されている。

「悟られていたか」

頼城がいったので、彩乃は訊いた。「〝司祭〟は知ってた？」

「俺たちの出入り口をあいつは察知していた。


扉はすでに閉じられ、あの電話ボックスはすでに〝外側〟だ」

「私たちは外の世界に戻れないんだ」

彩乃は絶望という言葉を脳裡に描いた。街からの脱出口は閉ざされ、肝心《かんじん》のミチルはまだ居場所もわからない。

「奴らだ……」

ハンドルを握ったまま片桐がいった。

道路の前方にあの子供たちの姿が見えた。

さっきまでは路肩を行儀《ぎょうぎ》良く一列に並んで歩いていたのに、今は道いっぱいに横広がりになって立っていた。道路をふさいでいるようだ。

デリカのヘッドライトに照らされた小学生の姿。それぞれの顔は、やはり目鼻も口もないのっぺらぼうだった。

「スピードを落とすな」頼城が低い声でいった。

「突っ走って突破しろ」

「ガキどもを殺せってか」

運転している片桐は明らかに躊躇している。彩乃とて同じ気持ちだ。

「奴らは人間じゃなく魔物だ。殺意の塊のような存在なのだ。俺たちの情を利用するために、今はああして子供の姿をとっているだけだ」

片桐がデリカを加速させた。前方に立っている少年たちの姿が急速に近づく。

「やめて――！」

彩乃が叫んだ。片桐はさらにアクセルを踏み込んだ。

激しい衝撃音とショックが車を襲った。フロントガラスが白濁してひび割れ、そこに褐色の痕を残しながら、何人かが宙に放り上げられるのが見えた。

彩乃は両手で顔を覆った。

悲鳴がいくつも聞こえたような気がしたが、幻聴だったかもしれない。

しかしデリカの広いフロントガラスに付着し、筆《ふで》書きされたようにうねりながらこびりついている大量の血痕は本物だ。

片桐が舌打ちをしてウォッシャー液を窓に吹きつけ、ワイパーでそれをぬぐった。

三宅順たちはまだ眠っていた。彩乃は安堵《あんど》した。

何気なく反対側の窓際に座っている三田村友香を見た。

友香は満面に汗を浮かべて、苦しげに眉間に皺を刻んでいる。呼吸も速いようだ。彩乃はシートベルトを外して移動し、少女の額に手を当てた。

「凄い熱」

中学校を脱出する前から、少し咳き込んでいたのに気づいていた。

気配で起きたらしく、吉倉京介が目をこすりながらいった。「どうした？」

「この子、病気らしいわ」

友香の腕をつかんで脈をはかると、かなり速い。満面に小さな汗の粒《つぶ》が浮かんでいる。ふいに少女が躰を折り曲げるように咳き込んだ。

京介が、心配げに顔を寄せてきた。「風邪かな」

「大丈夫？　しっかりして」

友香は薄目を開いて彩乃を見上げた。「……寒い」

目がひどく充血していた。

「他に出口はないの？」彩乃は頼城に訊いた。

「この子を早く病院につれていかなきゃ」

「ゆいいつの出口はふさがれた。ここから出るには〝司祭〟を斃《たお》すしか方法はない」

「衰弱《すいじゃく》して死んでしまうぞ。だったら、せめてどこかで安静にさせないと」と、京介。

彩乃は少女を抱きしめながら考えた。

前方に『病院前』と書かれた信号が見えてきた。

「そこを左に曲がって！」

指差しながら彩乃がいった。「丘の上に御影総合病院があるわ」

「医者も看護師もいないはずだ」

いいながら片桐が強引にハンドルを切って、車を左の道へと入れた。

「薬はあるでしょう」と、彩乃。

予想外の急坂にさしかかったためにデリカがエンストを起こしかけ、片桐はあわててクラッチを切りながらシフトダウンをして、めいっぱいアクセルペダルを踏み込んだ。

12

その遺体は原形をとどめないほど破壊されていた。

右脚が膝下からなくなり、右手はそっくり肩の関節から抜けていた。その上、頭部が首からちぎれてなくなっているため、かろうじて男性であることはわかるが、若者か年寄りかまるで判別がつかない。

ほとんど全裸の躰にはあちこち深い爪痕《つめあと》が残り、ボロボロになった衣類の切れ端がからみついている。

仔鬼《こおに》がそれを引きずっていた。

躰のパーツがいくつか欠損《けっそん》しているとはいえ、それでも五〇キロぐらいある死体を、いとも楽々と片手だけで引きずりながら、廃墟の瓦礫の上を裸足で歩いている。

かれらは恐怖という人の妄念《もうねん》が生み出す魔物だ。この仔鬼は怖いというよりも、ひどく醜悪な姿形をしていた。

頭の上に太い角《つの》が立ち、白濁した目がひとつ。口の両端から牙が突き出している。下腹の突き出したでっぷりと太った体躯で、腰のところだけに布がまきつけてあった。

それが全部で五匹、街のあちこちから人間の骸《むくろ》を探し出してきては、ここに運び込んでいる。

死体は五十体以上、もしかすると百以上あるかもしれない。

文字通り山ができあがっていた。瓦礫のあちこちには、それを引きずったときにできたどす黒い血痕の長い模様が幾筋も残されていた。

腐り始めた死体が放つ臭気もすさまじい。それを嗅ぎつけて集まってきた無数の蝿の羽音。

こうして死体を集めてきて、ひとつところに積み上げるという仔鬼の行為には、まったく意味がない。

そもそも正常な世界における生物とは違って、それらを喰い殺す癌《がん》細胞のように生まれてきた魔物たちにとって、弱者を捕食する以外に存在意義もない。ただたんにかれらは活力をもてあましているから、こんなことをしているだけなのだ。

少し離れた場所から冷ややかな目でそれを見ながら、〝司祭〟は黙考《もくこう》していた。

ジュリアン・有坂・ウェーバー神父。

彼は、西暦一九〇八年——明治四十一年に横浜で生まれた。

父親、チャールズ・ウェーバーはアメリカ・ペンシルバニア州のある教区から日本に派遣《はけん》されて渡航《とこう》してきたカトリックの神父で、横浜の教会に赴任していた。

母親の有坂美汐は身寄りのない少女時代、その教会の神父に拾われ、働いていた。

来日して二年、チャールズは鬱《うつ》病から酒浸《びた》りになっていた。

馴れぬ異国の空気が合わなかったのだ。言葉も慣習も生活の形態も、ありとあらゆるものが違う。そんな中になじめぬままずっと暮らしていた。

チャールズは美汐を見初めていたが、ずっと打ち明けられずにいた。神父は結婚を許されていないからだ。しかし、チャールズはあるとき戒律《かいりつ》を破り、結果、ふたりは結ばれた。

やがて同居を始めた彼らの間に子供が生まれた。

ジュリアンと名付けられた息子は、成長するにつれ、悩み多き青年となった。それは〝発現者〟として覚醒し、他人とは違う特殊能力が備わったにもかかわらず、それをひた隠しにしなければならないという悩みゆえだった。

不満の矛先《ほこさき》は、やがて身内へと向けられる。純粋であるがゆえにキリスト教の戒律を破った父をしだいに憎悪《ぞうお》するようになり、十八のとき、北海道に渡って札幌《さっぽろ》の教会で洗礼を受けた。

そこで司祭として五十年、聖職に身を捧《ささ》げた。

当時、開拓地におけるキリスト教の布教《ふきょう》は、思うようにならなかった。戦争が始まるとともに人々は教会から離れていき、やがてジュリアンは孤立し、思想犯として弾圧すら受けるようになった。スパイ容疑で特高《とっこう》警察にも何度となく逮捕された。

父の呪われた血が、自分の中にも流れている。〈力〉の発現はそれがゆえだ。いつしかそんな想いに囚われ、やがてジュリアン自身の精神も破綻《はたん》していく。

父と同じように酒浸りの生活となり、ある日、教会の鐘楼《しょうろう》の梁《はり》に太いロープをかけて、そこに首を入れた。

いま、私は、自分が生まれてきたことを、心の底から後悔している。

そして父と母を呪う。

ジュリアンはそう思いながら、足場を自ら蹴り倒した。

彼は聖職者として、さまざまな破戒《はかい》を重ねてきたが、最後は自殺という教理でもっとも重い罪を犯すことを選んだのだった。

その呪いの思念が、魔を呼んだ。聖職者は悪魔との契約に躊躇はしなかった。

もともと〝発現者〟としての能力を秘めていた彼は、こうして死を超越《ちょうえつ》した存在となったのである。

施術――〝司祭〟がそう呼ぶ精神交感を繰り返すうち、藤木ミチルは彼のことを知った。まるで自分が体験したかのように、圧縮された多くの情報が意識に流れ込んできた。

同時にミチルも、生まれて以来、十一年間の経験をすべて〝司祭〟に悟られたはずだ。

捕らえられてから、どれぐらいの時間が経過しただろう。数日、あるいは数時間？　異空間に幽閉《ゆうへい》されているミチルにとって、そうした時間の概念《がいねん》は無意味なのかもしれない。

だが、〝司祭〟は何度となくこの狭い空間に入ってきては、ミチルの横に立った。冷ややかな青い双眸で少年の目を見つめ、心で語りかけてくる。

彼らの仲間になるには、慎重に精神改造をしなければならないらしい。

そのため、ミチルは過去を暴かれ、自分の強さと弱さをすべてさらけ出すことになった。

そして〝司祭〟は、この少年が思わぬ強敵であることを知り、動揺《どうよう》した。〈力〉を受け入れる器としては、〝司祭〟のそれよりも遥《はる》かに大きかったのである。

ミチルはまた、〈ゾーン〉に閉じこめられた御影町で起こっているさまざまな事件を、心の目で見ていた。たくさんの人々の恐怖と死、絶望と苦痛を知った。そのすべてが自分のせいだということもわかっていた。

〝司祭〟は、藤木ミチルというひとりの少年を手に入れるため、この街全体を地獄に変えてしまったのである。

ゆいいつの希望は、彼を追って街へやってきた深町彩乃たちだ。

そしてまだ、街のそこかしこで何とか生き延び、戦っている数少ない人々。

彼らが生還《せいかん》できる方法は、たったひとつしかない。〝司祭〟を倒して、この街にかけられた呪《じゅ》縛《ばく》を解くことだ。

その彩乃の声が、ずっとミチルの耳に聞こえていた。

――どこにいるの？　教えて。

少年は自分が幽閉されている場所を知らない。しかし、彼女を導くことはできる。

それが〝司祭〟の罠だと知っても、深町彩乃は仲間たちとともにやってくるだろう。だからこそ、ミチルは彼らを誘導し、めぐり逢わせたのだった。


――ムダなあがきだ。

ミチルの思念を読みながら、〝司祭〟は嗤《わら》った。

屍鬼どもの仕事はもうすぐ終わる。街に生き残った者はわずかであり、それも間もなく一掃《いっそう》される。屍鬼の攻撃のみならず、人間同士でも殺し合いをしているからだ。

この宇宙から御影町という小さな街が完全に消失するまで、もうすぐだ。頼城たちの脱出路は断ったたし、彼らの絶滅も時間の問題だろう。

だが、ミチルと波長を合わせていたあの娘だけは、何としても手に入れたかった。

ミチルほどではないにしろ、娘も〈力〉を持つひとりだからだ。

奴らのその〈力〉が欲しかった。

それを手に入れさえすれば、もしかしたら、自分を操《あやつ》る存在にすら打ち勝てるかもしれない。

ザイトル・クァエという名の邪神に――。

13

　御影総合病院は丘の上に建っていた。

　蔦《つた》のからみついたコンクリの建物が、真上から見るとH形になっている。正面の東棟と入院病棟である西棟に分かれている。

　真っ暗な空を背景にそそり立つように見える古い病院の建物は、それだけで不気味に思えた。

　正面入り口前にデリカを停め、彩乃たちが下車する。分厚いガラスの自動扉はわずかに開かれたまま、何かが激しくぶつかったように、ところどころが白濁してひび割れていた。

　その両脇にある太い四角い柱に、バラのような小さな棘《とげ》を持つ蔦がからみつき、鮮やかな花をいくつか咲かせている。

　怪異が起こるようになってから、街のあちこちに見られるようになったものだ。最初の頃はバラのような花弁が純白だったのが、今では血を思わせる真っ赤な色に変わっていた。

　彩乃はそれに近づかないようにしながら、ガラスの自動扉を両手で強引に開けた。

　右手に銃身と台尻《だいじり》を切り落としたショットガンを持ったままだ。気を引き締めるため、藍色のキャップのツバを持って目深にかぶり直す。

　頼城や京介たちも前後しながら、院内に入った。続いて少年たち。

　中道浩史がふだんから携行している小さなライトを点灯させた。アメリカでは警察が使うというシュアファイア社のフラッシュライトだ。その眩い光輪が待合室を照らす。

　フロアに並ぶ長椅子のいくつかは、合成革が無惨に裂け、リノリウムの床にはどす黒く固まった血の痕が抽象《ちゅうしょう》画のように点在していた。

『外来受付』と書かれた札がぶら下がるカウンターの向こう、デスクトップのパソコンの辺りにも褐色に乾《かわ》いた痕があった。

人けはまったくなかった。

頼城が銃を持ったまま、油断なく目を配り、少年たちもおびえたように固まっている。

ぐったりとしている友香を両手で抱きかかえた片桐が、周囲を見た。

「内科の診察室はどこだ？」

「あっちよ」

彩乃が指さす。子供の頃から来ていた病院だ。

浩史のシュアファイアのビームが闇を切り裂いた。壁に『内科　心療内科　ＭＲＩ・レントゲン室』などと書かれたプレートが貼られている。

リノリウムの床には赤や黄色や青のラインが引かれ、それぞれの診察室に来院者を案内するようになっていた。『内科』は緑色のラインとなっている。

フラッシュライトの光輪に先導され、全員が息をひそめ、足音を殺して歩く。

ふいに前方に物音がした。全員が歩みを止めた。

ガラスが転げるようなカラカラという硬い音。それが次第に近づいてくる。

誰かがいる。

浩史が緊張した表情で、右手のフラッシュライトの光輪を向けた。そこはふたつの病棟を結ぶ中央通路にさしかかる場所で、わずかながら傾斜《けいしゃ》になっている。

その向こうから、小さな透明な罎《びん》が転がってくるのが見えた。薬液を入れる小さな罎がゆるやかなカーブを描きながらこっちへやってくる。

全員がそれを凝視していた。

やがて、罎は右の壁に当たって止まった。

――動くな！

背後から声がして、彩乃は驚いた。

――武器を捨てて、ゆっくりと両手を上げろ。

女の声だった。しかも若い。撃鉄を起こすようなかすかな金属音がした。

頼城がゆっくりとショットガンをリノリウムの上に置いた。京介がそれにならった。

片桐は猟銃をスリングで肩掛けしているが、友香を両手で抱いているため、それに手をかけることもできない。

彩乃が足許にM870ショットガンを横たえてから、前方の闇に向かっていった。

「あなたたちは人間なのね」

答えはなかった。

ふいに前方に小さな明かりが点《とも》り、足音が聞こえた。

その明かりに照らされ、彩乃が目を細めた。

人影が三つ、確認できた。

背後を振り返ると若い女性がふたり。前方の三人も同じぐらいの年齢の女だ。それぞれジーンズやミニスカート。ラフな格好だった。

「ここから出て行きなさい」

前方にいる娘のひとりがいった。

「なかなかやるじゃねえか。罐を転がしてこっちの注意を引きつけるとはな」

片桐が彩乃の隣でいった。

浩史がシュアファイアで照らすと、長い黒髪の二十代らしき娘。細面で切れ長の目をした、端整な顔立ちだった。

肘《ひじ》まで袖をまくったダンガリーシャツにブルージーンズ。右手に回転式の拳銃を握っている。

「こっちを照らさないでくれる？」と、女がいった。

浩史があわててライトの光を逸らした。

前方に立つ他のふたりも銃器らしきものをかまえている。小型のサブマシンガンとボルトアクション式のライフル。背後にいる三人の手にもそれぞれ大小の銃があった。

それらの武器を見て、彩乃はなぜか現実感に欠けるような気がした。どことなく、映画に出てくるような銃ばかりだったからだ。

「あれ……エアソフトガンだ」

中道浩史が順に向かって小声でいうのが、彩乃に聞こえた。女たちも聞いたらしく、動揺が走った。

「虚仮威しじゃねえか」

友香を両手で抱えながら片桐が笑ったとたん、リーダー格らしいロングヘアの娘がとっさに拳銃を彼に向けた。

「少なくともこの一挺は本物よ」

交番の巡査《じゅんさ》が持っていたものらしく、銃把《じゅうは》の下から白い紐がぶら下がっていた。

「この子が病気なんだ」片桐が説明した。「薬を手に入れるために来ただけだ」

拳銃を握っている娘が友香の汗ばんだ苦しげな顔を見つめた。

「いいわ。信じてあげる。その代わり、薬を見つけたら、とっとと出て行って」

リーダー格の娘の合図で、他の娘たちがひとつところに集まった。全部で五人、それぞれが油断のない、緊張した顔で彩乃たちを見ている。


真っ暗な診察室《しんさつ》にコールマンのガソリンランタンが光を放っていた。

京介と彩乃、三宅順、中道浩史と弥生の兄妹。そしてあのロングヘアの娘がいる。頼城と片桐は待合室で外を見張っている。他の女たちも別の場所で見張りを担当しているらしい。

娘は荻島摩耶《おぎしままや》と名乗った。

友香は診察台の白いシーツの上に寝かされている。体温は三十九度近く、予断を許さぬ状態だが、今は規則正しく寝息を立てていた。

ありがたいことに摩耶は横浜で長らくやっている開業医の娘で、医療の知識があった。院内にある薬局から解熱《げねつ》剤と感冒《かんぼう》薬などが見つかったので、それを友香に投与《とうよ》し、点滴《てんてき》でビタミン剤を打つことにした。

「あなたたちはどういうグループなの？」

彩乃が訊くと、窓際の壁にもたせて立ちながら摩耶が答えた。

「横浜の西北《せいほく》大学にある女子テニス・サークルなの。私は三年生で部長。

四日前から男子のサークルといっしょに合宿で来ていて、ここの裏山にある寮に泊まってた。もともと二十人以上いたんだけど、〝あれ〟が始まってから、あっという間にほとんどが殺されたわ。

私たちはすぐ寮を捨てて、ここに立てこもった。さいわい病院の関係者が殺されたあと、化け物たちはいなくなってたの」

街を出て助けを求めるため、二名ばかり部員が車で出て行ったという。しかし、彼らは戻ってこなかった。

摩耶たちは置き去りにされたのかと不安に駆られ、さらに二名を出発させた。しかし後発《こうはつ》の彼らも戻ってはこなかった。

それで結論が出た。出て行った者たちは、みんな化け物の餌食になったのだ。

「その武器はどうした？」と、京介が摩耶が腰に差し込んだ拳銃を指さしながら訊ねた。

「病院のすぐ前で、お巡《まわ》りさんがひとり殺されてたわ。他の子たちが持ってる銃の玩具《おもちゃ》は、男子部員たちが寮に持ってきていたの。合宿の合間にサバイバルゲームをやるんだって」

「エアガンなんて無意味じゃないの」

「ここを襲撃してくるのは化け物だけじゃないの」

「それって……どういうこと？」

「生き残りの人間はまだいる。あなたたちみたいなまっとうな人々とは限らない」

彩乃が言葉を失った。ここにいるのが若い女性ばかりだということを思い出した。

「略奪者たちよ。武装しているし、欲望と血に飢《う》えてる。そういう意味ではあの化け物たちと何ら変わりない」

長い黒髪を片手でかき上げて、疲れ切った表情で摩耶がいった。「で、そっちは？」

彩乃はいったん眉根を寄せて考えてから答えた。

「ひとことで話すのは難しいけど、御影町の生き残りグループと考えてくれていいわ。私は街の外から入ってきた」

「外から……？」摩耶が眉を上げた。

「ある少年を助けるためなの」

今までの出来事をかいつまんで説明した。

すべて理解させられるとは思えなかった。〝司祭〟だの守護者だのといきなりいわれても、絵《え》空事《そらごと》の世界にしかとられないだろう。

しかし摩耶たちも、これまで想像を絶する恐ろしい目にあってきたはずだ。人々のトラウマや恐怖心が創り出した魔物たちが殺戮《さつりく》を繰り広げていくのを目の当たりにしただろう。それもいやってほど。

「外の世界から街に入ってきたということは、逆も可能なのね」

摩耶は腕組みをしながらそういった。

「あいにくと出口は閉ざされた」彩乃の隣にいる京介がいった。

「どういうこと?」

「街を滅ぼそうとしている〝司祭〟によって、ここから出られる唯一のドアが塞がれたのさ。むしろ、あそこを開けていたのは、彩乃たちを引き込むためだったかもしれない」

摩耶は真顔《まがお》で京介たちを凝視していたが、やがてふいに吐息《といき》を投げた。

「でも、その……ミチルくんという少年を助け出して、〝司祭〟とかいう奴を倒せば、もしかして、ここから脱出できる?」

彩乃はうなずいた。「言葉でいうほど簡単じゃないけどね」

昏々《こんこん》と眠り続ける友香をストレッチャーに乗せ、点滴台といっしょに集中治療室から出した。苦労して階段を担ぎ上げると、二階の病室のベッドに移動させ、安静にさせた。

三宅順と中道兄妹に友香の傍についているようにいってから、全員が一階の待合室ロビーに集まった。

受付カウンター近くの壁に掛けられた大きな時計が午後一時半をさしていたが、ガラス扉の外は相変わらず漆黒の闇に閉ざされている。

二度と朝の来ないこの街に、時間など無意味だと思われた。

彩乃と頼城、片桐と京介、それから摩耶とテニス・サークルの娘たち。それぞれが昏い待合室の中、長椅子に座って向かい合っていた。明かりはキャンプ用のランタンが床に置かれているだけだ。

摩耶以外の四人の女子大生たちが名乗った。

ショートカットでボーイッシュな進藤里沙《しんどうりさ》と
スリムでポニーテイルの黒沢恵理香《くろさわえりか》が三年生。

ぽっちゃりと肉付きのいい栗本真実子《くりもとまみこ》が二年生。

小柄で童顔の娘、谷村《たにむら》ちひろが一年の新入部員。

「俺たちはすぐにここを出て行く」

そういったのは片桐だ。一刻も早く〝司祭〟の居場所を捜さねばならないと主張する。

それに反論したのは京介だ。

「女の子たちばかりをここに残すなんて危険すぎる。今まで無事だったのは奇跡だぞ」

片桐は京介を見て笑みを浮かべた。「学校の先生らしい素敵な言い分だが、状況を考えろよ。俺たちの当初の目的は何だ？」

「それはわかってる。だけどな……」

京介は眉根を寄せて俯いた。答えに窮《きゅう》している。

「私たちなら、自分たちだけでなんとかやっていけるわ」

摩耶が京介をにらむようにいった。「女だからって莫迦にしないで。あなたたちの足手まといになんかならないわ」

「だけどさ――」

「二手に分かれるっていうのはどう？」

割って入るように彩乃がいった。「友香ちゃんの看病も必要だし、たしかにここには男手が必要だと思う」

「それでなくても不利な戦いなのに、わざわざ戦力を二分させる意味がわからない」

不機嫌な顔で片桐がそういう。

「だけど、この子たちを見捨てていけるの？　少なくとも順くんたちは中学生だし、弥生ちゃんにいたってはまだ小学五年なのよ。だから、ここに残していくべきだと思う」彩乃がそういった。

「それなら異論なしだ」と、片桐。

「だったら、あの子たちをガードする役が最低でもひとりは必要でしょ？」

「ぼくが残るよ」

京介が彩乃を見ながらいった。「あの子たちの教師だったし、性格的にも攻撃よりは防御に向いていると思う」

彩乃は彼を見返した。しばし視線を交わしていた。

吉倉京介がそういうと思っていた。彩乃は無意識に望んでいたのだ。

私はこの人のことを好きだった。今さらながらそれを思い出した。ひとたびはそれぞれに分かれた道を歩いていたものの、こうしてふたたび出会うと、今も自分の気持ちに変わりないことに気づいていた。

これから先、ずっとこの人と共にいたい。だからこそ、彼を危地に連れていくわけにはいかない。

「友香ちゃんのこと、頼んだわ」

彩乃は無理に笑いながらいった。「若い女の子たちに囲まれてうつつなんて抜かすなよ。浮気心のひとつでもついたら、また遠慮なくぶん殴ってやるから」

京介が眼を細めて、うなずいた。

「お前の拳を喰らうのは二度とご免だ」

「あのときは、ごめんなさい。私ね――」

途中で言葉が途絶えた。彩乃の脳裡に、ふいに声が届いた。

――助けて！

同時にイメージが浮かんだ。

少年の姿――どこかに幽閉されている藤木ミチルの映像だった。それは稲妻のように意識の中に、突如《とつじょ》として差し込んできた。ほんの一瞬のことだったが、彩乃にはわかった。

ミチルは救いを求めている。もう時間がない。

「どうした？」

京介が彩乃の異変に気づき、心配そうな表情で訊いた。

彼の顔を見つめ、彩乃がいった。

「行かなくちゃ。ミチルが呼んでる」

14

運転席に片桐穣二。助手席に頼城茂志。

ふたりの後ろに深町彩乃が乗り込んで、三菱デリカが病院前から発進した。荒々しい運転ぶりに、彩乃は思わず座席の前後の背もたれに両手を伸ばす。ハンドルを握る片桐ばかりか、みんな疲労している。それも限界に近い。

「ミチルの居場所についてだが」

頼城が振り返りながらいった。「たしかに丘の上の遊園地なんだな」

「間違いないわ。あなたにはあれが聞こえなかった？」

頼城がうなずいた。顔色が冴えない。

そこは〈アルプス・テックランド〉という名の、十年前に作られたアミューズメント施設だった。

丘陵《きゅうりょう》地帯を削った広大な敷地《しきち》に様々なアトラクションが作られ、近郊や首都圏《けん》からも大勢の客が来ていた。

御影町ではいちばん有名な場所だった。もっとも街の〝転移〟のあと、外の世界では誰もそのことを記憶していないはずだ。

街路を走るデリカの車窓越しに、丘の上にある巨大な観覧車が真っ黒なシルエットになって見えていた。彩乃はかぶっていたキャップのツバを上げて、そこを見た。

あそこに藤木ミチルが捕らえられている。

あの子自身が、そう呼びかけてきたのだ。

意識の中に入ってきたイメージは、真っ暗な中で胎児のように躰を丸くして、膝を抱えているミチルの姿だった。孤独と恐怖に耐えながら、助けが来るのを待っている。

「〝司祭〟とかいう奴の罠だったら？」

相変わらず乱暴にハンドルを切りながら片桐が訊いた。

「それはわかっているわ。今まで沈黙していたあの子の声が、突然、聞こえてきたんだから。

どこかに閉じこめられて動けなくされている姿もはっきりと見えた。きっと〝司祭〟が心の障壁《しょうへき》を外したからよ。あの子を囮《おとり》に、私たちをおびき寄せるつもり」

「まんまと罠に飛び込むってか？」

「行くしかないだろう」頼城がむっつりした顔でいった。「他に道はない」

頼城の額と鼻の頭に無数の汗の粒が浮かんでいた。

木彫りのように硬質な横顔を見ながら、彩乃は思った。頼城茂志は守護者としての力を失いつつあるのだ。それまで自分を支えてくれた支柱がもろくも崩れつつある。そんな不安を彩乃は感じたが、つとめて顔に出さないようにした。

丘の上の観覧車は、まだ遠い。なのに、なぜか強烈な威圧感をともなって見えていた。

彩乃たちを拒絶しているようにも、また蠱惑《こわく》的に手招きしているようにも思えた。

突如、片桐が急ブレーキを踏んだ。彩乃が前につんのめりそうになった。

アイドリングの音をつづけながら停車するデ

リカの前方、フロントガラスを通して、それが見えた。

小さな赤い光。最初はそう思えた。

明かりが闇の中に点っている。

どんどん彩乃たちのほうに近づいてくるにつれ、やがて、ただの光ではなく、赤々と燃えさかる炎であることに気づいた。

火の玉のように見えたが、違った。業火《ごうか》に包まれながら、こっちに向かって走ってくる。それも同じ車線をまっしぐらにやってくる。

一台の車であった。

「ありゃ、何だ……」片桐がそういって、口を開いたまま黙した。

燃える車。それはボディの大きな外国車だったが、車体全体が紅蓮の炎に包まれている。それが猛スピードで走っているため、炎が後方に向かって激しくはためきながら流れているのがわかった。

運転席には、誰もいない。無人の車だ。

「あれも屍鬼だ」頼城がつぶやくのが彩乃に聞こえた。「車の形をとった屍鬼の一種だ」

「そんなのありかよ」

「奴らはどんな形態にでもなる。人がそれを恐怖すればな」

真っ赤に燃えさかる車が、さらに接近してきた。前方、およそ一〇〇メートル。そのまままっすぐこちらに突っ込んでくる。速度が速いため、衝突までわずかと思われた。

「躱《かわ》せ！」

「わかってるさ。もう、逃げられねえ」

片桐が隣の頼城にいい返しながら、ハンドルを両手で握ったまま緊張している。

炎の車がふいにヘッドライトを点灯させた。強烈な光がデリカのフロントガラスを突き抜けて、三人の網膜《もうまく》を焼こうとした。同時に派手な、長いクラクションが聞こえてきた。不快な騒音《そうおん》。彩乃は思わず耳をふさいだ。

「惑わされるな」

「わかってるっての！」

彼我の距離がゼロになる寸前、片桐が急ハンドルを切った。デリカが右にカーブし、遠心力で大きな車体が傾《かし》いで、一瞬、片側のタイヤが路面から浮くのがわかった。

何とか転倒をまぬがれると、ふたたびデリカは接地させた四つのタイヤを派手に鳴らしながら路肩にある白いガードレールにぶつかり、火花を闇に散らした。

ガードレールの向こうは急傾斜の法面《のりめん》になっていて、その先は古タイヤがたくさん積み上げられた荒れ地となっていた。危うくそこに転落しかかったが、デリカはなんとか車道に戻り、道なりにふたたび走り出す。

彩乃は上半身をひねるようにして後方を見た。広いリアウインドウの向こう、闇に滲《にじ》むような赤い炎が見えていた。

それがぐんぐん迫ってくる。炎の車――自動車のかたちをとった屍鬼が、いつの間にかUターンして、追撃にかかってきたのだ。

えらくクラシカルな外国車。

彩乃は思い出した。プリマス・フューリーという車種だ。それも五十八年型。車を題材にしたホラー映画で若者たちを執拗《しつよう》に追い回していた。

助手席の頼城がサイドウインドウを下ろした。冷たい風が車内に吹き込んでくる。

足許に置いていた水平二連の猟銃を持った頼城は、窓からそれを突き出しながら背後を狙おうとするが、姿勢に無理があるため思い通りにならないらしい。

舌打ちをして、彩乃にいった。

「サンルーフから撃ってくれ」

片桐が運転しながら傍らのスイッチでルーフのモーターを操作したため、彩乃の頭上の窓がゆっくりとスライドしながら開いた。

風がセミロングの髪を激しく乱している。

シートに横たえていた、M870ショットガン。頼城が銃身と台尻を切り落としていたコンパクトなショットガンを片手で握ると、シートの上に立ち上がり、彩乃はサンルーフから上体を外に出した。

時速八〇キロぐらいで走っているため、躰に当たる風圧が強烈だった。

黒のキャップが風に飛ばされないように目深にかぶり直した。

燃えながら走るプリマス・フューリーは、すさまじいスピードで追い上げてきた。

人が運転しているのではない。車のかたちをとった魔が、それを走らせているのだ。だから尋常ではない速度が出せるのだろう。

あっという間に距離は縮まり、十数メートルになった。

さらに紅蓮の炎の車が距離を詰めてきた。目と鼻の先だ。

彩乃は決心して、ショットガンのフォアグリップを前後させ、初弾を装填した。反動に備えて、両手で強くかまえながら、撃った。耳をつんざくような轟音とともに、青白い閃光が闇を切り裂き、爆風が顔を叩いた。

銃撃の反動にのけぞりながら、彩乃は見た。

炎に包まれたプリマスのフロントガラスが粉々に砕け散った。だが、相手はなおも加速して迫ってくる。

――エンジンを狙え！

頼城の声が聞こえて、我に返った。

「相手は屍鬼なのよ。エンジンなんて存在するの？」

――走る理屈は同じだ。内燃《ないねん》機関じゃないだけのことだ。

彩乃はポンプアクションで空薬莢をはじき飛ばしざま、燃えさかる車のフロント部分に狙いをつけた。

銃身を切り詰めたショットガンゆえに狙点となるフロントサイトがないから、適当に銃口を向けただけだが、至近距離だ。外しようがない。

引鉄を絞《しぼ》った。

轟然たる銃声とともに、五十八年型プリマス・フューリーの鼻面《はなづら》が、火山の噴火のように無数の火花を四散させた。ボンネットカバーが付け根から千切《ちぎ》れ、くるくると回転しながら闇の向こうに飛んでいった。

しかし炎に包まれた車がなおも急接近してくる。本物とそっくりなエンジン音だ。

三発目を撃ち込もうとして、彩乃は目撃した。

ぽっかりと口を開いたボンネットの中、そこに肉塊のようなものが盛り上がっていた。ピンク色の表面に青い血管のようなものが複雑に浮き出している。

それが軟体動物のようにくねり、いやらしく蠢いたかと思うと、突如、網目《あみめ》状の筋《すじ》の中にいくつもの目が現れた。そして横一文字に切れ込みが入り、それが大きく無数の糸を引きながら開かれ、白い牙が並んでいるのが見えた。

彩乃はそのおぞましさに嫌悪《けんお》感をおぼえた。

銃口を向けてぶっ放した。炎の中で鮮血と肉片が飛び散る。

プリマスが真横を向いたかと思うと、その勢いのまま、横転し、はずみで大きく飛び上がり

ながら、すさまじい速さで空中回転した。ガードレールをへし折りながら、路肩にたたきつけられた。

　爆発音とともに、夜空を焦がそうと立ち上がる火柱。それが後方に遠ざかっていく。

「見事だ、お嬢さん」

　助手席から頼城が声をかけた。

　サンルーフから座席に戻った彩乃が、膝の上で銃を裏返しにし、ショルダーホルスターに差し込んでいた十二ゲージの散弾をチューブ弾倉の装填口に差し込んでいると、運転していた片桐の虚ろな声がした。

「そりゃあないぜ……」

　彩乃は前方を見た。緩やかにカーブを描く道路、その向こうが赤光に輝いたかと思うと、またもや燃える車がそこから出現した。同じプリマス・フューリー。ヘッドライトが炎の中から強烈な閃光を放っている。

　もう一台いたのだ。

　片桐が急ブレーキをかけながらハンドルを回した。が、そこに燃えさかる車がまともに衝突してきた。

　彩乃は悲鳴を上げた。激しいショックが襲う。シートの背もたれに顔からたたきつけられた。

　視界が斜めになったかと思うと、デリカが大きく傾き、そのまま横転した。窓ガラスが一瞬で白濁し、車体の外側に青白い火花が飛び散る。

「掴まってろ！」片桐の叫ぶ声がした。

　デリカは慣性のまま、横倒しになって路面を滑っていた。

　派手な火花を撒き散らしながら、ガードレールをこすりつつ進み、それが尽きたところに立っている楡《にれ》の巨木にまともに激突した。衝撃と破砕音。車が傾《かし》ぎ、さらに滑り、およそ一八十度回転した。

　彩乃は車内で放り投げられた。頼城と片桐の間、フロントガラスに背中からたたきつけられた。

　一瞬、分厚いガラスが壊れて、自分の躰がそこを突き抜けるのを自覚した。無数の破片をまといつつ外に投げ出された彩乃は、ごつごつしたアスファルトの路面に落ちて、俯せになった。

　ほんの一瞬、気絶していたらしい。

　ハッと目を開けると、横転したままのデリカが見えた。車体の周囲にガラス片が散乱していた。

　フロントの片側が破壊され、ひとつだけ残ったヘッドライトが強烈な光を放ちながら、闇を切り裂いていた。エンジンのアイドリング音が物憂げな調子で続いていた。

「頼城さん――――！」

　彩乃が声を放った。こめかみの辺りになま温かいものが垂れてくるので、手を当てると鮮血だった。頭のどこかが切れているのだろう。だが、かまわずに大声で叫んだ。

「片桐さんッ、頼城さん！」

　突然、ガラスが砕ける音がした。黒い軍用ブーツの靴底がサンルーフの窓をぶち抜いた。そこから転げ出してきたのは片桐穣二だった。

　何かで頬の辺りをざっくり切ったらしく、そこから血が流れていた。立ち上がりざま、片桐はサンルーフの孔から軍用コート姿の頼城を引っ張り出した。

　ふたりがちゃんと猟銃を持っているのを見て、彩乃も自分の武器を探した。

　少し離れた場所、路面のセンターラインの上に、ソウドオフされたレミントンM870が落ちていた。長らく愛用していたキャップも、傍に転がっていた。

その近くに向かって、横転した車体から黒い流れが延びているのを見つけて、彩乃は息をのんだ。揮発臭《きはつしゅう》が風に運ばれて届いてくる。

ぼっこりとへこんだデリカのフロント部、剥き出しになったバッテリーから小さな火花がさかんに散っているのがはっきりと見えた。

「早く逃げて。車が——爆発する！」

彩乃が叫んだとき、ひときわ大きく、ぴしっと音を立てて火花が飛んだ。

それが路面に流れたディーゼル燃料に引火した。野火《のび》のように青い炎の帯が長く延びていって、デリカの車体まで届いた。

頼城の腕を自分の肩に回しながら、よろけつつ歩いてくる片桐。

ふたりのすぐ背後で、デリカが一瞬にして炎に包まれ、続いて底力のある爆発音とともにガラスや金属片が四散した。炎の尾を引きながら飛んできたいくつかが、ふたりをかすめるように通り過ぎた。

片桐は歯を食いしばりながら、頼城を引きずりつつ歩いてくる。彼らの姿が燃えさかるデリカを背景に、ふたつのシルエットになっている。

「彩乃！」片桐に支えられながら頼城が叫んだ。

「後ろに気をつけろッ」

反射的に振り返った。

すぐ真後ろに、あの燃える車が接近していた。

野太い排気音が轟然と聞こえ、紅蓮の炎に包まれた五十八年型プリマス・フューリーがまっしぐらにやってくる。車体を包む炎が太陽のプロミネンスのように揺らいでいる。

そして、その火の中からふたつのヘッドライトが強烈な光を放ちながら、彩乃の目をまともに突き刺してきた。

すかさず路上に立ち上がった。が、右脚に力が入らない。

無理に動かそうとすると、激痛が脳天まで突き上げて、小さく悲鳴が洩れた。

骨折したかと思ったが、脹《ふく》ら脛《はぎ》辺りの筋肉が引きつっていた。肉離れらしい。右脚を引きずりながら必死に歩き、アスファルトの上に落ちていたショットガンと藍色のキャップをつかむ。

とっさに横っ飛びにかわした直後、炎に包まれたプリマスが彩乃をかすめるように通過した。強烈な熱が押し寄せてくる。思わず手にしていた帽子で顔をかばった。

銃声。

見れば、片桐に片腕を支えられつつ、頼城茂志がショットガンを撃ったところだった。

炎に包まれたプリマスに火花が飛び散った。タイヤがバーストして車体が傾斜する。

片桐と頼城をかすめて走った屍鬼の車が大きくカーブしながら傾ぎ、燃えさかるデリカにまともに激突した。

ガラスと金属の破砕音が悲鳴のように聞こえた。

彩乃は油断なく銃をかまえながら見た。炎と煙に包まれるデリカの直前。プリマス・フューリーが停まっている。さっきまで車体を覆っていた業火がいまは消えていることに気づいた。

プリマス・フューリーのボディは血のように真っ赤だった。

一対のヘッドライトが強烈な光条《こうじょう》を放ち、黒煙に包まれた闇の中、一直線に伸びている。

それは獣のように思えた。低いアイドリングの唸《うな》りを上げながら、今まさに彩乃たちに飛びかかろうとしているようだ。

「大丈夫か？」

片桐に腕をとられたまま、頼城がやってきた。

「足をちょっと痛めただけ。そっちこそ……」

いいかけたとたん、メキメキと金属が軋む音がして、彩乃は向き直った。

炎の消えたプリマス・フューリー。車のかたちに擬態《ぎたい》した屍鬼が躰を変化させていた。

両側のサイドウインドウから、突如として真っ赤な長い脚が突き出した。左右それぞれ四本。

節くれ立ったカニかクモのような長い脚が、折れ曲がりながら路上に出てくると、ナイフのように尖ったそれぞれの先端がアスファルトに置かれてカツンと音を立てた。

同時にボンネットカバーがもちあがり、ギザギザの白い歯が並んだ巨大な顎が出現した。

左右八本の長い脚が、重たげに車体をぐいっと持ち上げ、大きな口から甲高い悲鳴のような雄叫《おたけ》びが長々と放たれた。

あっけにとられて凝視していた彩乃が、目を釘付けにしたまままつぶやいた。

「そういうのって、ありなの？」

15

御影総合病院の正面玄関。四角い柱に支えられた庇《ひさし》の下に、タイル張りのエントランスが作られている。

そのあちこちにひび割れが走り、そこここから小さな棘が生えた植物が伸びていて、バラのような花をいくつも鮮やかに咲かせていた。

怪異が始まって以来、街のあちこちに見られるようになった奇怪な植物だった。

咲き始めた頃は白かった花弁が、今では真っ赤になっている。

病院の棟内にも、壁の亀裂や床のタイルの割れ目から、それは突き出すように生えて、それぞれがびっしりと花を咲かせていた。

「まるで見張られているみたい」

散弾銃をスリングで肩掛けし、病院の前に立っている吉倉京介の横で、女子大生の荻島摩耶がつぶやいた。ややかすれ気味の不安げな声だった。じっと目の前の花を見つめている。

京介も闇の中に鮮《あざ》やかに見える花々を見つめた。

見張られている——そうかもしれないと、ふと思った。

おそらく街じゅうの地面の下に地下茎《けい》が無数に伸びていて、いたるところに広がっているのだろう。

人々が屍鬼に襲われ、無惨な死を遂げる。その死者が増えれば増えるほど、この奇怪な花は数を増していった。

人々の恐怖や苦しみという感情が栄養分となって、この植物が増殖していくように思えた。その証拠に、茎をへし折ると、血潮《ちのり》のように赤い樹液が洩れるのだ。

それにしても静かだった。

屍鬼どもの声もなく、気配も感じられない。しかし奴らが攻撃をやめたと思うのは楽観過ぎる。遠からず、最後の戦いが始まるはずだ。

ふたりがいる足許、さらにその下から、ときおり小さな振動が感じられる。

病院の地下室に下りた三宅順と中道兄妹が、そこで見つけた自家発電機を動かそうとしている。スターターを何度引いても動かないので、あれこれと調整しては試しているらしい。たまにエンジンが始動するが、すぐにエンストして停まってしまうのだという。

電源が復活すれば心強い。

「私たち、これからどうすればいいの?」

摩耶が自分を見ているのに気づいて、京介はちらと目をやり、また前を向いた。

「ここで待っているしかない。何も起こらないことを祈るんだな」

そういってから、京介は思い出した。「他にも生き残りの人間がいるっていったな。たしか略奪者だって」

「一度、この病院に来たの。バイクに乗ったグループだったわ。たぶん、暴走族をやってた連中でしょうね」

「ここに何をしに?」

「薬局に入って、モルヒネとか、医療に使う麻薬を捜してたわ。目的はそれだけじゃないでしょうね。ここに立てこもってるのは若い女の子ばかりだから」

「追い返した?」

「威嚇《いかく》射撃を一発」

京介は摩耶がジーンズの腰に差し込んでいる警官用のリボルバーを見た。

「向こうにも猟銃みたいなのを持っていた奴がいたけど、撃ち合いになりたくなかったんでしょう。それっきり、もう二度と来ないわ」

「生存者か。まだ、他にもいるかもしれないな」

京介は考えた。摩耶たちのようにグループではなかったとしたら? 屍鬼たちの目を逃れるため、たったひとりでどこかに隠れ、震えている人間が、他にいるのかもしれない。いつかこの異常事態が収束し、街に平和が戻ると信じて、ひたすら恐怖に耐え続けているとしたら。

病院の正面入り口の扉から、一年生の谷村ちひろが駆け出してきた。

ただならぬ様子に京介が訊いた。「どうしたんだ？」

「友香ちゃんの様子が変なの。ベッドの上で暴れ回って、恵理香先輩や里沙先輩が必死に押さえつけているけど、凄い力なんです」

京介は摩耶と顔を見合わせた。彼女はちひろに拳銃を渡した。

「悪いけど、見張りの役を交代して！」

ふたりで駆け出した。待合室を抜け、懐中電灯の光を頼りに薄暗い通路を走った。階段を駆け上り、二階の病室に向かう。

京介たちの乱雑な足音に混じって、前方から少女の悲鳴が聞こえてきた。

開け放たれたままのドアから病室に飛び込んだ。

ちひろが報告した通りだった。進藤里沙と黒沢恵理香が、病床《びょうしょう》で暴れる友香を押さえつけていた。

必死の形相《ぎょうそう》のため、ふたりが友香に乱暴をはたらいているように見えた。だが、そうではない。友香は手足をふたりに押さえつけられているため、ブリッジのように背中を反《そ》らして持ち上げて落としている。髪を振り乱し、顔を激しく振っていた。

ときおり、悲鳴とも絶叫ともつかぬ声を放っている。

栗本真実子だけがひとり、窓際の壁に背中を押しつけるように立っていた。真っ青な顔で、片手で口許を覆うようにしている。

青いTシャツの胸の辺りに、汚物が滲みているのに気づいた。真実子が吐いたのではなく、友香にかけられたらしい。

病床の枕許にも汚物《おぶつ》が付着し、胃液独特のすえた臭いを放っていた。

友香の暴れ方はますますエスカレートし、ふたりの娘の手には負えなくなっていた。

突如、里沙が撥ね跳ばされ、床の上に仰向けに倒れた。とっさに京介が交代し、少女の肩をシーツに押しつけるようにした。荻島摩耶も加勢した。

三田村友香は満面に無数の皺を刻み、鬼のような形相で暴れ、叫び続けていた。まるで悪魔憑きのようだと京介は思った。少女の躰は火のように熱かった。体温は四十度以上あるかもしれない。

「どうしてこういうことになった?」

「真実子がずっと番をしていたんだけど、急に苦しみだしたらしいんです」

京介の後ろで黒沢恵理香が少女の両脚を押さえつけながら答えた。ともすれば、さかんに脚をばたつかせようとするので、何度も顔や手を蹴飛ばされたようだ。右目の横と左肘に青痣《あおあざ》がはっきりとついていた。

小太りの栗本真実子は壁際に立ちつくしたまま泣き始めていた。激しく嗚咽しているようだが、友香の絶叫で声がかき消されてしまっている。

まずい。少女を押さえる京介の脳裡を不安がよぎる。この調子で声を放たれていたら、外にいる屍鬼どもに悟られてしまうかもしれない。

頼城から聞いた話だと、奴らは銃声や車のエンジンなど、物理的な騒音にはさほど反応しないくせに、人間の声、ことに悲鳴や泣き声などにはひどく敏感《びんかん》で、たちどころに集まってくるという。

「鎮静《ちんせい》剤の注射を!」

少女を力ずくで押さえながら京介が振り返った。

真実子が目を皿のようにした。自分が呼ばれたのだと初めて気づいたらしい。が、脱力しているため、まったく行動に至らない。

友香にはね飛ばされて転倒していた里沙が、とっさに立ち上がった。

「私が行ってくる！」

「ダメ。あなたじゃわからない。私と代わって！」

摩耶が里沙と交代し、長い髪を揺らしながら素早く病室を駆け出していった。

やがて摩耶は細身の注射器を持ってきた。薬液がすでに注入されている。

身を反らせるように突っ張る少女を、京介たちが無理に固定する。摩耶は白い細腕に針を刺し、慎重にピストンを押し込んだ。

突如、友香が男のような野太い声で絶叫した。驚いた里沙と恵理香の力が抜けた。少女は異様な力で京介をはねのけると、病床の上に上体を起こした。注射器がすっとび、どこかに落ちる音がした。友香は鬼気迫る顔で京介をにらみ、飛びかかってこようと両手を肩の位置まで持ち上げた。

そのとたん、表情が変わった。

鬼面《きめん》が嘘のように和《やわ》らぎ、少女の元の顔に戻ったかと思うと、病床のシーツの上に横倒しになった。とっさに摩耶が少女の瞳孔《どうこう》を確認し、脈を測ってからいった。

「大丈夫。安定してるわ」

三田村友香は口を半開きにしたまま、規則正しい寝息を立てていた。

京介が、娘たちが、静寂の中でしばしそれを凝視していた。

すすり泣きの声がして、京介が振り返った。壁際にしゃがみ込んだ真実子が、両手で顔を覆いながら泣いていた。肩を震わせ、しきりにしゃくり上げながら、ずっと泣き続けていた。

「ただの風邪じゃないだろう。いったいどうなってるんだ」

「私たちにそんなこと訊かないで」

真実子を助け起こしながら、摩耶が答えた。憮然《ぶぜん》とした顔だった。

「トラブルをもってきたのはあなたたちなのよ」

京介は答えられなかった。

16

とりはずしたプラグの接点部分を、中道浩史がボロ切れでていねいに拭《ふ》き、スプレーオイルを噴いた。それをエンジンに装着してレンチでていねいに締めた。

サバイバルゲームが趣味だった浩史は、エアガンの調整が得意だったが、メカ全般に強かった。従兄弟《いとこ》からもらったという五〇ＣＣの原付きバイクを改造して、無免許でこっそり乗り回していたことを、三宅順は知っている。

病院の電源を復活させようといいだしたのは浩史だ。

いずれここは、屍鬼どもに嗅ぎつけられ、あの御影中学のように包囲されるだろう。そうなればいやでも化け物と正面切って戦わなければならない。

奴らを相手に、真っ暗な闇の中での戦いは不利になる。発電機の騒音が連中を呼び寄せるリスクはあるとしても、いざというときにそなえて、ぜひとも電力だけは確保しておきたかった。

エンジンを収容したカバーをとりつけ、インパクトドライバーで一気にネジを締め付けてから、浩史が油で真っ黒になった顔を順に向けた。

メタルフレームの眼鏡までも、片側のレンズが黒くなっている。

「よし。またスターターを引いてみてくれ」

発電機を固定した木台にスニーカーの足を乗せると、順は両手でスターターを思いきり引いた。シリンダーの初爆《しょばく》の音を聞いて、浩史がチョークレバーを戻した。

「もう一度だ」

順は額の汗をぬぐいながら、上半身をのけぞらせるように、スターターの紐を思い切り引いた。

とたんに、下腹に響くような音がして、三相《さんそう》式一二ボルトの自家発電装置がエンジンを回転させ始めた。

「弥生。スイッチ！」

興奮した兄の声に、中道弥生がうなずき、壁際の切り替えスイッチを上げた。

とたんに真っ暗な病院の地下室で、天井の蛍《けい》光灯《こうとう》が、二、三度、瞬《またた》いてから眩い光を点した。それを見上げた順たちが、思わず手をたたき合い、そろって歓声を上げた。

エンジンの回転が安定しているのを確認してから、浩史がスイッチをオフにし、発電機を静止させた。鼓膜が破れそうなほどだった騒音が止んで、同時に天井の照明が消え、沈黙が戻ってきた。耳鳴りばかりがいつまでも残っている。

「燃料は三日分はあるぜ」

シュアファイアのライトで地下室を照らしながら、浩史がいったときだった。

建物の外で雷鳴のような音が聞こえた。顔を見合わせた三人、順がとっさに階段に走り、途中の壁にある小さな窓を少し開いた。建物が傾斜地にあるため、半地下構造になっていて、階段の窓からなら外が見える。

この病院に続く坂道を、いくつかの小さな光が並びながら登ってくるのが見えた。屍鬼ではなく、人工的なライトの輝き。それを知った途端、順は気がついた。

バイクの集団だった。

じっと見つめていた三宅順は、いやな予感に憑かれ、浩史たちを振り返った。

「お客さんたちが来たらしい」

「屍鬼か」

駆け寄ってきた浩史に、順はいった。「そうじゃない。人間だ」

17

「ところで、この子。いったいどこで見つけたの?」

他の娘たちが病室を出たあと、京介は摩耶と向かい合っていた。彼は友香が眠る寝台の横で丸椅子に座り、摩耶はすぐ傍の壁に背中をもたれて腕組みをしている。

「中学校に立てこもっていたグループの中にいた。親兄弟はいない。ひとりだった」

「さっきの恐ろしい顔を見た? それにあの力……まるで人間離れしてたわ」

「友香が奴らの仲間だと?」

「そうとはいわないけど」

言葉を濁《にご》した摩耶の顔を見ながらも、京介はいやでもかつての受け持ちの生徒だった、ひとりの少女のことを思い出さずにはいられなかった。

北本真澄。

まるで自分の分身のような存在を従えていた。

少年の姿をした屍鬼だった。トモユキという名前だった。

ふたりの姿を最後に目撃したとき——。

京介はおぞましい記憶を振り払った。

目の前にいる友香が、あの真澄と何らかの関係があるとは思えない。どう見ても別人だからだ。

しかし、中学の校舎で最初に彼女を見たとき、名状しがたい恐怖が理由もなくこみ上げてきたことを、今さらのように思い出すのである。友香はどことなく真澄に似ていた。顔や姿形ではない。別の何か。

ふと意識の片隅に漠然としたイメージが浮かび上がった。

眉根を寄せ、意識をそこに集中しようとしたとき、窓外にかすかな物音がした。

ハッと我に返った。

久しく聞かなかった音。街がまだ平和だった頃、日常の生活の中で耳になじんでいたそれは、たしかにエンジンの排気音だ。

その瞬間、摩耶に聞かされた言葉が脳裡によみがえった。

——バイクに乗ったグループだったわ。たぶん、暴走族をやってた連中でしょうね。

音はだんだん大きくなっていた。それも複数の騒音が重なっている。

ガタンと音を立てて、京介が立ち上がった。

壁にもたれていた摩耶が窓の傍に身を寄せ、サッシ越しに外を覗いた。だが、この窓からだと、病院の庭に植えられた大きなメタセコイアの木が邪魔になって見えない。

しかし複数の排気音は確実に接近していた。

摩耶と目が合った。京介は何もいわず、壁に立てかけていた猟銃をつかんだ。

ふたりで病室を駆け出した。

ちょうど病棟のあちこちで見張りに立っていた女子大生たちが、血相を変えた様子で方々から走ってきたところだった。

真っ先にやってきた恵理香が、摩耶の腕をつかんでいった。

「あいつら、また戻ってきたのよ」

摩耶は答えず、それをふりほどくようにして階段を駆け下りた。

京介もそれに続き、一階の待合室ロビーにやってきたとき、表のガラス扉を通して、無数のヘッドライトがきらめいているのが見えた。

甲高いツーサイクルの排気音、大排気量の野太いエンジンの音。けたたましいクラクションの騒音。からかうような男たちの裏声が無秩序に入り交じって聞こえていた。

摩耶と京介が表のガラス扉を開けて、外に出た。

その瞬間、一台のバイクのヘッドライトがまともに京介の顔を照らし、彼は思わず片手で顔を覆い、目を細めた。

眩い光条の向こうに、黒いヘルメットをかぶったライダーの姿が見えた。素肌の上半身に革ジャンをひっかけている。髑髏《どくろ》を象《かたど》ったペンダントがはっきりと見えていた。

バイク集団は、ぜんぶで八人ほどいた。

病院の玄関先で、派手な奇声を上げつつ、大きく円を描くように走り回っていた。

全員が十代後半か二十代だと思われた。若い娘もふたり、それぞれ相乗りで後部シートをまたぎ、ライダーの腰に手を回していた。

ひとりはジーンズ姿、茶髪を派手にカールさせ、もうひとりはボブカットで、真っ赤なホットパンツ。大きなゴーグルを顔につけている。

男たちはどれもラフなライダー姿だが、ナチスのような黒ずくめの制服姿だったり、田舎《いなか》の暴走族らしい派手な法被《はっぴ》姿だったりする。

顔を白塗りにして女のように真っ赤な口紅を塗ったり、ブロンドの髪を剣山《けんざん》のように逆立《さかだ》てているのもいた。

なるほど、考えようによっては屍鬼よりもやっかいな連中かもしれない。

京介は猟銃をかまえながら、そう思った。屍鬼には捕食者としての単純な飢えと欲望があるだけだが、刹那《せつな》主義的に突っ走る人間たちの多くは破滅型ともいえる衝動に憑かれているからだ。

素肌に革ジャンを羽織った男がリーダーらしい。

京介にヘッドライトを向けたまま、さかんにアクセルをひねって挑発的な排気音を繰り返していたが、ふいにそれをやめた。

他の男たちもバイクを停めた。何人かが品定めをするように、欲情を露骨に顔に表しながら女子大生たちを見ていた。

「お嬢さんたち、もうイケメンの男をくわえこんだのか？」

リーダー格のバイカーが笑いながらいった。他の男たちも下卑《げび》た声で哄笑《こうしょう》した。

「何の用だ？」京介は猟銃の銃口を向けながらいった。

相手の何人かは、やはり猟銃らしきもので武装していたが、武器を手にする者は誰もいなかった。

はなからこちらを莫迦にしているのだろうと、京介は思った。頼城や片桐がいれば別だろうが、自分はこんな修羅場《しゅらば》に向くようなキャラクターではない。

「俺たちを病院に入れてくれねえか」

髑髏のペンダントの男は、ゆっくりと黒いヘルメットを脱いだ。

二十代半ばと見えた。頬骨が張りだしたごつい顔。男の顔自体が髑髏に似ていた。血走った大きな目をしていた。片手に持った黒いヘルメットの前にも、白い髑髏マークが描かれていた。

「断るといったらどうする?」

「俺たちは薬が欲しいだけだ。目当てのものを見つけたら、すぐに出て行くさ」

「そんな言葉を信じるわけにはいかない」

京介の返事を聞いて、リーダーの男が大げさに肩を持ち上げてみせた。

「わかってんだよ。女どもの持ってる銃は、ほとんど玩具ばかりだろう? 火力の差は歴然としてる。強がりなんていわねえほうがいいぜ」

男が顎をしゃくると、周囲に散らばっていたバイカーの多くが、それぞれの武器を手にしていっせいにかまえた。散弾銃が二挺、ライフル銃が一挺、クロスボウ(洋弓銃)が二挺。日本刀を持っている者もいる。

複数の銃口が自分に向いているのを見て、京介は慄然《りつぜん》となった。

隣で拳銃をかまえている摩耶も、手が震えている。

「青二才のくせして、正義漢ぶって女どもの前でカッコつけてどうするよ、え?」

リーダー格の男が舌なめずりしながらいった。

「どうせこの街は終わりなんだ。周りの人間はみんな化け物に殺されちまった。同じ死ぬなら、せめていい思いぐらいしても悪かねえだろう? おめえだって男だろうが」

京介は、ゆっくりとかぶりを振った。「お前たちの好きなようにはさせない」

「だからイケメンは好かねえんだ」リーダーが憎々しげにいった。「すぐには殺さねえ。たっぷりいたぶってから、時間をかけて死なせてやる。化け物に喰われたほうが良かったと後悔させてやるぜ、にいさん」

にやりと笑うと、腰の鞘《さや》からゆっくりと長大な刃物を抜いた。

マシエトと呼ばれる外国製の山刀だった。それがバイクのヘッドライトの輝きをギラリと反射させた。

バイクを降りて、男は京介に向かって歩き出した。長大な山刀を腰の横で無造作に振ると、大きな刃が空気を切り裂く鋭い音がした。

他のバイカーたちも、それぞれの武器を持って京介たちに向かってきた。

暴走族といっしょにいたふたりの娘たちも、ひとりは片手に大きなサバイバルナイフを持ち、もうひとりはチェーンソーのチェーンを握ってゆっくりと振り回していた。

「みんな。病院の中に戻っていろ」

京介がいいながら、少しずつ後退った。

革ジャン姿のリーダーを先頭に、残る男が五人、女がふたり。八名の暴走族が手に手に銃や刃物を持ち、ゆっくりと京介や摩耶たちに向かって歩いてきた。

京介たちは散弾銃と拳銃をかまえているが、狙点《そてん》が定まらない。京介は猟銃の銃口をリーダーに向けたが、その周囲にいる銃を持った誰かを狙うべきかと逡巡していた。

摩耶もあちらこちらに銃口を振っている。

対する八名の男女は、獲物《えもの》を追いつめた獣のように余裕の表情ばかり。ニヤニヤ笑い、あるいはわざとらしく舌なめずりをしながら、状況を楽しむように一歩また一歩と迫ってくる。

リーダーの男は長大なマシェトを握ったまま、一定のリズムで刀身で左の掌を叩きながら歩み寄ってきた。

京介は意を決して銃をかまえ直した。ひとりでも斃す。他にない。たちまち反撃を受けて自分は倒されるだろう。あとは病院に逃げ込んだ娘たちの幸運を祈るだけだ。

引鉄にかけた指に力を加えようとしたとき、左の視界に何かが動いた。

病院の建物の脇から現れたのは、三宅順と中道弥生。ふたりはそれぞれ青いホースを握っていた。

手許のグリップをひねると、たちまちホースの先端からすさまじい勢いで空中に水が放たれた。それは大量の雨となって暴走族の男女に降り注ぐ。

「てめえ。このクソガキ！　ふざけやがって」

水平二連の散弾銃を持った髭《ひげ》の男が、順に狙いをつけようとした。

リーダー格の革ジャンの男が片手を出して制し、順にいった。

「水を撒くぐらいで俺たちを追い払えるとでも？」

濁声《だみごえ》でいったとたん、仲間たちが大げさに哄笑を始めた。

すると順と弥生の後ろから中道浩史が現れた。彼は二本の太いリード線を両手に持っていた。順たちの前に出てくると、それをわざとらしく顔の前にかかげてみせる。

暴走族のリーダーの男の表情に変化が生じた。

「二〇〇ボルト出力電源からケーブルを引いてきたんだ。あんたたちは一瞬で全滅《ぜんめつ》する」

「はったりをかますな、ガキ。この暗闇を見ろよ。街じゅうが停電してるんだぜ」

リーダーにいわれて浩史がニッコリと笑った。

顔の前にかざしたリード線を接触《せっしょく》させた途端、バチッという大きな音が静寂を破り、青白い火花が派手に散った。暴走族の男女はいちように硬直していた。

「地下室の発電機を苦労して復活させたんだよ、お兄さん」

リーダーの男の顔が明らかに強張《こわば》っていた。

「早まるな、坊や。俺たちは何もしない」片手を上げながらそういった。

「武器をぜんぶ棄てていけ。二度と来るな」

「いいともさ」

銃や刀剣《とうけん》類、チェーンなどが足許に乱雑に落とされた。

たちまち何人かがバイクに飛び乗り、エンジンをスタートさせる。素早くUターンして走り出した。いくつかの赤い尾灯《びとう》が闇の向こうに遠ざかっていく。

最後に残った革ジャンのリーダーの男だけは武器を棄てなかった。右手のマシェトを腰の鞘へと差し込んだ。

男は悠然《ゆうぜん》と周囲を見渡してから、自分のバイクにゆっくりとまたがった。そしてスターターを回した。

底力のある排気音の中で中道浩史を凝視し、それから京介たちを見た。

「これで勝ったと思うな。いい気になってると、とんだしっぺ返しを喰らうぜ」

浩史や京介たちは黙っていた。

男は鼻の上に深い皺を刻んで歯を剥き出すと、右手の中指を突き立てて見せた。

バイクのギアをローに入れると、アクセルをひねって勢いよくターンさせた。肩越しに病院の前にいる彼らを振り返りざま、男は高らかにこういった。

「アイル・ビー・バック！」

エンジン音を噴き上げつつ、大排気量のバイクで闇の向こうへ去っていく。

京介は長く吐息を洩らした。その場にへたり込みそうになった。

屍鬼という異様な存在と戦ってきてなお、こういった場では緊張する。その反動で意識が空白になりそうだった。もうダメだとあきらめきっていたのだから、なおさらだ。

傍らを見ると、肩の力を抜いて荻島摩耶がへたり込んでいた。右手に拳銃を握ったままだということを、すっかり忘れている。

病院の玄関ドアの向こうに、娘たちの不安げな顔が並んでいた。

呆《ほう》けたように立ちつくしている中道浩史のところに行くと、京介は肩に手を置いた。

「君たちに助けられた。ありがとう」

浩史は何かに憑かれたような目で、ずっと遠くを見ていた。

が、ハッと目を大きくして、しばたたいた。視線をゆっくりと京介に向けたとたん、唇が震え始めた。彼の緊張のタガが外れたのだろう。

京介は眉をひそめて苦笑いする。

三宅順と浩史の妹の弥生がやってきた。

「また来る？」

「たぶん」京介はいってから、暴走族の男たちが去っていった方角を見つめた。「あいつはそう宣言したんだ」

「次は同じ手が通じないよ」と、順。

「わかっている。さいわい、奴らが残していった武器がある。これで防備を固めるしかないだろう。とにかく監視を怠《おこた》らないことだ」

京介がそういいながら、闇の彼方《かなた》を見つめた。

18

蜘蛛のように長い八本の脚を伸ばし、車体を持ち上げたプリマス・フューリーが、彩乃たちに向かって突進してきた。

大きく開け放ったボンネットの巨大な口に、ずらりと並ぶ白い牙が闇に光っていた。そこからねっとりとしたエンジンオイルのような唾液《だえき》がしたたり落ちていた。

彩乃はとっさに逃げようとしたが、肉離れの激痛が右脚に走った。躰が意思に反してバランスを崩し、つんのめるように路上に倒れ込んでしまった。

突進してくるプリマスの怪物。その前に立ちはだかったのは片桐穣二だ。

腰だめにかまえた猟銃を、二発、つづけてぶっ放した。

最初の一発で、左側の巨大な脚が二本ほど吹っ飛び、二発目はまともに〝顔〟の部分に命中した。鹿撃ち用のダブルオー・バック散弾を浴びた大きな左目が爆発したように四散し、牙が何本か砕けて飛んだ。

それでも怪物の突進は止まらなかった。

続いて、頼城が撃った。残ったふたつの左脚が、付け根からもがれて背後に飛んだ。とたんに、車体――怪物の胴体が傾いで、どっかりと地面に落ちた。

プリマスのかたちをした屍鬼が、悔しげに甲高い声で叫んだ。残った右の四つの脚をバタバタと動かしているが、胴体が回転するばかりで前へ進もうとしない。

彩乃が路上に片膝を突き、両手でショットガンをかまえて撃った。

青白いマズルファイアの閃光の向こうで、車に化身《けしん》した屍鬼が血潮を散らして絶叫した。二発目、三発目と大粒の散弾を撃ち込む。

ふいに撃針《げきしん》が空の薬室を打つ金属音に気づいて、彩乃はあわててホルスターから予備の実包を抜き出そうとした。

が、前方にうずくまるプリマスの変形した屍鬼は、それきり動こうとしなかった。魚肉が腐ったような異臭が、湯気《ゆげ》といっしょに流れてきて、彩乃は顔をしかめた。

「とんだ邪魔が入ったな」

ようやく片桐の腕を放して、頼城が自力で立ちながらそういった。「足はどうだ？」

「ちょっと筋肉を傷《いた》めただけよ」彩乃は強がりをいった。「そっちこそ」

「車の衝突で肋骨が何本か折れたが、すぐによくなる」

「すぐにって……」

いいかけた彩乃は、思い出した。守護者たる頼城茂志は、不死者に近い。拳銃の銃弾をまともに躰に受けながら復活したのだ。骨折ぐらいは何ともないのだろう。

だが、頼城は確実に衰《おとろ》えていた。所作《しょさ》を見ればそれとわかる。よく咳き込むし、顔色も悪い。もしかしたら、以前のような力を持っていないのではないか。

「遊園地は？」

片桐に訊かれて、彩乃は指さした。

「すぐそこ。大きなゲートがあるはず」

「行こう」

よろめくように頼城が歩き出した。

片桐がそれを追った。彩乃は右脚を引きずりながら必死についていく。

コンクリで舗装された急坂を登り切ると、アーチ形のゲートがあった。

〈ALPS TECHLAND〉と大きく描かれ、鳥を模《も》したキャラクターのマークが見える。たしか〝らいちょうくん〟と名付けられていた。デザインが稚拙《ちせつ》なので子供たちが笑っていたのを思い出す。

広い駐車場の傍を通り抜け、チケット売り場の前を過ぎ、封鎖《ふうさ》されたままの低いフェンスを乗り越えて、三人は園内に入った。

平時ならば親子連れやカップルでにぎわっていたここも、今はまったく別の場所のように森閑とし、闇に重苦しく閉ざされていた。

大きなアーケードに覆われ、石畳がていねいに敷かれたメインアベニューの左右にキャラクター商品や土産物を売る店が並んでいる。真っ暗な店内に〈UFOキャッチャー〉などのゲーム機がかすかに見える。

通りの突き当たりはT字に分岐している。そこに最初のアトラクションがあった。

ティーカップと呼ばれ、大きなコーヒーカップに乗ってくるくる回るものだ。照明も真っ暗で、闇の中にいくつかのカップだけが浮き出すように見えている。

「気をつけろ。屍鬼が近くにいる」

頼城の声を聞くまでもなく、彩乃は感知していた。

空気の質感が違うのだ。そして奴らが傍に来ると、気温が急激に下降する。

腰の位置で低くショットガンをかまえながら、彩乃はゆっくりと進んだ。

次にゴーカート乗り場。フェンスの向こうに、細いコースの手前、段差となったプラットホームに沿《そ》って、小さなエンジン式ゴーカートの車輛が数台、並んで停まっている。白いヘルメットがひとつ、アスファルト舗装されたコースの中央に転がっていた。

その先には大きな回転木馬——メリーゴーラウンドがある。

以前、聞いたところによると、それはドイツの職人の手によるもので、それぞれの木馬や馬車、柱、馬吊り棒、そして天蓋《てんがい》の外周飾りなどに、アールヌーボー調の彫刻と装飾がなされている。

電飾が点ればきれいなのだろうが、闇の中で見るそれは不気味だった。クラシカルな意匠《いしょう》に彫刻された木馬やゴンドラが、今にも動きそうに彩乃には思えた。この辺りにとくに邪気がたまっているようだ。

屍鬼は単体ではなく、群れがいるのだろう。邪悪な気配がさらに濃厚になってゆく。

同時に彼女はミチルの存在を感じていた。少年は間違いなく、ここにいる。

ふいに彩乃は前方を見た。

低木《ていぼく》の生け垣《がき》があり、その先に芝生が植えられた広場があった。そこに小さな人影を見つけた。

彩乃たちは立ち止まり、凝視した。白いTシャツにデニムのショートパンツ姿の小さな少女が、一輪車に乗って広場をぐるぐると走り回っていた。

バランスをとるために、両手をまっすぐ左右に水平に伸ばしていた。長い黒髪が風に揺らいでいる。

「惑わされるなよ」

頼城がいうのが聞こえてハッとした。

目の前で一輪車のペダルをこぎながら、広場をぐるぐる走り回っている少女を見つめながら、彩乃は思った。

そう。あれが人間であるはずがない。走るデリカの前に立ちふさがっていた、あの子供たちと同じだ。

彼らは片桐が車をぶつけて殺した。姿形が子供だっただけに心が痛んだ。目を背けたくなるような出来事だった。

いま、私はあの子を撃てるだろうか？

そう思ったとき、背後から強烈な光芒《こうぼう》が背中に当てられた。

同時に大音量で音楽が流れ始めた。

思わず振り返った彩乃は、とっさに片手を上げて目を細めた。

真っ暗だったはずのメリーゴーラウンドが光り輝いていた。円形の天蓋や梁に無数にとりつけられたイルミネーションが、眩いばかりに点灯している。

プラットホームに並ぶカラフルな木馬やゴンドラがゆっくりと上下しながら回転し始めた。さっきまでの深い沈黙を破って、蒸気オルガンの音楽がけたたましく聞こえている。

それらの木馬や馬車に、いくつもの人影が見えた。

彩乃は凝視した。そこに乗っているのは、すべて子供たちだった。

いずれも小学生ぐらいの男の子と女の子。彼らは動く回転木馬に乗りながら、一様に無表情な顔を彩乃たちに向けていた。

さあっと音がして、驚いて振り向くと、広場で一輪車に乗った長い黒髪の少女が、三人のすぐ横を通り抜けた。

彩乃の目の前で少女は横目で彼女を見ると、小さな唇をすぼめて挑発的に笑った。そして一輪車を横倒しにして、回るメリーゴーラウンドのプラットホームに上がるや、空いていた白い木馬にまたがった。

子供たちを乗せたそれは、けたたましいカライアピーの音楽に乗って、次第に回転の速度を上げているようだ。それと同時に、子供たちの歓声も聞こえた。木馬や馬車に乗りながら、はしゃいでいる声。

それなのに――あの子たちはちっとも笑っていない。

「見るな。行くんだ」

頼城に左手を掴まれ、彩乃は引きずられるように歩き出した。右足が相変わらず痛んだが、声を出す余裕もなかった。それに背後からの音楽と子供たちの声から意識が離れない。

その気持ちを振り払って、前方に心を向けたとき、彩乃は見た。


さっきまで少女が一輪車でぐるぐると回っていた広場。その中央に小さな影があった。

顔が昏くてわからないが、若い男のようだ。

半袖の白いシャツを着ている。緊張しながら見据える彩乃の耳に、ふと声が届いた。

――ねえさん。

彩乃の全身から血の気が引いた。

「和宏……？」

闇の中に、うっすらと顔が確認できた。俯きがちに立つ若者は、彩乃の六つ年下の弟だった。

白いポロシャツに色褪《あ》せたジーンズ。ナイキのマークがついたスニーカーを履《は》いている。

しかし彩乃はあのとき幻視を見た。家族といっしょに和宏は屍鬼に殺された。巨大な芋虫に生きたまま呑み込まれ、怪物の腹の中で全身の骨を砕かれて死んだ。

「瞞《だま》されるな。あれは幻だ」

頼城の低い声。わかっていた。それでも見てしまう。

——ねえさん。痛いよ。お腹が、痛い。

和宏の声がひずんでいた。見れば、ポロシャツの鳩尾《みぞおち》の辺りが急にふくれ上がったかと思うと、奇妙な脈動が始まった。

白いシャツのその部分が、たちまち真っ赤に染まり、肉が裂ける異様な音とともに緑色をしたものが飛び出してきた。

芋虫だった。

幾重にも体節が重なり、小さな針のような剛毛が全身にびっしりと生えていた。

顔に相当する部分には触手が並ぶ小さな口があり、その奥に鋭い歯がびっしりと並んでいる。それが開いたり閉じたりしながら、小鳥のような囀《さえず》りを放っていた。

——痛い。痛いんだよ。ねえさん。

躰の中心部から巨大な芋虫を送り出しながらも、和宏は立ちつづけている。

ふいに大きく口を開いたかと思うと、そこから大量の血が流れ出し、全身にしたたり落ちてゆくのである。

芋虫はチイチイと啼きながら若者の躰を抜け出しつつあった。外に出ながらもたちまち巨大化していくらしく、元いた和宏の躰よりも遙かに大きい体躯となりながら、やがて頭部を地表《ちひょう》に接触させ、若者の躰から離れた。

胸から腹部にかけて巨大な赤い孔をうがたれたまま、和宏はまだ立っていた。目と口を見開いていた。

——まだ、出てくるよ。

虚ろな顔をしたまま、和宏がそういった。胴体にぽっかり空いた孔から、また大きな緑色をした芋虫の頭部がのぞき、めりめりと肋骨を軋ませながら外に出てくる。

彩乃は絶叫した。魂を奪われたように意識が空白になっていた。

「幻影に惑わされるんじゃない。あれを怖れたら意識を吸い取られるぞ」

頼城の声がしたが、彩乃の恐怖はますますつのっていた。家族を目の前で殺された、その心の疵《きず》を逆手《さかて》にとられて、こういうおぞましい形で再現される。こんなにつらく、怖ろしいことはない。

――痛い。痛い。痛い。痛い。

和宏の声が意識の奥に突き刺さってくる。

足許に落ちた芋虫の魔物は、さらに巨大になりながら、全身を不気味に蠕動させつつ、彩乃たちのほうへと這いずってくるのである。

やがて若者の胴体から二匹目が落ち、最初の芋虫を追うように、こちらに向かって這い始めた。チイチイと啼きつつ、尋常ならざる速度でやってくる。

「これでも喰らえ！」

片桐が両手で散弾銃をかまえた。

が、背後の足音に気づいて、とっさに頼城とともに振り返った。

さっきまで、メリーゴーラウンドに乗って遊んでいたはずの子供たちが、いつの間にか降りていた。降りただけではなく、大きく散開しながら、三人のすぐ後ろまで迫ってきていた。その気配すらも感じさせなかった。

無表情な顔、また顔。

頼城が猟銃を子供たちに向けた。あどけない彼らの顔。頼城が引鉄に指をかけたまま、それらを見据えた。

だが、彩乃は目の前の光景から視線を外せなかった。弟の躰から三匹目の芋虫がふくれ上がりながら出てくるところだった。

それは節《ふし》だらけの不気味な胴体を出し切らぬまま、信じられない速度で巨大化してゆく。

そして全身を蠕動させて、抜け殻と化した彩乃の弟を引きずりながら、他の二匹といっしょにこちらにやってくる。まるで脱皮《だっぴ》の途中のように、和宏の躰が緑色の芋虫の下半身とともにズルズル音を立てながら移動していた。

──ねえさん……いま、そっち、いくよ。

声だけが聞こえた。

仰向けの姿勢で芋虫に引きずられている弟の声。それがひずみながら聞こえてきた。

──待ってて。ねえさん。

深町彩乃がショットガンを足許に落とし、両手で顔を覆った。

「いやぁぁぁぁ！」

激しく顔を振りながら絶叫した。


頼城が一歩、踏み出してきた。無造作に左手を振って、彩乃の頬を手の甲で殴り飛ばした。もんどり打って倒れた彩乃を見下ろし、頼城がいった。

「くだらねえフェイクにびくってんじゃねえ！」

彩乃は我に返った。

岩のように硬い表情で自分を見下ろす頼城を見返し、それからまた否応《いやおう》なしに迫ってくる芋虫の化け物たちに目をやった。

弟の和宏は、いや、彼を模したフェイクは、今やボロ雑巾《ぞうきん》のようになって、不必要な付属物として怪物に引きずられているだけだった。

「〝司祭〟お得意の奸計《かんけい》だ。おちょくられているんだよ」

そういって頼城は立て続けに二発、撃った。三匹目の芋虫は片桐がしとめた。

緑色の芋虫が粘液を飛散させてのたうった。

和宏の残骸《ざんがい》は芋虫のつぶれた躰といっしょに崩れ、溶け始めている。

素早く男たちが背後に向き直った。彩乃も見た。

子供たちが、すぐ間近まで迫っていた。

メリーゴーラウンドの電飾《でんしょく》の強烈な明かりを背景に、全員が真っ黒なシルエットとなっている。そしてそろって近づいてくる。足音もなく、ひしめきながら迫っている。

「卑怯《ひきょう》な手を使いやがる」と、片桐が叫んだ。

「子供は撃てねえとでもいいてえのか」頼城は銃をかまえながら、誰ともなしにいった。「二百年の間、大人ばかりか、どれだけの子供を殺してきたと思ってるんだ！」

彩乃は呆然として頼城の横顔を見つめた。

不死者としての苦節の年輪がそこにうかがえた。

彩乃は残骸となり、溶解を始めている芋虫の屍鬼を振り返った。

弟の抜け殻はすでに原形もない。意を決したように前を向き、足許に落ちていたレミントンM870ショットガンを拾い上げた。

銃口を斜め下に向けたまま、銃身の下の円筒《えんとう》形《けい》のフォアグリップをしゃくった。ボルトが前後する小気味《こきみ》よい音とともに、初弾が薬室に装弾される。一発ぶん空いた弾倉に、彩乃は実包を継ぎ足してから腰だめにかまえた。

歯を食いしばり、撃った。耳朶を打つ炸裂音。強烈な反動に顔が歪む。

いちばん手前に来ていた子供たちふたりが、鹿撃ちの大粒弾をまともに喰らって、後ろに吹っ飛んだ。

血煙の向こうに、彩乃は見た。半ズボン姿の男の子、デニムスカートの女の子。ふたりの裂けた躰から、タコの足のような、無数の吸盤に覆われた紫色の触手が何本もニュルニュルと震えながら躍っていた。

彩乃はポンプアクションで勢いよく空薬莢を右に弾いた。ショットガンの切り落としたストックの後端を右の腰骨《こしぼね》に押し当てながら、低くかまえた。

トリガーを引きっぱなしのまま、フォアグリップを前後させて、二発目、三発目と立て続けにぶっ放した。

このショットガンにはスライドロック機構があったが、連射のために頼城がメカを外したおかげで、そんなアクションが可能なのだ。

さらに子供たちがもんどり打って背後にすっ飛んだ。

頼城と片桐も、続けざまに射撃を開始した。

19

暴走族たちが残した武器を回収して、京介らは病院に戻っていた。

荻島摩耶と進藤里沙が、拳銃と奪ったばかりの散弾銃を手にして、正面玄関で見張りをしている。

救急搬入路に隣接する西棟の裏口には、クロスボウと散弾銃を持った黒沢恵理香と栗本真実子。

谷村ちひろは病室のひとつで仮眠をとっていた。極度の緊張で、みんな疲れていたから、時間を決めて交代で眠るしかない。

元気なのは少年少女たちで、サバゲーオタクと順に呼ばれた浩史から、順は武器の操作方法を習っていた。大人が使う散弾銃は大きすぎるかと思ったが、かまえ方さえちゃんとしていたら射撃は可能のようだ。もっとも小五の弥生には、さすがに大きかったらしいが。

吉倉京介はひとり屋上に上がっていた。

そこへ登る階段は見つけていたが、外に出る鉄扉は施錠《せじょう》されていた。

リネン室のロッカーからようやくカギを捜しだしたのだった。広い屋上には洗濯ロープが張られ、シーツや白衣が干されたまま、暗闇の中で風にそよいでいた。

四方を囲む金網越しに見下ろすと、ずっと遠くまで見通せた。

御影町は闇に包まれていた。

ときおり、光のようなものが建物の間に見えたり、空の彼方を横切ったりするが、それは屍鬼の一種だとわかっていた。人間がいなくなった死の街を、かれらはおぞましい声を放ちながら、彷徨《ほうこう》し、飛翔《ひしょう》しているのだろう。

京介は暴走族のひとりが持っていたライフル銃を手にしていた。

街の狩猟家が持っていたものらしい。黒い望遠スコープがつけられていて、木製ストックには放熱用の孔が両側に三つずつ。

薬室付近の銃身に『ＨＯＷＡ Ｍｏｄｅｌｌ１５００』と刻んである。ＪＡＰＡＮという文字も見えるから、きっと日本製のライフルなのだろう。

口径は・三〇八ＷＩＮとあり、ボルトを引くと弾倉が露出し、真鍮の薬莢がくびれ、先端が尖ったカートリッジが薬室に一発、弾倉に五発ほど装填されていた。

散弾銃の操作を憶えたばかりの京介だが、ライフルの使い方は映画やテレビなどで観て、何となく理解していた。ボルトを引いて戻し、引鉄を引くだけだ。散弾と違って遠方の敵を狙える利点はありがたかった。

ライフルを持って屋上を回りながら、京介は彩乃の無事と早い帰還を祈っていた。

戦いに分があるとは思えなかった。いや、むしろ絶望的なのかもしれない。だが、他に生き延びてここから逃げ出すすべはない。

彩乃たち戦闘能力のある三名があそこに行ったのは正解だったはずだ。

俺たちはここで彼らの帰りを待つ。その間、自分たちの命ぐらいは自分たちで守らなければならない。その責任を全《まっと》うしよう。

暴走族たちは、また来る。

アイル・ビー・バック。

去り際に残した男の言葉がいやでも脳裡にリフレインする。

シュワルツェネッガーの映画に出てきた有名な科白《せりふ》。ふざけて放ったのだろうが、あの男の顔にある憎しみの感情は本物だった。身勝手なプライドにしろ、それを著しく傷つけられ、黙って引っ込んでいる輩《やから》ではないはずだ。

病院からまっすぐ街に向かって下る坂道。この屋上から見下ろすと、街灯の消えた真っ暗な道路が闇にうっすらと浮かぶように見えた。

ライフルに取り付けられたスコープを覗くと、肉眼で見るよりもクリアに確認できることに気がついた。

ズームのダイヤルを3から8に回すと、レンズ越しの光景がぐんと大きくなる代わりに、視野が狭くなる。索敵には倍率を低くしておくほうがいいのだと思った。

級友だった片桐と違って、銃なんてこの歳になるまで触れたこともなく、興味すらも持っていなかった。

若い頃、幾多のハードボイルド小説、冒険小説を愛読していたが、物語や登場人物の造形に引き込まれこそすれ、そうした小道具には興味をひかれなかった。

しかし、こうして散弾銃やライフルを手にしてみると、猟欲とでもいうのか、男の本能のようなものが目覚めていることに気づいた。冷たく精巧《せいこう》なメカニズムに秘められたパワーに独特の魅力を感じるのである。

こんな異常事態に巻き込まれなかったら、けっして覚醒することのなかったものだ。

深町彩乃の変貌《へんぼう》ぶりもそうだ。あの頼城茂志という不思議な男に出会い、ともに戦っていくことで、彼女の中に眠っていた別のキャラクターが現れた。

藤木ミチルを守るための母性の具現のような気もしたが、そうではないような気もする。

もともと彩乃が持って生まれた才能というか力が引き出されたのかもしれない。

彼女に拳で殴られた頬に、まだかすかに痛みが残っている。

二年前、彼女が上京するときに口喧嘩《くちげんか》をした。東京で就職するといった彩乃を行かせたくなかったため、つい口が滑ってしまった。今度、会ったら殴ってやるといわれたのはそのときだ。

いずれ戻ってくるだろうとは思っていた。しかし、まさか本当に殴られるとは——。

深町彩乃は変わった。自分の手の届かないところに行ってしまった。それだけはたしかだろう。平々凡々とした生活を棄てて、彼女はこれから先、新たな道を踏み出し、進んでゆく。

自分がやれることは、そんな彼女のためになけなしの力を尽くすだけだ。

20

藪蚊《やぶか》の不快な羽音が耳許をかすめた。

右手でそれをとろうとして、果たせず、思わず闇の中で舌打ちを放った。

街が異界に包まれ、そこらじゅうが化け物だらけになっても、相変わらず蚊やブヨは飛び回り、人の血を吸おうとやってくる。明日という日がもう来ないかもしれないというのに、奴らは知らん顔で本能のまま生きてやがる。

もっとも自分だって、考えてみれば同じようなものだ。

深い笹藪《ささやぶ》の中、低く腹這いになった姿勢で、男は誰に見せるともなしに歯を剥き出し、笑みを浮かべた。

その男――来栖健一《くるすけんいち》は、暴走族〈スコルピオン〉のリーダーだった。仲間からはケンと呼ばれている。霧生の市街地を縄張りに、いくつかの街を走り回っていた。

今年、二十六歳になったばかりの来栖は、松本に事務所がある指定暴力団・旭日会《きょくじつかい》葛城《かつらぎ》組の代貸《だいがし》、来栖徹三《てつぞう》の長男《ちょうなん》で、グループの仲間にはやはりヤクザの息子《むすこ》が何人かいた。

霧生署交通課ばかりか、刑事生活安全課のブラックリストに入っていて、他のグループとの乱闘で捕まり、傷害罪で服役《ふくえき》中のメンバーもいた。

来栖も二度ばかり逮捕《たいほ》され、そのたびに保釈《ほしゃく》金《きん》で釈放《しゃくほう》され、いまも保護観察中だった。もっとも連中の観察とやらも、もうこの街には届かない。

中信《ちゅうしん》一帯の暴走族の間で、〈スコルピオン〉は過激で急進的といわれていた。

警察なんか怖くなかった。どうせ一度の人生だから、好き勝手にやりたいことをやる。それだけのことだ。来栖は仲間たちと覚醒剤や麻薬に耽溺《たんでき》し、公道で露骨に酒を飲みながら、夜の街を疾走した。

ＦＵＣＫ！　ＦＵＣＫ！　ＦＵＣＫ！

怖いものなんてない。本気でそう思っていた。

ことが起こったのは、サブリーダーの岸康太《きしこうた》が住むこの御影町に、メンバーと車列を連ねてやってきたときだ。

岸から街で起こっている怪事件のことを耳にしていたが、最初、来栖は本気にしてなかった。ところが、メンバーの一人が、目の前で街の住民が映画に出てくるゾンビみたいな化け物に喰い殺された。

急いで街を出ようとしたが、遅かった。どのルートを走って御影町から出ようとしても、彼らは元の場所に戻されてしまった。

街が閉鎖されると同時に、化け物たちの殺戮は本格的になり、人々は次々と無惨な死を遂げた。

世界の終わりが来た。来栖はそう思った。だが、それは好機だった。これからは小うるさい警察に邪魔されることなく好き勝手がやれる。

ＦＵＣＫ！　ＦＵＣＫ！　ＦＵＣＫ！

来栖は仲間たちとともに、まず銃砲店を襲って武器を手に入れ、戦いを始めた。さまざまな形の魔物、怪物に銃弾が効果があったのは幸運だった。

そして食糧や雑貨を確保しやすい大型のスーパーマーケットを根城《ねじろ》にした。幾多の化け物たちと戦い、生き残りの人間を相手に略奪行為もさんざんやった。

当初、グループは十ふたりいたが、化け物に殺されたり、自殺したりで、六人まで減った。

あとでふたりの娘たちが仲間入りして、八人になった。

彼女ら――ミクとカオリと呼ばれている――は、ともに駅前にあったカラオケスタジオ〈アリス〉でアルバイトをしていた娘たちで、どちらも十七歳。

無人のコンビニで何かをあさろうとしていたところを〈スコルピオン〉の男たちに拉致《らち》された。さんざんな凌辱《りょうじょく》を受けたあげく、彼らの仲間入りをした。

他にすべがなかったのだ。あのままふたりきりでいても、化け物たちの餌食になるのは時間の問題だっただろう。弱者は強者にへつらって生きるしかない。それが末世《まっせ》の掟《おきて》だ。

来栖たちは、腰が抜けるほどミクたちを犯したが、欲望には果てがなかった。絶望的なほどの危機的状況において性欲が昂進《こうしん》するのは人間の本能かもしれない。

そんなときに、丘の上の総合病院に立てこもっている女子大生たちを見つけたのである。

女たちだけのときに、無理にでも押し入っておくべきだった。二度目に行ったら、思わぬ伏兵《ふくへい》に返り討《う》ちに遭った。それも青二才とガキどもに――。

その屈辱《くつじょく》感に耐えきれず、来栖は引き返してきた。

この笹藪は、病院から五〇メートルと離れていないところにある。

正面玄関に、女子大生のリーダーらしい髪の長い女と、ショートカットの可愛い娘が、それぞれ拳銃と猟銃を手に見張りをしているのが見えた。屋上にも人影がある。

サブリーダーの康太が持っていたライフルら

しきものを抱えていた。

あの青二才の男に違いなかった。

西棟の裏口にも、おそらく見張りがいる。

藪蚊の不快な羽音に悩まされながら、来栖は考えた。ガキたちは発電機を修理したといったが、病院に明かりが点る気配はなかった。

夜陰《やいん》に乗じて——今が昼なのか夜なのか判然としないが——物陰を伝うように建物に近づくことはできそうだった。

屋上のあいつは厄介《やっかい》だが、きっと死角はあるだろう。

仲間は三班に分かれ、この病院を包囲するように、あちこちの物陰にひそんでいる。

来栖の合図を待っているのだ。

彼は小型の無線機をとりだして、送信ボタンを押しながら、小声でいった。

「お前たち、聞こえるか？　行動開始だ」

ボタンを放すと、それぞれの班から「諒解《りょうかい》」の声が戻ってきた。

「いっせいに仕掛けるぞ」

来栖は声を殺して笑った。奴ら、こんなに早く、俺たちが戻ってくるとは思ってもいないだろう。

アイル・ビー・バック。

シュワルツエネッガーが〈ターミネーター〉という映画で警察署を襲撃し、警官たちを皆殺しにする直前にいいはなった科白だった。

来栖健一は、あの映画、中でもあの場面が好きだった。

予告通りに帰ってきたぜ。

彼は舌なめずりをしながら、ゆっくりと匍匐《ほふく》前進を開始した。

ふいに左手に激痛を感じて振り返った。すぐ目の前に地面を割るように生えている赤い花が咲いていた。その茎に無数に生えた棘に触ってしまったらしい。

左手の甲が切れて血が滲んでいた。

くそったれ。

心の中で毒づき、来栖はまた這い進み始めた。

21

「ね、恵理香先輩。いま、その繁みで物音がしなかった？」

栗本真実子の声が聞こえて、ハッと振り返った。

油断なく銃をかまえつつ、黒沢恵理香は真実子が凝視する闇の向こうを見据えた。

病院の裏口。すぐ先には低いコンクリの塀《へい》があり、その向こうはヒノキの植林帯になっていた。ふだんは救急車が出入りするゲートは、いま、鉄のシャッターに固く閉ざされている。

「その辺り……」

真実子はクロスボウをかまえながら、左手で指さした。「枝を踏み折るような音」

いいながら、ゆっくりと前進してゆく。

「真実子。ダメよ」

恵理香がいった直後、何かが空を切る音がした。ほとんど同時に、栗本真実子が髪を揺らしてのけぞり、声もなく仰向けに倒れた。

クロスボウが激しく落下して暴発し、射出された矢が、恵理香の左の頬をかすめて背後に抜けていった。

恵理香には何が起こったかわからなかった。

「真実子……？」

声をかけながら近づいた。栗本真実子は眉間から血を流して目を大きく開いていた。何かが当たって眉間を割られたのだと気づいた。息をしていない。

死んでる?

ハッと前方を向いた瞬間、ヒノキ林の手前にあるコンクリの塀から、ふたりの男たちが飛び降りてきたのが見えた。ドサリという音がした。

ひとりは大きなナイフを持ち、もうひとりは太いゴムのついた何かの武器を手にしていた。スポーツ競技に使うために作られたパチンコだということに気づいた。スリングショットと呼ばれるものだ。

その男は金色の髪をパンク風に尖らせていた。片手でスリングショットをかまえて、ゴムをぐいと伸ばした。

恵理香は散弾銃の銃口を向けた。が、パンクの男は素早く小さな金属玉を発射した。

右の手の甲に激しい衝撃があり、思わず恵理香は銃をとりおとしてしまった。激痛に顔をしかめながら、身を折り、左手で右手の甲を押さえた。血が流れていた。ポタポタと血の滴《しずく》が落ちる足許に、銀色に光る鋼鉄製の小さなパチンコ玉が落ちていた。

もうひとりの男——顔を白塗りにしたTシャツにジーンズの若者は、落ちていたクロスボウを拾うと、仰向けになって死んでいる真実子の躰を遠慮なく蹴飛ばした。鈍い音を立てながら、何度も執拗に蹴り続けている。

「手間かけさせやがる」

死体に唾を吐いてから、ゆっくりと向き直った。

恵理香はまた散弾銃を拾おうとした。しかしブロンドのパンクヘアの男が指抜きの革手袋をはめた手で彼女の口を覆い、顔の横に口を寄せてからいった。「騒がれると困るんだ」

次の瞬間、恵理香の鳩尾に拳が来た。

胃袋を突き上げられる強打に、恵理香は声もなく、そのまま失神した。

22

仲間ふたりが、裏口でうまくやったのを、来栖は無線の連絡で知った。シローとアキラの兄弟。その暴れっぷりは他の暴走族たちにももっとも怖れられていた。

西棟の裏口は、東棟の屋上からもうまく死角になっている。最初に行動を起こすにはそこしかなかった。奴らは器用だし、うってつけの役目だった。

次はこっちの番だ。

正面玄関に立っているのは、ふたり。

リーダーらしい娘はマヤと呼ばれていた。隣にいるのはショートカットのボーイッシュな娘、どちらもいい女だ。あいつらを殺すのはもったいない。

そう思いながら来栖健一は笹藪の林床《りんしょう》をそっと這っていく。屋上にいた人影は、いまは見えない。反対側に回っているのだろう。

革ジャンの下から、ゆっくりと拳銃を抜き出した。

ロシア製のトカレフ。奴らに武器のほとんどをとられてしまったが、これは残されたゆいいつの飛び道具だった。もともとヤクザをやっていた彼の父親が持っていた一挺だ。

金属がかみ合う音を聞かれないように左の掌で銃を覆いながら、右手の拇指でそっと撃鉄を起こした。

頭上を見上げる。屋上にまた影が戻っていた。

イケメンの青二才野郎。

トカレフを両手でかまえながら向けた。この距離ならば、きっと当たる。

しかし、正面玄関のふたりの女の注意を、別の方角に引きつけなければならない。それは裏口でふたりの女を片付けたシローたちの任務だった。

ところが、いつまで待ってもあの兄弟は現れない。苛立《いらだ》ちも限界だった。

来栖は無線機を取り出した。

「シロー、何をやってる!」

小声でいって送信ボタンを離したが、応答がない。

「あいつら……」

そのとき、かすかな雑音がして、無線機からサブリーダーの岸康太の声がした。

――ケンさん。こっちも突入します。


西棟にあるもうひとつの入り口から侵入するように、康太の他に女たち二名を配置している。そこはやはり屋上から死角になっていて、あの青二才野郎に発見されることはないだろう。そう思って、来栖は「行け」と命じた。

さらにもう一班がある。念のために別の場所に待機させておいてよかった。

「一磨《かずま》、聞こえるか?」

――ケンさん。どうなってます?

日頃、派手な法被などの出で立ちが好きだった工藤《くどう》一磨には、再襲撃の前に地味な特攻《とっこう》服を着せておいた。奴も好戦的な性格ゆえに、手ぐすね引いて命令を待っていただろう。

「待たせたな。シローたちの応答がないんだ。奴らの代わりに側面から正面玄関に回り込んでくれ。屋上の注意を引きつけるんだ」

――待ってましたぜ。

来栖はいったん通信を切ってから、またシローたちに呼びかけた。

相変わらず応答がなかった。

23

窓の外からかすかな声がした、ような気がした。

谷村ちひろは、しばらく前から目を覚ましていた。病床に仰向けになったまま、じっと耳を澄ませていた。二時間ほど仮眠をとる予定だったが、なぜか三十分と経たずに目が覚めてしまった。

外から聞こえた声は、女のものだ。くぐもったうめき声のようだった。

あれこれ考えているうちに、悪い想像ばかりが脳裡をめぐり、けっきょく、ちひろは上体を起こして冷たい床に素足を下ろした。

汗ばんだTシャツの上に白いカーディガンをはおり、そっと窓に身を寄せたが、暗闇しか見えなかった。

声らしきものは、それきり聞こえない。それがかえって新たな不安につながった。

壁際にクロスボウが立てかけてあった。ボウガンとも呼ばれる。

あの暴走族の連中が残していったものだ。それをおそるおそる右手で掴んだ。

ライフルに似た樹脂製のストックに、〈HORTON〉と書かれた鋼鉄の弓が装着され、大きく湾曲してテンションをかけている。引鉄を引けば即座に矢が発射される。

予備の矢も横向きに二本ばかりとりつけられていた。

小学生のように小柄な自分にはえらく重たい代物だったが、今となっては頼もしさをもたらしてくれる重みだった。

ちひろは高校時代、アーチェリー部に所属していた。全国高等学校総合体育大会の競技会に出場し、女子五十メートルの部門で準優勝を獲《かく》得《とく》していた。

クロスボウもアーチェリーも理屈は同じ。ゆるやかに弧《こ》を描く弾道《だんどう》を知っていれば、ちゃんと標的に命中するはずだ。

クロスボウを両手で持ったまま、ちひろはそっと病室を出た。

冷たく無機質な病院の廊下が、闇のずっと向こうまで続いていた。息を殺しながら、ちひろは歩き出す。

ふいに窓外に光を見たような気がして、足を止めた。西棟から続く通路に、小さな青白い輝きが揺れるのをたしかに目撃した。

三宅順たちだろうか？

違う。ちひろは窓越しに見た。その光の中に、ほんの一瞬、垣間見えた人影は、たしかに大人の大きさだった。それも男だ。吉倉京介という あの男は、屋上で見張りをするといっていた。だとしたら――。

あいつらが戻ってきたのだ。

ちひろは足早になった。正面玄関にいる摩耶たちも、裏口にいる恵理香たちも、きっと気づいていないはず。ここで大声を放っても、彼女たちには届かない。それどころか、あいつらに居場所を知られるだけだ。

焦燥《しょうそう》がつのり、意識が白く飛びそうになる。しかし、ちひろは走った。

すすり泣きながら駆けつづけた。

24

少年たちは院内のあちこちを走り回り、いろいろなものを捜した。

中道浩史の指示だった。集合場所は一階の内科診察室。

順は裏口の駐車場に停めてあった何台かの車から、ガソリンを汲《く》み出して持ってきた。弥生は地下のリネン室に行き、中性洗剤と書かれた粉石鹸《こなせっけん》を運んでくる。浩史は資源ゴミ用にリサイクルボックスの中に入っていたジュースらしいガラスの空壜《あきびん》を二十本ばかりもってきた。

「火炎壜《かえんびん》？」

順の言葉に浩史がうなずきながら、せっせと作業をしている。

「たんにガソリンに火を点けるよりも、中性洗剤を溶かして混ぜ合わせたほうが着火の勢いがいいんだ。中で気化したガソリンが、いくつも泡状になっていて、爆発するみたいに燃えるらしい。しかも粉石鹸の性質で炎がナパーム状になって消えにくいんだ」

眼鏡を光らせながら説明する浩史を、順は見ていた。

こいつは、オタクを通り越して、かなりヤバイところまで行ってたんじゃないか。

「化学肥料《ひりょう》が手に入れば、液体爆薬だってできるぜ」

粉石鹸とガソリンの比率は一対十ぐらい。ビーカーで正確に測って、浩史は入れている。

たちまち狭い診察室に揮発したガソリンの臭いが立ちこめた。ジュースの空壜の中でガソリンと粉石鹸をよく振りながら、浩史が独りごちた。

「これに、酸化第二鉄、つまり錆びた鉄粉とアルミの粉を混入する……すると、爆発力ができめんに強くなるんだ」

かき集めていた一円玉を、大きなヤスリで削り始めた浩史。

濃密な気化ガソリンの臭いを嫌って、いち早く弥生が逃げ出した。順もついには耐えられなくなり、トイレに行ってくると嘘をつき、その場から立ち去る。

通路の突き当たりにある男子トイレ。個室のひとつに入り、ズボンも下ろさずに便座に座ったまま、三宅順はしばし嗚咽した。

昏い場所にひとりいると、過去がいやでも心の中で追いついてくる。

あのとき、母はろくろ首のようなお化けになり、父を惨殺した。その母はいま、どうなっているだろう？　奴らの仲間になったまま、街のどこかを徘徊しているのか？　新たな犠牲者を求めて、あるいは殺し損なった息子を捜し回っているのだろうか。

中道浩史と妹の弥生も、両親が魔物に変身し、浩史のもうひとりの妹を殺したのだという。

もっとも、そんな忌《い》まわしい出来事は、この街全体で起こった巨大な惨劇の、ほんの一幕に過ぎない。こうして生きているだけ、まだましだといえないだろうか。

真っ暗な個室の中でようやく立ち上がると、順はドアを開けて外に出た。

洗面所に置いていた手提げ型の懐中電灯をつかみ、トイレから外の通路に出たとき、背後に誰かの気配を感じて、三宅順はハッと振り返った。

ＬＥＤ独特の青白い光を認めて、すぐにわ

かった。

兄のシュアファイアを握った弥生が、〈ナースセンター〉と書かれたカウンターの向こうから走ってくるのが見えた。弥生は順の前に来ると、不安そうな顔でいった。

「西棟の様子がおかしいの。外で妙な物音が聞こえた」

順は彼女を凝視してから、いった。「まさか、屍鬼がここに……」

「それか……あいつらがもどってきたのかも」

弥生の言葉に、いやな予感がした。

暴走族の奴ら、今度、来るとしたら、おそらく奇襲攻撃をかけてくるだろう。そう予測したから、吉倉京介はライフルを持って屋上で見張りに立っているのだ。けれども、たったひとりの視点では、確実に死角ができる。

「裏口に行ってみよう」

順がいったとき、ちょうど診察室から浩史がふらふらになって出てきたところだった。

「あとちょっとで完成するんだけど、ガソリンの臭いがひどくてもう限界――」

いいかけた浩史は、ふたりのただならぬ様子に気づいたらしい。「どうした？」

「外の様子がおかしいの」と、弥生がいう。

三人は、急いで駆け出した。ひとつ目の角を曲がったとたん、そろって足を止めた。

薄暗い通路の途中に影がある。それもふたつ。弥生がフラッシュライトの光を向けた。そこに立っていたのは若い娘たちだった。

だが、摩耶や恵理香たちではない。

ひとりは茶髪を派手にカールさせ、ジーンズにヘソ出しのタンクトップ。もうひとりは、ボブカットのヘアスタイル。真っ赤なホットパンツにTシャツ、ロングブーツ。大きなレンズのついたゴーグルを額の上に上げていた。

あの暴走族といっしょにいた、ふたりの女たちだった。

「坊やたち。お姉さんたちといいことしない？」

カールヘアの女がガムをくちゃくちゃ噛みながらいった。ルージュを塗った唇を突き出してから、こうつづけた。「このお口で、小さなオチンチンをちゅぱちゅぱしてあげる」

隣に立っているボブカットにゴーグルの女が、わざとらしい笑い声を放った。

「帰れ！」浩史が散弾銃を向けていった。「さもないと撃つぞ」

その銃口が露骨に震えているのを順は見てしまった。順も弥生も武器はもっていない。

女たちは、わざとらしく腰を振りながら歩いてきた。順たちが後退った。

満面に汗をうかべた浩史が、歯を食いしばるように散弾銃をかまえ直した。本当に撃つつもりだ。順がそう悟ったときだった。

何の前触《まえぶ》れもなく、太い毛むくじゃらの腕が背後から伸びてきて、中道浩史の首にまわされた。黒い革のベストをはおった髭面《ひげづら》の男が、甲高い哄笑を放ちながら、片手で浩史の首を絞め、もう一方の手で散弾銃を掴んでいた。

真っ白な腕にびっしり生えた剛毛の中に、裸の女が足を開いている入れ墨がはっきりと見えた。女のイラストの下には〈PUSSY CAT〉と彫られていた。

「帰れ。さもないと撃つぞ――ってか？」

浩史の声を真似しながら、入れ墨の男がまた笑った。

前方から近づいてくる女たちも、声をそろえるように笑いつづけていた。笑いながら、ボブカットの娘が腰の後ろに右手をやって、刃渡りの長い細身のナイフを抜き出した。

「坊やたち。そのちっちゃなオチンチンを切り落としちゃうよ」

傍らにいたカールヘアの娘が、また大げさな調子で笑い始めた。

「莫迦野郎。遊んでるひまはねえんだ。さっさと、ガキを刺しちまえ」

浩史を羽交い締めにした男にいわれて、ナイフを握った娘は真顔になり、仕方なさそうにうなずくと、ゆっくりと順に迫ってきた。

「最初はあんただ。次に、そこの女の子」

いいながら細身《ほそみ》のナイフを順の喉許に向けた。ステンレス製らしい刃が、闇の中でギラッと光った。順は死を覚悟した。

ぶん。重々しいものが空気を切り裂くような音がして、刹那、ナイフを持った女の首に、細長い棒のようなものが生えた。その先端が尖っていた。

ボブカットの娘は目を大きく見開き、同時に口を開けた。その口から、たちまち大量の鮮血があふれ出した。

順は気づいた。鋼鉄製の矢だ。

ナイフを持ったまま、立ちつくす女の肩越しに、両手でクロスボウをかまえた小柄な娘の姿が見えた。十数メートルばかり離れた通路の途中、階段のすぐ下だった。

順はその名前を思い出した。谷村ちひろ。女子大生たちの中でも、いちばん背の低い、目立たなさそうな娘だ。

撃ったばかりのクロスボウに二の矢を継ぎ、弦を引いた。ギリリとテンションのかかる音がした。

「このクソアマぁ！」

入れ墨の男が絶叫したとたん、ふたたび放たれた鋼鉄製の矢が、男の額の真ん中に突き刺さった。男はOの字に口を開けたまま、のけぞった。そのとたん、男に奪われていた浩史の散弾銃が暴発した。

轟然たる銃声とともに、一瞬、闇に青白い炎の花が咲いた。その光芒の中で、間近に立っていた暴走族のもうひとりの女——派手なカールヘアの娘の頭部が、血煙とともに消失する。

至近距離から放たれた散弾の威力だった。

頭を失った娘の胴体が、ゆっくりと背後に倒れ、ずだ袋を投げ出すような音を立てた。仰向けになった死体、頭部の千切れた首の付け根から噴出した血が、たちまち大きなたまりを作ってゆく。

銃声のおかげで、ひどい耳鳴りが始まっていた。順は目を背けるようにして弥生の手を取り、浩史のところに走った。

「しっかりしろ! 俺たちは助かったんだぞ」

ガタン。重々しいものが落下する音がして、順たちが振り向くと、通路の向こうで谷村ちひろがクロスボウを落としたところだった。次にちひろはその場に両膝を突き、そのまま横倒しに倒れ込んだ。

順が走っていって助け起こした。

ちひろの意識はあった。ただ薄目を開け、放心しているのだった。

25

銃声が聞こえた。

それが病院の中からだったので、荻島摩耶は驚いた。一瞬、何が起こったのかと逡巡したが、いずれにしても悪いことが起こっているに違いない。どんな楽観も無意味だ。

東棟の中にいるのは三宅順ら少年たちと、昏睡している友香という少女。そして谷村ちひろだ。

「里沙！」

いっしょに見張りをしていた彼女の名を呼んだとき、ふいにバイクの排気音がして驚いた。進藤里沙とともに振り返った視線の先、この総合病院にいたる坂道の下からヘッドライトを輝かせて二台のバイクが疾走してくるのが見えた。

「来たわ」

里沙がガスオート式の猟銃をかまえた。習ったとおりにトリガーガードの前にある小さなセフティのボタンを押してロックを解除した。

摩耶もジーンズの前に差し込んでいた拳銃を抜き、両手でかまえた。

ちくしょう。摩耶は思った。こんなに早くもどってくるなんて――。

予期せぬ方角から短く咳き込むような銃声がした。摩耶が驚いて音の方角――前方にある笹藪を見たとたん、隣に立っていた里沙が崩れるように倒れた。散弾銃がエントランスの石畳の上で硬い金属音を立てて転がった。

「里沙……」

片膝をついて親友の躰に片手をやった。

虚ろな目を開いたままの進藤里沙の胸の辺りに、褐色の染みができ、同じ色のものが石畳の上に広がっていった。即死していることに気づいた。

テニス・サークルでは副部長だった。同学年の黒沢恵理香とともに、いつも三人で大学の講義を受け、外で遊んだ仲だった。

前方に目をやったとたん、坂道を二台のバイクが駆け上ってきた。

摩耶は、自分がいつの間にか拳銃を落としていることに気づいた。拾い上げる時間もなく、二台のバイクはすぐ目の前に迫ってきた。若者がふたり、下卑た笑いを放ちながらバイクを横倒しに乗り捨て、摩耶に向かって走ってきた。

どちらの男も、欲情にたぎったような目をしていた。

ふいに頭上から銃声がした。それまでに聞かなかった、空気を揺るがすような野太く、しかも長く尾を曳く発砲音だった。同時に、摩耶に向かって走っていたふたりのうち、左側の長身の男が胸の辺りから血煙を発してもんどり打った。

ライフルの銃声だと摩耶にはわかった。

もうひとりの暴走族が驚いて立ち止まった瞬間、二発目の銃声がして、その男のすぐ足許に青白い火花が散った。

そいつは、仰向けに倒れて動かなくなった片割れに見向きもせず、踵を返すや、横倒しにしていたバイクを引き起こしてまたいだ。けたたましい排気音とともに、バイクが坂道を戻り始めた。

摩耶はハッと気づいた。

最前、銃声が聞こえた笹藪を凝視した。頭上を見て大声で叫んだ。

「吉倉さん！　気をつけて。笹藪の中にひとり隠れているわッ」

26

御影総合病院屋上の金網越し、豊和M１５０ライフルを斜め下に向けてかまえた吉倉京介は、右手でボルトを引いて真鍮製の細長い空薬莢を真横にはじき飛ばした。

最初の一発は予想以上にうまくいった。病院の正面玄関に立っていた荻島摩耶に向かっていたふたりの暴走族、背の高いほうを三倍の最小倍率に絞ったスコープの十字レティクルの中心に捉えざま、引鉄を絞った。反動が右肩を突き上げたとき、その男は死んでいた。

狙いどおりに胸の真ん中に着弾したのがわかった。

だが、二発目は外れた。焦りすぎていたのだ。そいつはあわてて横倒しにしていたバイクを引き起こすと、大急ぎでまたいでエンジンをかけ、坂道に向かって走り出した。

三発目を薬室に装填し、また狙った。

スコープの狭い視野の中、去っていくライダーの背中に十字線を合わせながら、引鉄にそっと人差し指を当てた。距離は一〇〇メートル。まだまだ狙える距離だった。

ひとりの狙撃者は、一個小隊の軍隊に匹敵する。

昔、読んだ冒険小説の中の言葉が、ふいに脳裡によみがえった。思わずほくそ笑んだ。

――吉倉さん！　気をつけて。笹藪の中に……。

真下から摩耶の声が聞こえて我に返った。

ほぼ同時に、病院の真正面にある深い笹藪の中に青白い閃光が瞬き、同時に短い銃声が轟いた。灼熱《しゃくねつ》の痛みが左肩を突き抜けて、吉倉京介はライフルを取り落とした。

撃たれた肩を押さえながら、京介は尻餅《しちもち》をついた。その場に横倒しになり、何が起こったかを考えた。

笹藪に敵がひそんでいたのだ。

摩耶の前に撃たれた里沙。最初、彼女は疾走してくる暴走族のどちらかに狙撃されたのだと思っていた。

だが、ふたりのライダーは銃らしきものは持っていなかった。伏兵が別の場所にいた。摩耶はそれを警告しようとしたのだ。

ちくしょう。

仰向けになりながら、京介は心の中で叫んだ。落ちているライフルを右手でつかんだ。腹這いになって伏射《ふくしゃ》の姿勢をとろうとしたが、左手の感覚がまったくなかった。これではかまえることすらできない。

いったんライフルを置いて、右手で左肩の銃創に触れてみた。生暖《なまあたた》かい感触が滾々《こんこん》と湧《わ》き出しているのがわかる。動脈血の勢いはないので、大きな静脈《じょうみゃく》が破断しているらしいことがわかった。

止血しなければ、数分で死ぬ。

京介はズボンのベルトを苦労して抜くと、左腕の付け根に回してバックルに通し、激痛を感じるほど強く絞り上げた。満面に脂汗《あぶらあせ》を浮かべながら歯軋りをした。強く噛み合わせた歯の隙間から、くぐもった悲鳴が洩れた。

27

荻島摩耶は、里沙の死体から離れ、銃火が見えた笹藪をにらんだ。

屋上から狙撃していた吉倉京介の銃声が途絶えた。さっきの笹藪からの一発で、きっと仕留められてしまったのだ。おそらく京介がそこにかまえていることを、あらかじめ察知していたのだろう。

んでいる。

摩耶は笹藪を見据えた。誰かがそこにまだ潜《ひそ》んでいる。

　拳銃を両手でかまえざま立て続けに引鉄を引いた。轟音と反動に思わず目をつぶりつつ、四発。すぐに撃鉄が空の薬莢を打つ音ばかり聞こえるようになった。

　五連発のはず。

　奴らが前に来たとき、威嚇射撃で一発撃っていたことを思い出した。

　笹藪からは何の反応もなかった。

　弾丸が尽きた拳銃を投げ出し、代わりに里沙の傍に転がっていた散弾銃を拾うと、摩耶はゆっくり後退った。背中で玄関のガラス扉にぶつかり、それを開けて中に入った。

　暴走族たちはきっと院内にも侵入している。ちひろたちが心配だった。

28

　ダンガリーシャツにジーンズ姿の、髪の長い娘が散弾銃を拾って病院に入ると、そこには最初に撃ったショートヘアの娘の死体だけが遺されていた。

　すぐ傍にバラを思わせる花が幾輪も咲いている。血を思わせるような不吉な花だった。

　来栖はゆっくりと笹藪の中に身を起こした。

　一連の出来事を思い出した。

　見張りに立っていたふたりのうち、ひとりを撃ち倒した。ふたりともいい女だったが、仕方がなかった。こちらがひとりしかいない都合上、どちらかには死んでもらう必要があった。

　それからすぐ、屋上の野郎を見事に倒したものの、残ったあの黒髪の娘は、拳銃を撃ちまくってきやがった。さすがに肝を冷やした。

撃たれたのは四発だったが、うち一発はすぐ頭上をかすめていった。あとで拾った散弾銃を撃たれていたら、まともに喰らっていたかもしれない。彼女がそれをしなかったのは幸運だった。

トカレフを握りながら立ち上がると、そっと笹藪から出た。

病院の裏にはシローたちがいるはずだが、もうどうでも良かった。

彼は足音を殺しながら、娘を追って正面入り口のガラス扉をそっと押し開けた。トカレフを油断なくかまえながら、闇の中へと入ってゆく。

空気に女の残り香《が》があって、来栖健一は鼻をひくつかせ、ニンマリと笑った。

どうせ、あといくらも生きられねえ命だ。好き勝手にさせてもらう。


FUCK! FUCK!

29

深町彩乃は激しい耳鳴りの中、呆然と立ちつくしていた。

右手にだらんとぶら下げたソウドオフ・ショットガン。まるで手に張り付いたように、それがとれなかった。左手で指を一本ずつ引きはがすようにして、ようやく銃が足許に硬い金属音を発して落ちた。

目の前には子供たちの無惨な骸がたくさん転がっていた。

多くの躰は炸裂し、そこから触角や触手や軟体動物の足のようなもの、いろいろな異形の一部が押し出されるように出ていて、血の海の中に横たわっていた。

「彩乃。銃を拾え」

頼城の声に我に返る。男たちは歩き始めていた。

あわててM870ショットガンを拾った。

ショルダーホルスターのループに差し込んでいる十二ゲージの散弾は、あと五発しかなかった。そのうちの貴重な三発をチューブ弾倉に装填し、フォアグリップを操作して初弾を薬室に入れると、残る一発を追加した。

頼城も片桐も、弾薬は尽きかけている。それでもゆかねばならぬ。

肉離れを起こして痛む脚を引きずりつつ、彩乃は歩いた。

ミチルの気配は濃くなっていた。

目の前に巨大な観覧車が、漆黒の空を背景にそそり立っていた。眼前に立ちはだかるようにも、またこちらを手招きしているようにも思えた。

彩乃が歩きながらそれを見上げていたとき、だしぬけにどこか遠くで銃声が聞こえた。散発的に、幾度か繰り返された。

彩乃は立ち止まり、肩越しに振り向いた。

「病院のほうからだわ」

頼城も片桐も、そちらを険しい目で見ていた。

「いま、戻るわけにはいかない」頼城がいかめしい顔つきでいった。「俺たちの目的はミチルを奪還《だっかん》することだ」

「でも……」

吉倉京介のことを考えた。そして三宅順たち、女子大生たち。

すべてを振り払い、彩乃はふたりのあとを追って、足早に歩き始めた。

こみ上げてくる感情をこらえているうちに、

涙が頬を伝っていることに気づいた。

30

「兄貴ぃ。早くすませろよ。いつまでやってんだ」

背後から、また弟のアキラの声がした。せわしなげな苛立ちの感情を含んでいる。シローはそれを無視した。誰に何をいわれようと耳を貸すどころではなかった。

下半身をさらけ出した女子大生の上になって、シローはしきりに腰を使っていた。リズミカルな律動《りつどう》のリズムに合わせて、トサカのように尖らせたブロンドヘアが揺れている。

さっきから何度も無線連絡が入っていたがとらなかった。

呼び出しの相手がリーダーであろうと、いったんこいつを始めたら、やめることなどできるはずがない。

地面に投げ出していた小型無線機の向こうに、地面を割って生えてきた棘のある草が、真っ赤なバラのような花弁を開いていた。それがやけに艶《あで》やかにみえる。

シローはその花を見つめながら、意識を失ったままの娘を犯しつづけた。

突然、娘が眉根を寄せたかと思うと、目を見開き、小さく悲鳴を上げて身をよじった。

シローは相手の両手を強引に押さえつけながら、なおも荒々しく行為をつづけた。娘はさらに激しく抵抗した。

「くそ。アキラ。そっちの脚を押さえてろ」

返事がなかった。きっとふて腐れているのだろうと思った。

激しく腰を打ち振ってから、シローは果てた。

長い息を洩らしてから、涙に濡れた女子大生の顔を見下ろした。歯を食いしばって耐えていた。その切ない苦悶《くもん》の表情に、彼は満足した。

「おめえ、エリカって名前だろ？　さっき殺した娘がそういってたよな。ちょっと痩せ気味なのが気にくわねえが、その髪型、なかなか可愛いじゃねえか」

ポニーテイルの娘はぐったりと力を抜き、手足を大地に投げ出している。横顔が涙に濡れていた。

ふいに後ろで苦しげな声が聞こえた。シローは振り向きもせずに嗤った。

「アキラ、待たせたな。終わったぞ」

萎《しな》びた男根をブリーフにたくし入れながら、シローはいった。「おい。さっきからずっと待ってたんだろう？　何とかいえよ」

返事がなかった。

妙な声が聞こえたきりだ。シローは奇異に思った。

目の前に咲いている赤い花。じっと見つめているうちに、いやな予感がした。

ふいに異臭が漂ってきた。

それは性を思わせる、むせるような臭気だった。シローは凌辱を終えたばかりの娘の白い脚を見た。自分の放出した精液の臭いとはまったく異質なものだ。

シローはようやく振り向いた。

すぐそこにアキラはいた。

その傍に、仔牛ほどもありそうな肉色の何かが見えた。かたちはソーセージのようだった。

先端がピンク色をしていて厚い皮がめくれあがり、無数の皺が胴体に寄っていた。その先端が口をぱっくりと開いて、弟の上半身を呑み込んでいた。

アキラは胸の辺りまでそいつに吸い込まれ、まだ外に出ている両手と両脚をバタバタと振って無茶苦茶に暴れていた。だが、肉色の筒状生物は全身を蠕動させながら、さらにアキラの躰を体内へと呑み込んだ。

腕が消え、腰が入り込み、最後にバタバタやっていた両脚もズズズと吸い込まれて、やがて見えなくなった。

シローはその場にへたり込んで、凝視しつづけた。

それは街じゅうに増殖して人間たちを襲ってきた化け物の一種に違いなかった。が、今まで見たなかでも、もっともグロテスクな姿形をしていた。

シローはそれがあるものに酷似《こくじ》していることに気づいた。

男根だった。それも勃起《ぼっき》した形状の。

シローはつぶやいた。「こいつはいったい……何の冗談だ？」

恐怖の感覚が麻痺《まひ》していた。しかし、躰は金縛りにあったように動かない。

見ているうちに、弟を呑み込んだばかりの先端の口がゆっくりと開いた。三カ所に亀裂が入り、それぞれ花弁のようにめくれ上がったかと思うと、そこから透明な粘液がしたたり落ちた。

まるで大きく口を開けた無花果《いちじく》のように見えた。

巨大な男根が奇怪な叫び声を放った。

シローは尻で這いずって逃げようとした。相変わらず金縛りは解けなかった。そいつは予想外の速度で突進してきた。悲鳴を放つ間もなく、シローは足から呑み込まれた。

31

黒沢恵理香は朦朧《もうろう》としていた。

暴走族の若者が自分の上から離れていったのち、何か異常なことが起こったのをぼんやりと知覚していたが、あえて視線を向けずにいた。

失神しているうちに犯され、気がついて抵抗するも空《むな》しく一方的に行為を終えられてしまった、その屈辱感に打ちのめされていたからだ。

男の悲鳴が続いていた。果てしなく、長々と声を放っていた。

恵理香は地面に肘を突いて上半身を持ち上げた。強引に押しつけられていたため、背中と尻が痛かった。

Tシャツを胸の上までまくり上げられ、露出していた背中から肩胛骨《けんこうこつ》の辺りに食い込んでいた小石がポロポロと音を立てて落ちた。が、恵理香はその光景から目を離せずにいた。

常軌《じょうき》を逸《いっ》した場面が、すぐそこにあった。

肉色をした巨大なソーセージのようなもの——たまさかそれは、さっきまで自分の下腹部の中で暴れていた男の一物に酷似していた。そう、大きさはともかく形だけだ——が、シローと呼ばれた若い暴走族の下半身を呑み込んでいた。

全身を波打たせ、小刻みに蠕動させながら、激しく暴れて抵抗するシローを少しずつ体内に吸い込んでいるのだった。

「わっ、わっ」何か遊びでもやっているかのように、ふざけた声に聞こえた。

だが、シローは文字通り必死だった。巨大な男根の頭部を拳で殴りつけ、爪を立てたりしているが、相手はいっこうに意に介さないように、

黙々と嚥下《えんげ》の作業をつづけていた。

ずずっと一気に胸の辺りまで吸い込まれた。

「た、た、助けて――」

シローが恵理香を凝視しながらいった。片手を伸ばしてきた。

恵理香は黙って看過《かんか》していた。同情の気持ちはこれっぽっちもなかった。

自分を犯した男の象徴《しょうちょう》。それとまったく同じものに、いま、あいつは凌辱され、殺されようとしている。あまりな皮肉であった。これが天罰でなくて、いったい何だろう?

ざまを見ろ。くたばりやがれ。

「あ……あ……」シローが放つ苦悶の声が、快楽の喘《あえ》ぎのように聞こえた。

さらに首の辺りまで巨大な男根に呑み込まれ、彼はまるでオルガスムスに昇りつめたときのように切ない表情で眉根を寄せ、口を大きく開いた。

「おお」と、声を洩らしたと思ったら、怪物に頭を一気に吸い込まれた。ギザギザに尖らせたパンクスタイルの金髪が肉壺の奥に見えなくなった。最後に両手がつるりと消えて、怪物は全身を大きくうねらせながら、好餌《こうじ》を得た快感に震え始めた。

ふたりも呑み込んだというのに、屍鬼は満足していないようだった。残忍な飢えが、眼前にいる恵理香に向けられたことがはっきりとわかった。

乾き始めていた涙の残滓《ざんし》を手でぬぐうと、周囲を見渡した。

少し離れた場所に上下二連の散弾銃が落ちていた。下着は引き裂かれていたので、投げ出されていたジーンズだけをとって、そっと足を入れた。

相手の様子をうかがいながらゆっくりと這い進み、散弾銃を掴んだ。

習ったとおりに親指でラッチをねじり、銃身を折ると、ふたつの薬室に大きな十二ゲージの鹿撃ち用散弾の薬莢が光っていた。銃身を戻し、恵理香はそれを怪物に向けた。

仔牛ほどもある巨大な男根。異様な変態をとげた屍鬼が、殺気に気づいた。

ずるりと躰を動かして、彼女のほうに頭部を向けた。包皮《ほうひ》がめくれ、露出した亀頭《きとう》の先端が、バリリと音を立てて三つに分かれ、それぞれめくれ上がってゆく。

花というよりも熟《う》れた無花果のようにぱっくりと口を開いたそれは、甲高い悲鳴みたいな声を放った。同時にむせるような異臭が鼻を突いた。

怪物は恵理香に向かって突進を開始した。

「おまえら、最低」

恵理香は銃床を肩付けしながら、散弾銃の引鉄を絞った。

32

摩耶は一階のナースステーション近くで、三宅順たちを見つけた。三人とも無事だったらしい。ちょっと離れた場所に谷村ちひろがしゃがみ込み、虚ろな目で放心していた。

「大丈夫？」

肩に手を置くと、ちひろがゆっくりと顔を上げた。一房の後れ毛が、汗ばんだ頬に張り付いている。

「里沙先輩は？」

摩耶は口を引き結び、黙って小さく顔を振った。その意味を悟って、ちひろが哀しげに表情を歪めた。両手で顔を覆い、肩を揺らして泣き始めた。摩耶はそっとしゃがみ込み、ちひろの肩を抱きしめた。

裏口のふたり――恵理香と真実子が気になっていた。

屋上の吉倉京介は生きているだろうか。病室にいるはずの友香も心配だ。

ここはもう引き払うしかない。摩耶はそう判断した。

これだけの騒ぎを起こしたのだから、街じゅうを徘徊している屍鬼たちに悟られないはずがない。奴らはそろってここに押し寄せてくるだろう。そうなると暴走族どころの話ではない。

そのとき、西棟の裏口から銃声が聞こえた。

摩耶は反射的にそっちを見た。

「裏口のふたりを呼んでくる。きみたちは二階の病室で友香ちゃんといっしょにいて!」

順たちが階段を上っていくのを見届けると、散弾銃を手にしたまま駆け出した。

長い渡り廊下を走った。

不安を打ち消すことができなかった。暴走族が仕返しに来ることはわかっていたが、こんなに早くやってくるとは予想もしていなかった。

そんな楽観が悲劇を招いたのかもしれない。だから、里沙が殺された。屋上の吉倉京介も撃たれた。

相手は当然、西棟の裏口にもまわっている。そこで何が起こっているのか。

西棟に入ると歩調をゆるめ、散弾銃をかまえながらそっと歩いた。いくつかの扉の前を通った。裏口の救急搬入路から東棟の集中治療室に向かってストレッチャーが通るため、広く作られた通路。そこをたどってゆっくりと歩を進めた。

かすかに漂っている消毒薬の匂い。

横浜でやっていた父の小さな病院を思い出した。家族のことも。

深町彩乃に聞いた話だと、この街が〈ゾーン〉と呼ばれる空間に〝転移〟されたときから、外の世界に住む人々は街に関する記憶をすべて奪われたという。

だとすると、父も母も、そして弟も、今は私のことを憶えていないのだろうか。

ふいに哀しみがこみ上げてきた。

こんなときに、いったい何だというんだろう。

きっと極度の緊張から、つかの間、解放されたせいだ。しかし自分はまだ危地《きち》のまっただ中にいる。油断はできない。

裏口にいたる通路。突き当たりで立ち止まると、扉のガラス越しに外を覗いた。

しかし、昏くて何も見えなかった。意を決してドアノブに手をかけたとき、背後に素早い足音が聞こえて思わず振り返った。

はだけた上半身に髑髏のペンダントが揺れていた。それが闇にギラリと光る。

驚いた摩耶の鼻先に、トカレフの小さな銃口がピタリと止まっていた。

暴走族のリーダーらしき男だった。落ちくぼんだ眼窩、頬骨の張った顔が本当に髑髏そのもののみたいだった。

「FUCK！　FUCK！」

男は唄《うた》うようにいった。歯を剥き出して笑った。

「薬なら薬局から好きなだけ持って行けばいいわ」

摩耶がいうと、暴走族のリーダーはまたせせら笑った。「それはあとでゆっくりといただく。なあ、わかってんだろ？　俺たちの目的はこれさ」

いいながら摩耶の長い黒髪に指先で触れた。

とっさに散弾銃を向けようとしたその銃身を、男が左手で掴んだ。引鉄を引く間もなく、銃をねじりとられた。

次の瞬間、男は摩耶の脚を払って床に仰向けに倒すと、荒々しくのしかかってきた。

「けだもの……」

馬乗りになった男を睨《にら》みながら、摩耶が唾を吐いた。

頬に付いたそれをぬぐい、男がトカレフの硬いスライドで摩耶の頬を遠慮なく殴りつけた。骨が異音を発するほどの痛撃。摩耶は顔を背け、歯を食いしばる。

「いい表情だ」

男がいいながら、ダンガリーシャツの上からふたつの隆起《りゅうき》を交互に揉んだ。

執拗に揉みしだいたあと、馬乗りになったまま、男がゆっくりと顔を近づけてきた。下腹の辺りに押しつけられた相手の股間《こかん》が、むくむくと硬く隆起してくるのがわかった。

摩耶はリノリウムの床に投げ出した両手を必死に動かした。冷たい感触を指先がつかんだ。取り落とした散弾銃の銃身だった。

無我夢中でそれを握り、渾身の力を込めて、男の側頭部に叩きつけた。

木製銃床の尖った部分がまともにこめかみに命中し、髑髏の男が「ぐっ」と呻きながら横倒しになった。

あわてて立ち上がった摩耶は、もう一度、散弾銃を振り上げた。上体を起こしたばかりの男の頭頂部を狙って、それを振り下ろそうとした瞬間、男の右手のトカレフが持ち上がった。

摩耶は硬直した。

「なめやがって……」

男がしゃがれ声でいいながら、引鉄に指をかけた。

予期せぬ方角から派手な銃声がして、同時に男の拳銃を握った右手が、血煙とともに吹っ飛ぶ。摩耶は向き直った。

出入り口の扉が開いて、そこに立っていた黒沢恵理香が上下二連の散弾銃をかまえていた。

銃口から硝煙が流れている。モデルのようにスリムでスタイルのいい娘が、どこで憶えたのか、自然なポーズで猟銃を保持していた。

「痛ぇえ！」

右手の肘から先がちぎれ飛び、そこから鮮血を噴出させながら、暴走族のリーダーが床に転げ回り、絶叫していた。

ゆっくりと歩いてきた恵理香が、男の顔に散弾銃を向けて引鉄を引いた。だが、銃は無反応だった。

「ちくしょう。これが二連発なの、忘れてた」

恵理香がつぶやくのが聞こえた。

「そいつは放っておいても出血多量で死ぬわ。それより吉倉さんたちが心配なの」

摩耶にいわれてうなずくと、恵理香は靴の先で髑髏の男の顎を遠慮なしに蹴り上げた。

もんどり打った男が、背後の壁に叩きつけられ、そのままズルリとへたり込むのを、恵理香は無表情に凝視していた。いつにない厳しい顔に彼女は気づいた。

「何があったの？」

恵理香は横目で彼女を見ていたが、ふと目を逸らした。黒い泥のようなものが付着した彼女のTシャツを摩耶は凝視した。

「まさか、あなた……」

恵理香はふいに涙を浮かべた。摩耶に取りすがるや、肩をふるわせて泣き始めた。

「薬局に緊急避妊薬があるはずよ。すぐに行きましょう」

恵理香の手首を掴むと、摩耶は足早に歩き出した。

33

階下から何発かの銃声が聞こえて、院内に轟いていた。順たち三人はひるまずに廊下を走った。クロスボウを持った谷村ちひろが、少し遅れてついてきた。

三田村友香が寝台で眠っている病室。入り口から中に入ると、床の上に置いて炎を点していたはずのコールマンのガソリンランタンが消えているのに気づいた。

中道浩史が、持っていたシュアファイア社のフラッシュライトで照らした。

病床はもぬけの殻だった。点滴台からぶら下がった半透明の管が、ゆっくりと揺れ、白いシーツの上に染みを広げているばかりだ。

「友香ちゃん」三宅順が少女の名を呼んだ。

狭い病室にはいない。ベッドの下を覗き込んでみてもむだだった。

友香が履いていた小さな靴は、窓際の床の上にきちんとそろえて置いてあった。

そのアルミサッシの窓が、わずかに開いているのを見て、彼らは顔を見合わせた。あわてて窓際に駆け寄り、サッシを開いた。

浩史がシュアファイアで外を照らしたが、病院の中庭には姿が見えなかった。

友香が高熱で錯乱して飛び降りたのかと思ったが、窓の真下にそれらしい姿もない。二階とはいえ、この病室の窓から落ちたら、ただではすまないはずだ。

「これってどういうことだよ」

憤然とした調子で浩史がいう。だが、順には答えようがない。

しばらく経ってから、外の廊下に足音がした。ちひろがクロスボウをかまえて病室の入り口に向けた。直後、駆け込んできたのは黒沢恵理香だった。

きれいにまとめられていたポニーテイルがひどく乱れ、顔色も青かった。Tシャツも泥だらけだ。

「友香ちゃんは?」

順が首を振った。「いなくなったんだ」

「だって。あんなに高熱にうなされていたのに? まさか、誰かにさらわれたとか」

「あり得ないよ」と、浩史が否定した。

「そっちこそ何があったんですか」と、順。

恵理香は話した。

戦いで里沙も真実子も死んだ。荻島摩耶は京介のいる屋上にひとりで向かった。京介が撃たれたからだ。生きていれば連れ帰る、と。

窓際にそろって置かれた小さな靴。

それが何を意味するのかわからない。

「ここにいても仕方ないわ。屋上から摩耶が戻ってきたら、病院を出ましょう」

「頼城さんたちと合流する?」

弥生の顔を見て恵理香がうなずいた。

窓の隙間から吹き込んできた風が、病室のカーテンを揺らした。ここは不吉な気配に満ちていた。

アルミサッシの窓を閉めようと恵理香が手を

伸ばしたとき、何かに気づいたらしい。

　じっと動きを止めたその横顔を、三宅順は見つめた。

「どうしたんです？」

「最悪」恵理香は、ふいに向き直ってこういった。「奴らに嗅ぎつけられた」

　順たちがまた窓越しに外を見た。

　遠い空から、いくつかの光が無数の蛍のように乱舞しながら、こちらに向かって飛んでくるのが見えた。かすかに叫びや笑い声のようなものが聞こえてきた。

「どうしよう……」

　クロスボウを抱えるように壁にもたれて座り、唇を震わせる谷村ちひろを見て、恵理香がいった。

「急いで病院から脱出するの。摩耶が屋上にいる京介さんのところに行ってるから、もどってきたら、みんなで逃げましょう」

　恵理香はちひろの腕を引っ張り上げるように立たせると、病室の外に駆け出した。

　順たちもそれに続いた。

34

　つかの間、意識を失っていた。

　ベルトで縛り付けた左肩にそっと触れると、出血は止まっていた。

　だが、重い疼痛《とうつう》がそこに残っている。指先は曲げることができるが、左腕そのものが思うように動かなかった。

　右手の指先で銃創をなぞった。痛みに顔をしかめた。

　孔が前後にふたつあるので、弾丸が貫通しているらしい。

——弾丸は抜けている。安心しろ。

そんなアクション映画の常套句を思い出して、吉倉京介は仰向けになりながら笑った。抜けてたって、抜けてなくたって、深傷《ふかで》は深傷だ。ひどい痛さに変わりはない。

真っ暗な空を見上げながら、京介は思った。

摩耶たちは無事だろうか。里沙が撃たれるのを目撃したが、他の女子大生たちはどうなっただろう。三宅順たち高校生はどうしているだろうか。そして、ミチルを救出にいった深町彩乃は——。

硬い屋上のコンクリにかすかな足音がして、京介は見た。

出口の鉄扉から荻島摩耶が姿を現し、こっちに向かって走ってくる。彼女の無事を知って、京介は微笑んだ。

「しっかりして！」

彼の傍にしゃがみ込むと、摩耶は肩の傷を調べた。

「いいわ。自分で止血措置《しけつそち》をとったのね。血が止まってる」

「左腕の感覚がまるでないんだ」

「生きてるだけましよ。里沙も真実子も死んだわ」

「そうか」

摩耶の肩から垂れ下がった長い黒髪が、仰向けになったままの京介の顔を撫でた。

「あんた……いい女じゃないか」

すると摩耶がふっと笑った。「莫迦ね。彩乃さんにまた殴られるわよ」

「聞いてたのか」

京介がいったときだった。屈《かが》み込んでいる摩耶の肩の向こうに、何かが見えた。

最初は鳥かと思った。漆黒の空をゆっくりと帆翔《はんしょう》していた。

が、それはふいに空中で角度を変えると、病院の屋上にいるふたりに向かって、急降下をしてきた。小さな点のように見えていたものが、ぐんぐん大きくなって見える。

「屍鬼だ！」

京介が右手で空を指さした。摩耶が振り仰いだ。

バサッと何かが空気を切る音がして、それは翼を左右に広げたまま、ふたりの頭上に舞い降りてきた。

コウモリに似た大きな羽根。胴体は白い肋骨をむき出しにしたまま、顔にいたっては猫科を思わせる獣の骸骨《がいこつ》のようで、大きく開かれた口にはギザギザの鋭い歯が無数に並んでいた。

「どいてろ！」

京介が落ちていたライフル銃をつかみ、トリガーガードの中に人差し指を入れながら、それを渾身の力で持ち上げた。銃口が真上を向いたとき、引鉄を引いた。

轟然たる銃声とともに、長い銃身の先端が火を噴いた。

真上に発射された・三〇八ＷＩＮのライフル弾が、ふたりを鉤爪で捉えようとしていた屍鬼の胴体の中央をぶち抜いた。

巨鳥の魔物は耳障りな悲鳴を上げたかと思うと、空中でもんどり打って、ふたりのすぐ横に落下した。

屋上のコンクリートの上で、しきりに翼を打ち付けながらバタバタと苦しんでいるため、いやな臭いを含んだ風が押し寄せてきた。やがて屍鬼の動きが途絶え、巨大な躰がみるみる溶け始めた。

安心するのは早かった。昏い空を見上げると、他の屍鬼たちが飛び回っていた。

「摩耶さん。ライフルのボルトを引いて！」

「それよりも立って、逃げるのよ」

京介の無事な方の腕をとって、摩耶は彼を引き起こした。

華奢な躰だと思っていたら、意外に力が強く、京介を助けながら歩いている。足首のグリッピングがしっかりしているのだ。テニス・サークルの部長だったことを思い出した。

彼女たちがこれまで生き長らえてきたのは、やっぱり理由があるのかもしれない。

上空にいた屍鬼たちが、次々と急降下してきたが、奴らが近づく前に、ふたりは屋上の出入り口である鉄扉にとりつき、中に入ってドアを閉鎖した。

直後に、体重のある何かが複数、その鉄扉に体当たりを繰り返す音が続いた。

エレベーターが使えないので、苦労して階段を下りた。つづら折りに何度も踊り場で折れながら、あわただしくいくつものステップを踏みながら下ってゆく。

京介は左肩の銃創の痛みをこらえていたが、おかげで満面に脂汗が浮かんでいた。

ずっと歯を食いしばっていた。

「摩耶さん。女ばかりだと内心、莫迦にしてたけど、実際、あんたたちはよくやってる。謝らなきゃいけないな」

「あなたが助けてくれたから、こうして生きていられたのよ」

京介に肩を貸しながら、摩耶は少し笑った。

「でも、今はたしかに草食系の男どもよりも女のほうが強くなったかもね」

彩乃のことを思い出した。

緊迫した状況であるはずなのに、京介の顔に笑みが浮かんだ。

まったくだ。自分はすっかり足手まといになっている。いまの彩乃と肩を並べるのは、頼城や片桐ぐらいに強烈なパワーを持った男しかいまい。

下から上ってくる足音が聞こえて、黒沢恵理香や順たちが、二階と三階の間の踊り場から姿を現した。

「屍鬼が来た」

三宅順が外を指さしていった。

「わかってる。屋上にはもう何体かとりついてるわ」

摩耶は京介を三階のフロアに下ろしてからいった。「友香ちゃんを連れて、早くここを脱出するべきね」

「それが……」順が俯き、顚末《てんまつ》を話した。

病室から忽然と三田村友香が消えていた。窓には隙間、床には靴がそろえて置いてあったという。しかし窓から落ちたわけではない。さらわれたわけでもなさそうだ。

「だとすると、本人が出て行ったとしか思えないわね」

摩耶の言葉に、京介は夢遊病のように昏い病院の棟内を歩く友香の姿を想像した。

ふと、いやな記憶がよみがえってきた。またしても、あの北本真澄に関するものだ。

それを京介はすぐに打ち消した。

西棟の裏口近く。救急外来の搬入路はゆるやかなコンクリートのスロープになっている。その先は、ストレッチャー用の大型エレベーターホールに面した広い屋内駐車スペースとなり、今は外との間にシャッターが下りていた。院内から駐車スペースに入ると、そこに大型の救急車が一台、停車したままだった。

街が死滅する前、消防署の救急車が外来患者を運び込んだ。しかし、それきりここを出ていけなかった理由があるのだろう。何が起こったかは、およそ察しがつく。

摩耶が運転席のドアを開け、乗り込んだ。

京介は、恵理香とちひろに両側から抱えられながら、リアゲートから車内に入る。

順たちもそれに続いた。院内に残っていた武器から銃弾をかき集めるのに時間がかかったが、何とか間に合ったようだ。

三宅順と中道弥生は、浩史が労作した火炎罎を二十本、段ボール箱に入れて運び込んでいる。

全員が乗ってドアを閉めたことを確認してから、荻島摩耶は運転席で深呼吸をした。


ジーンズの太股《ふともも》の間に、拳銃を挟んでいる。暴走族のリーダーの男が持っていたトカレフだった。

八発の装弾のうち、二発が使われていたから、まだ六発の弾丸がある。使い方はおおよそわかった。銃自体に安全装置がないのはびっくりしたが、おかげで薬室に弾丸を装填したまま、ハンマーをハーフコックの位置で携行《けいこう》するには少し勇気が必要だった。

意を決し、エンジンキーに手をかけて、それをひねろうとしたとき、助手席のドアが急に開いてびっくりした。

乗り込んできたのは黒沢恵理香だった。リアゲートから外に出て、ふたたび乗り込んできたらしい。片手に猟銃を持っている。

そのきりりとした横顔を見て、摩耶がいった。

「前は危険よ」

「いいの」恵理香は銃身を折った猟銃に散弾を込めながら、決然とした様子で答えた。「いつもペアを組んで試合に臨んでいた間柄じゃない。大切な相棒を忘れないで」

仕方なく摩耶は前を向いた。

深い呼吸をさらにふたつ続けてから、いった。

「行くよ」

イグニションをひねった。エンジンが一発でかかり、車体が震えだした。

ヘッドライトをハイビームで点灯し、サイドブレーキを解除。オートマのシフトをドライブ位置にすると、アクセルペダルを強く踏み込んだ。

タイヤを鳴らして急発進した救急車が閉じたシャッターに激突し、激しく火花を散らした。

一瞬後、かれらは病院の外に出ていた。

そのとたんに、大きなフロントガラスの外側に肌色のぬめぬめしたものが張り付いた。両側に吸盤《きゅうばん》のある五本の指が見えた。ヤモリを大きくしたような怪物だった。

とっさに摩耶がワイパーを操作したが、そいつは剥ぎ取れなかった。

「ったく、遊園地のオバケヤシキじゃないんだから」

摩耶はジーンズの太股の間からトカレフを抜き出しざま、フロントガラスに銃口を向けて引鉄を引いた。耳をつんざくような炸裂音がして、七・六二ミリの小さな弾丸がそこに孔を開け、屍鬼の胴体をえぐって緑色の体液を爆発させた。

35

来栖はぼんやりと目を開いていた。

肘から先が亡くなった右腕。出血はまだ続いていた。

あの女がさっきいったとおり、おそらく俺は死ぬ。もう血液のほとんどが躰から出て行ってしまったような気がする。すでに寒さも感じなくなっていた。

高ぶっていた欲情もなりをひそめ、そろそろ思考停止に陥《おちい》ろうとしていた。

不思議と鋭敏《えいびん》なまま残っている聴覚が、病院の外から侵入してくる屍鬼たちの声を捉えていた。

奴らはすぐそこまで来ている。見つかったら、その場でトドメを刺されるだろう。

喰い殺されるか、絞め殺されるか。いずれにしても、ろくな死に方じゃねえ。

暴走族のリーダーは心の中で自嘲《じちょう》した。俺にふさわしい末路《まつろ》ってことだ。


それがやってきた。

リノリウムの床を踏みしめる足音。

ふたつの足が、ぼんやりとした視界に入ってきた。俺を殺しに来た屍鬼は、どうやら人間の姿をしているらしい。虫や獣じゃなくて、まだましかもしれない。

そうして虚ろな目の焦点を合わせた。

来栖健一は、眉根を寄せた。

目の前に立っているのは、ひとりの少女だった。

お下げの髪、デニムスカートに焦げ茶のトレーナー。その胸の辺りには仔犬をかたどった刺繍がしてあり、〈Ｐｒｅｔｔｙ Ｄｏｇ〉と英文字が縫ってあった。

小さな顔は無表情で、翡翠のように光るふたつの目が、じっと来栖を見つめている。

「おめえ……誰だ？」嗄れた声を押し出し、来栖がいった。

だが少女は端然とした様子のまま、感情の読めない目を彼に向けていた。

見返していた来栖は、奇異に思った。この少女の中に、いくつもの人格が感じられるのである。

死ぬ間際の錯乱かもしれないが、そうではないような気がした。別の同年代の少女の顔が、そこに見えた。影のように昏い少年の姿も。さらに黒い服の男の姿――。

「誰なんだよ」

少女は答えず、薄笑いをうかべた。

そして近づいてきた。こっちへ移動してくるのに、少女の足がまったく動いていないことに気づいた。幽霊？　そうじゃない。こいつはもっと邪悪な存在だ。

しかし――少女は美しかった。

見ているうちに、来栖の心を占めていた恐怖という感情が消えてゆき、代わりに別の衝動が身をもたげてきた。神々しいまでに美しい少女を、来栖は崇拝《すうはい》しようと思った。

少女が片手に何かを持っていた。

それが、散弾を喰らって飛ばされた、自分の腕であることに気づいた。まるで壊れた玩具を修理するかのように、少女はそれを来栖の千切れた肘にとりつけた。

かすかな痛みとともに、躰全体に衝撃が走る。気がつくと右手が――元通りになっていた。指がすべて動くのを確かめた。

涙を流しながら見つめる来栖に向かって、少女は細い腕を伸ばしてきた。

頬を包むように少女に触れられると、その瞬間、来栖は電撃を受けたようにビクッと躰を震わせた。

少女は小さく笑いながら唇を寄せてきた。
彼は目を閉じ、それを受け入れた。

第四部

1

東部電鉄の電車はなかなか来なかった。

藤木ミチルはプラットホームの一端に立ち、立ち昇る陽炎《かげろう》の中でユラユラと揺れる鉄路をじっと見つめている。ホームは閑散としていて、彼と両親しかいない。

線路は一直線に延びて、ストライプ模様の遮《しゃ》断機《だんき》を上げたままの踏切を過ぎ、ずっと先でゆるやかなカーブを描いていた。

砂利《じゃり》の上に規則正しく敷き詰められた枕木《まくらぎ》と二条に渡された線路の合間に、淡い緑色の夏草がところどころ生えていて、七月のそよ風に揺れている。

その風は線路の上を伝うようにやってきて、ホームに立つミチルの柔《やわ》らかな髪をも揺らした。

ミチルは眼を細め、風の匂いを嗅ぎ、傍らに立つ父と母を見上げた。

視線に気づいた両親が振り返り、そろって微笑んだ。

父さんと母さんとは永遠の別れになる。

そのことをミチルは知っていた。知っていながら、ここでふたりを残してゆかなければならない。

電車なんて来なければいいのに。

ミチルはそう思ったが、むだだった。ふいに踏切の警報が鳴った。同時に、それはふたつの遮断機をゆっくりと下ろし始めた。

プラットホームの下の線路がかすかに軋む。

やがて陽炎の向こうから、カーブを切りながら緑色の二輛編成の電車がやってくるのが見えた。輪郭《りんかく》が幻のように小刻みに揺れていた。

哀しみをたたえた目で、ミチルはその到来を待った。

踏切を越えると、電車はプラットホームに滑り込んできた。そして停止すると、ドアをいっせいに開けた。

——じゃあ、元気でな。

——君恵叔母《きみえおば》さんに、くれぐれもよろしくね。

両親の声を聞きながら、ミチルは黙って電車に乗った。

入り口のところに立って振り向くと、父と母が彼を見つめていた。

ミチルは眉根を寄せて、そっといった。

——母さん。また、会える？

そよ風にほつれ毛を顔にまとったまま、母がゆっくりと顔を振った。

——ごめんね、ミチル。母さんも父さんも、今は死んでいるの。だから、あなたにはもう二度と会うことができない。

両親は無表情だった。青ざめた顔は、まさに死人のそれだった。

ミチルが目を見開いた瞬間、しゅっと音を立てて電車の自動ドアが閉まった。

硬い扉のガラスに両手をつけて、ミチルは顔を押しつけるようにした。電車がゆっくりと動きだし、父と母の姿が後ろへ流れてゆく。

いっせいに揃《そろ》って揺れる吊り革の間を、ミチルは走り、車輛の連結部を抜けて後ろの車輛へ向かった。そして最後尾の車掌《しゃしょう》室、小さな窓越しに、遠く去っていく御影駅のプラットホームを凝視した。

両親の姿がそこにあり、どんどんと小さくなってゆく。

涙に濡れた目をゆっくりと開いた。

藤木ミチルは、自分が硬い椅子の上に座っていることに気づいた。白い合成革のシート。ふたり掛けらしい。

向かい側にも同じシートがある。四方をガラス窓に包囲されていて、一方にドアらしきものがあった。

狭い個室。

ハッと気づいて中腰になり、窓のひとつに顔を近づけた。

真っ暗な景色しか見えなかったが、いくつものゴンドラがぶら下がりながらゆっくりと動いているのを見て、自分がいる場所の正体を知った。

観覧車だった。

どうしてこんな場所に自分がいるのかわからない。けれども観覧車に乗っているという事実だけはたしかだ。これは夢でも何でもない。

以前の記憶を思い出そうとして、霞《かすみ》がかかっているようにぼんやりと過去が薄らいでいることに気づいた。

でも、自分が危険に直面している。そのことだけは知っている。

ミチルはまた周囲を見渡した。

翡翠《ひすい》を思わせる青い眼。そのイメージが脳裡に浮かんだ途端、恐怖に身を震わせた。

〝司祭〟だ——。

そう、ぼくはあいつに捕まって、長い間、狭い場所に閉じこめられていた。

あいつが〝スフィア〟と呼んでいた光る球体の中。羊水《ようすい》に浮かぶ胎児のように、光のきらめきの中で揺曳《ようえい》していたはずだった。

それがどうしてこんなところにいるのだろう？

観覧車のこのゴンドラはゆっくりと上昇を続

けていた。

立ち上がって下を覗くと、ここが遊園地らしい場所だとわかる。いくつかのアトラクションの建物の屋根が見下ろせたからだ。

ミチルは気づいた。ここは家族でよく訪れていた遊園地〈アルプス・テックランド〉だ。

しかしどこにも明かりはなく、漆黒の闇に覆われていた。

この観覧車も、何の明かりも点けないまま、ただ回転をしているだけなのだった。

ミチルは疲れを感じ、シートに座ったままうなだれた。しばしそのままでいた。


コツコツと音がした。

顔を上げると、ゴンドラのガラスの外に、何か赤いものが見えた。

楕円《だえん》形の風船。それが紐《ひも》の上でユラユラと揺れていた。

ミチルの顔から血の気が引いた。

すると、窓の下にそれまで隠れていたらしく、風船の紐を握った男が突如として立ち上がった。

ミチルは悲鳴を上げそうになった。

男は顔全体を真っ白に塗って、鼻と口の周囲だけが真っ赤になっていた。目の縁《ふち》は十字に青いラインが描かれていた。先端にポンポンと呼ばれる毛糸の玉がついたサンタクロースのような真っ赤な帽子《ぼうし》をかぶっている。

ミチルはしばし呆然とその顔を見つめた。

ピエロだ。

しかし、ここは空中だ。それも地上から百メートル以上離れている。

ピエロが大げさなゼスチュアで肩を持ち上げ、会釈すると、また白い手袋を握り拳にしてガラスを叩いた。言葉を発さない代わりに、このドアを開けろというふうに顎《あご》を少しばかり振ってみせた。

──ほら。この風船を君にあげよう。

ミチルはかぶりを振る。明らかに人間ではない存在。ここに招き入れるわけにはいかない。

ピエロがいる方とは反対側のシートに移り、そこに座った。するとピエロはまた驚いたふうに派手な動きをしながら、風船を持ったまま、ゴンドラの外周を回り込んできた。

「来るな!」ミチルが叫んだ。

コツコツ。

ピエロがまた白手袋の手でガラスを叩いた。ニヤリと笑うと、こういった。

「大丈夫だよ。おいらは敵じゃない。だから入れてくれよ」

「だってあんたが人間のはずないじゃないか。空中に浮かんでるし」

「人間ばかりが味方だとは限らない。現に君の〝守護者〟は人間だったかな」

頼城という男のことだ。

「あいつはもう二百年も生きてるんだぜ。もっとも、長く生きりゃいいってもんでもないけどね」

「何者なんだ」

「わかるだろ。おいら、サーカスのピエロだよ」

「ふざけるな!」

ミチルが怒鳴ると、窓の外でピエロが大きく口を開いて笑った。

そうして額をガラスに偶然ぶつけるふりをして、大げさな痛みのゼスチュアを見せた。右手から離れた赤い風船が、風に揺れながら空に昇っていった。

「あはは。まいったなあ。坊やの強さには感心するよ。仕方ねえなあ」

ピエロは右手の人差し指を立てた。

尖った爪のある指を曲げたり伸ばしたりした。するとふいにドアの外側でロックが外れる音がした。ミチルはぎょっとした。

観覧車のゴンドラのドアを開き、ピエロが素早く飛び込んできた。耳許をかすめる音とともにひどく冷たい風が外から入ってきた。

驚くミチルの目の前で、ピエロは向かい側にあるシートに座って足を組んだ。

「なあんてね。本当は自分で入れるんだ」

「あんた、奴らの仲間だろ？」ミチルが訊いた。

「たしかにおいらは〝司祭〟の仲間さ。でも、あんちくしょうが好きじゃない。だから、お前を〝スフィア〟の中から盗み出して、こっそりここに連れてきたんだよ」

「ぼくを連れ出したって……」

「〝司祭〟を困らせてやるためさ。あんちくしょう、自分ばかりが好き勝手やって、おいらの望みは何にもかなえてくれない。低俗《ていぞく》な屍鬼どもばかりに餌をいっぱい与えてさ。莫迦にしてんのさ。だから、こっそりと裏切ってやったのよ」

「ぼくをどうしたいの？」

「決まってんだろ。仲間のところにもどしてやるよ」

「本当？」

ピエロは真っ赤な口を大きく歪めて、ウインクをしてみせた。

「だったら、今すぐ――」

「そりゃあダメだよ」ミチルの声を遮るようにピエロがいった。

「そんなことをしちゃ、おいらが〝司祭〟に殺されちまう。チャンスを見てから、また迎えにくるからさ」

「チャンスっていつ？」

「おっと、いけねえ。野暮《やぼ》用を思い出した。そんじゃ、また来るからよ」

ピエロは素早く立ち上がりざま、ドアを開けた。

ひゅっと音がして冷たい風が吹き込んできた。烈風の勢いに思わず目を閉じ、また開いた途端、ゴンドラのドアがばたんと閉まった。

ピエロの白と赤の顔が窓の外にあった。コンコンと拳でガラスを叩き、ピエロがにんまりと笑う。

「じゃあな」

ひらりと白手袋の手を空中で躍らせると、真っ赤な帽子のポンポンを揺らして、ピエロが無邪気に舞い踊った。くるりと空中で一回転したかと思うと、ふっと見えなくなった。

ミチルは思わず立ち上がり、窓越しに覗いた。外には深い闇があるばかり。まるで狐につままれたような気分だった。

吐息を投げて、またシートに座ってから、ふと気づいた。さっきまでゆっくりと上昇を続けていたゴンドラが、今は下がっているのだ。頂点を過ぎて、下りにさしかかったのだろう。そう思ったミチルは、ふとひとりで笑みを浮かべた。

何だ。あんな奴の力を借りなくても、ここから出て行けるじゃないか。

ゴンドラはだんだんと地上に向かって降りていく。下のプラットホームが徐々に近づいてきた。

手摺《てす》りには鎖がかかり、操作室のドアも閉ざされていた。だが、ゲートは飛び越えられるし、鉄製のタラップもとりつけられている。地上に到着すれば、あの階段を使って逃げられるはずだ。

そう思いながらドアをまさぐった。しかしゴンドラのドアの内側には把手《とって》らしいものもなく、ロックを外すようなものもない。ミチルは焦った。

そうしているうちにも、ゴンドラはだんだんと地上に近づいていく。手摺りに鎖が渡されたプラットホームが、もうすぐそこに見えた。

ドアに手をかけてガチャガチャと押したり引いたりした。しかしむだな行為だった。

そうしているうちにゴンドラは地上に降り、今度はまた上昇を始めた。

ミチルは遠ざかっていくプラットホームを見下ろしながら、窓ガラスに両手を押しつけていた。

観覧車のゴンドラは内側からは開かなくなっている。それは乗客の安全のため。考えてみれば当たり前のことだった。このドアを開けられるのは遊園地の係員だけだ。でも、ここにはいない。

ふと、さっきのピエロのことを考えた。

藤木ミチルはシートにもたれたまま、虚ろな目で昏い窓外を見つめた。

観覧車はゆっくりと回転をつづけていた。

けっきょく、ぼくはまだ閉じこめられている。しかし頼城たちが、すぐ近くにいることもわかっていた。ぼくが願ったとおり、仲間を集めている。きっと助けにきてくれる。

2

深町彩乃は立ち止まり、目の前にある巨大な観覧車を見上げていた。

街が死滅して以来、それは動いていない。巨大なオブジェのようにずっと止まったまま、漆黒の空を背景に真っ黒な円形のシルエットとなって目の前にそびえ立っていた。

おかしい。

さっきまで濃く感じられていたミチルの気配が消えた。

同じことを思ったのか、傍《かたわ》らに立つ頼城茂志と目が合った。眉をひそめて見返してくる。

「あの子はどこに？」

「移された」

「別の場所に連れて行かれたの？」

「いや。たしかにここだ。しかし、違う時間軸《じく》にいる。俺たちの手が届かないところだ」

「どうすりゃいいんだよ？」苛立たしげに周囲に目を配りながら片桐がいった。

「焦るな」頼城がいい、目を閉じた。

そのままじっと口を引き結んでいる。

彩乃は不安になって、硬い岩のような彼の顔を見つめた。額に小さな汗が浮かんでいるのを見て、いやな予感がこみ上げてきた。

「大丈夫？」

「俺のことは心配するな」

嗄《か》れた声。頼城はひどく苦しげだった。

「酒が切れたんじゃねえのか」

片桐が皮肉っても、頼城は見向きもしない。

「この人は病気なの。そろそろ限界なんだわ」

「マジかよ……」

片桐が今度は言葉を失う番だった。

そのとき、どこかで異音が聞こえた。

彩乃は腰の位置でショットガンをかまえながら、ゆっくりと周囲を見渡した。それはどこか金属的な感じのする音だった。ヒュンヒュンと耳障りな甲高い音。

彩乃は一度、それを聞いたことがある。

あの教会でミチルをさらわれてしまったときだった。それを思い出した瞬間、彩乃の記憶にあるものとまったく同じそれが、唐突に眼前に出現した。

空間の一部がぐにゃりと歪曲したかと思うと、その歪みが丸の形を作り、青白い輝きを放ちながら回転する球体となった。ときおり白いスパークを放ち、そのたびにあのヒュンヒュンという音を発している。

「あれは何なの？」

「〝スフィア〟だ。奴が得意とする武器だ」

頼城は前屈みの姿勢のままいった。相変わらずひどく苦しげだった。

「精神エネルギーを物質化させて作る、高熱と破壊力を持つ金属みたいな球体だ」

「独自に生きているのか？」と、片桐。

「あれを作り出した者に誘導《ゆうどう》されている。精神力が強ければ強いほど、〝スフィア〟もそれだけパワーを持つ」

「じゃあ、あれを操っているのは……」

空中で回転する〝スフィア〟の後ろに、闇がさらに濃く凝縮《ぎょうしゅく》したように黒い影が出現した。それが人の形になったかと思うと、みるみる実体化していった。

黒衣を着た長身の男。

「〝司祭〟……」と、彩乃がつぶやいた。

長い脚をゆっくりと踏み出し、彼は彩乃たちに向かって歩いてきた。まるでエレベーターの扉から出てくるような自然な感じだった。

金属質の音を発しながら空中で回転する〝スフィア〟の横に立つと、彼は右手をかざして、それを掌の上に載《の》せた。いや、手からわずかに離れた空間で、それは回転していた。

「ようこそ〈ゾーン〉へ」

黒衣の男は片眉を吊り上げて不敵な笑みを浮かべた。

「あれもまた幻影？」

「いや」彩乃の隣で頼城がいう。「今度は実体だ」

「だったら撃つ」

片桐が散弾銃を肩付けの姿勢でかまえ、素早く二発、発砲した。距離にして十数メートル、元陸自隊員の彼ではなくとも、外れようのない射撃位置だった。

しかし、司祭は涼しげな顔で立っていた。

鹿撃ち用の大粒の散弾が、彼の手前にいくつか落ちている。

片桐がもう一度、両手で銃を保持した。

「よせ」頼城がいった。「弾丸が空中で止められている」

〝司祭〟がまたニヤリと笑った。手の上で回転させていた〝スフィア〟が、急に輝きを増した。

それを彩乃たちの方に向ける。

ふっと男の手を離れて上昇した光球が、スピンがかかったように空中でぶれたかと思うと、異音を発しながら飛来《ひらい》してきた。

「危ない！」

彩乃と頼城、片桐がそれぞれ左右に身をかわした間を、青白い光球は目まぐるしいスピードで抜けて飛んだ。地面に触れた途端、すさまじい高熱のためにアスファルトを帯状《おびじょう》に溶かしながら転がった。

ふいにまた弾けたように上空に飛び立ち、一〇メートルばかり空中を滑っていったかと思うと、今度はカーブを描きながら急上昇した。その光の残像が軌跡《きせき》となって網膜に残った。

青い光球は地上から三〇メートルぐらいのところで、揺れながら静止した。

〝スフィア〟に触れたアスファルトは、噴火口から流れるマグマのように赤く煮えたぎりながら帯状に炎を上げていた。その臭気《しゅうき》が漂ってくる。

　彩乃たちが向き直ると、〝司祭〟はすぐそこに立っていた。

「女。いっしょに来るのだ。そうすれば他のふたりは助けてやろう。あの病院に立てこもっている奴らといっしょに、街の外に出してやってもいい」

「聖職者がそんな嘘をいってもいいわけ？」

　すると〝司祭〟は、また片眉を吊り上げてほくそ笑んだ。

「神はすでに死んだ」青白い顔に笑みをたたえたまま、彼はつづけた。

「この街においては、私こそが神だ。いまのお前たちに選択の余地なんぞないのだよ。人間はこの私に勝つことはできない。ゆいいつの希望だったその頼城も、今は虫の息だ」

　彩乃は彼を見た。

　軍用コートをはおった大きな男が、やけにみすぼらしく見えた。

　彫りの深い顔が血の気を失い、満面に汗を浮かべていた。痛みをこらえているかのように歯を食いしばり、上目遣《うわめ》いに〝司祭〟をにらんでいる。しかし、今にも糸が切れたように突然、倒れそうだった。

「〝守護者〟も永遠に不死ではない。やがて寿命はやってくる。頼城茂志は今こそがそのときらしい。私にしてみれば、いいタイミングだがね」

　頼城は鼻の上に無数の皺を刻み、獣のように歯を剥き出した。

　それまで彩乃が知っていた彼とはまったく別人の形相。ボサボサの長髪が風もないのに千々に乱れ、ざわついていた。軍用コートが大きく裾を翻《ひるがえ》している。

彩乃は悟った。頼城が何かをしようとしている。ありったけの念を込めて、それを試みようとしている。

ふいに彼の躰の周囲に緑色の光が現れた。オーラのように。

「まさか、貴様、〈力〉を……？」

〝司祭〟がいったとたん、頼城は持っていた散弾銃を肩付けしてかまえた。

ぶっ放した。銃口から眩い火矢が噴き出すとともに、離れた場所にいた〝司祭〟がきりもみしながら倒れた。

続いて二発目。頼城が撃ったガスオート・ショットガンから放たれた散弾が、〝司祭〟の右手をちぎり取った。

頼城が弾丸の尽きた銃を投げ出すと、前のめりに倒れた。片桐がそれを抱き起こした。

彩乃は目撃した。

離れた場所に俯せになっている黒衣の男。ふいにその背中が操り人形のようにゆらりと持ち上がったかと思うと、長身痩躯の魔人が重力に逆らって立ち上がった。

向き直りつつ、何事もなかったかのような涼しげな顔ですっくと直立するや、怖気《おぞけ》が立つほど冷たい視線を彩乃たちに向けた。

それから肘と手首の中程から消失した自分の右手を見下ろした。

聖職者の黒衣の袖と白い腕が、まるでマジックのように生えてきた。それが元通りに伸びきったあと、拳を固めていた手の指をゆっくりと開いた。

何度か閉じたり開いたりしてから、彼はまた彩乃たちに視線を向けた。

気の毒そうな顔をして、眉根を寄せ、〝司祭〟

は顔を振った。

「何事も徹底《てってい》することだ」

彼の目線が彩乃たちを通り越した。

ハッと背後を見た途端、空中に浮かんでいた〝スフィア〟がヒュンヒュンという音を高めながら、眩い光を放ち始めた。同時に光球自体が小刻みに蠕動を開始した。

片桐がつぶやいた。

「こいつは極め付きにやばそうだ」

滞空《たいくう》していた〝スフィア〟が、ふいに空中を滑ってきた。急加速しながら、斜めに降りてくる。

狙いはわかった。頼城だ。

片桐が舌打ちをして、頼城を突き飛ばす。自らも横っ飛びに躱したおかげで、間一髪、光球の体当たりをまぬがれた。

彩乃は振り向きながらM870ショットガンを目の高さに持ち上げてかまえ、遠ざかっていく〝スフィア〟めがけてぶっ放した。

青白いマズルファイアの先、散弾の直撃を受けた光球が金属質の音を発しながら派手な火花を飛ばした。

〝スフィア〟は砕けこそしなかったが、ダブルオー・バックの弾丸をまともに喰らって、ビリヤードの球のように空中で斜めに弾かれ、地面に落下した。

二度、三度とバウンドして、あらぬ方へと転がってゆく。

フォアグリップをしゃくって空薬莢を弾きざま、彩乃は素早く向き直り、今度は腰だめにかまえて銃口を〝司祭〟に向けた。

「弾丸に念を込めろ、彩乃」地面に両手を突きながら、頼城が苦しげにいった。「心の中にある〈力〉をありったけ銃弾に乗せて、あいつにぶつけるんだ。お前ならやれる」

やってみた。

両手で保持する銃の中、薬室に収まっている十二ゲージの散弾のイメージを、心に思い浮かべ、そこに思念をありったけ送ってみた。そして彩乃は歯を食いしばり、気合いを込めながら引鉄を絞った。

銃火が闇を切り裂き、炸裂音が轟いた。

九粒の散弾が、ほとんど散開せずに〝司祭〟の上半身に命中したのがわかった。

着弾の瞬間、〝司祭〟は銃弾の力でよろめき、突風をまともに受けたように上体をねじって顔を背けた。

ゆっくりと向き直ると、大きな孔がいくつも穿たれた顔を彩乃に向け、わざとらしく眉を吊り上げた。

皮膚の奥からみるみる押し出されてきたいくつかの散弾が、雨粒のような音を立てながら足許に落下した。

右手で顔の皮膚を撫でてから、黒衣の魔人が不敵な笑みを浮かべた。

「いい素質だ。しかしお前が人間であるかぎり、私を斃すことはできないのだよ」

着弾で痘痕《あばた》だらけになっていた顔が、急速に元通りになっていくのを、彩乃は悪夢を見るように眺めていた。

司祭は同情するような表情を浮かべた。

「私とともに来い」

「断る」彩乃がいいはなった。

〝司祭〟は哀しげな顔でじっと見ていたが、ふいに右手をかざし、その掌の上にまた新たな〝スフィア〟を創り出した。

刹那、空間がそこだけ歪み、それがたちまち真球の形になって青白い光に包まれながら回転を始めた。その速度が増すにつれて光が強く輝き始めた。

「そこの男どもを片付けてからでも遅くはない。ゆっくりとゲームを楽しむとしようか」

ふわっと浮き上がった〝スフィア〟が、ヒュンヒュンと怒り狂ったような唸りを発しながら、彩乃たちめがけて飛んできた。

「分が悪い。ひとまず、ずらかれ！」

片桐が頼城の片手を首の後ろに抱え上げながら叫んだ。

甲高い異音を発しながら、青い光球が三人に急接近する。

それをからくもかわしながら、頼城の腕をとった片桐が、続いて足を引きずりながら駆けていた彩乃が、近くの建物に飛び込んだ。

3

丘の上の病院を見上げる草原にオフロードタイプのバイク、ヤマハ・セロー250を停めたまま、木崎哲雄《きざきてつお》は三十分近くも待っていた。

仲間たちと病院を襲撃し、女子大生たちをいたぶるつもりが、とんだ逆襲に遭った。

屋上からライフルで狙われ、併走していた族仲間の工藤が銃弾を喰らって即死したのだった。

哲雄は肝を冷やし、バイクを反転させると、一《いち》目散《もくさん》に逃げ出した。

そして集合場所と決めていた、この草の生えた空き地で仲間の帰りを待っていた。

しかし誰ひとりとして連絡を寄越さず、戻ってもこなかった。

哲雄は不安だった。

いったい何があったのか。

自分たちは圧倒的に有利なはずだった。武器を奪われたとはいえ、相手は女子大生たちだ。必ず逆襲できるとなめてかかっていた。

自分を差し置いて、リーダーの来栖たちは、今頃、あの病院で女子大生たち相手にいい思いをしているのではないかと勘ぐった。

だが、無線の呼び出しにすら誰も出ないのはどうしたことだ。

そうこうしているうち、病院から下る坂道を、一台の救急車がヘッドライトを煌々《こうこう》と照らしながら走ってきた。

運転席と助手席にはふたりの女の姿が見えた。闇にまぎれてそれをやり過ごしながら、哲雄はさらに不安に駆られた。

まさか、〈スコルピオン〉は全滅したというのか。


しかしどう考えても、それはあり得ない。あんな女どもにやられるはずがないではないか。

仕方がない。哲雄はオフロードバイクのセルモーターを操作して、エンジンをかけた。

根拠地にしているスーパーマーケットに戻ろうと、セロー250をまたいだとき、目の前に人影が見えた。

最初は屍鬼かと思って、ギョッとした。

奴らにはいろんなタイプがある。姿かたちが人間に似た化け物もいる。

だが黒い革ジャンを見て、それがリーダーの来栖健一であることを知った。少し離れた場所に立ったまま、じっと哲雄を見ている。

その姿に違和感を覚えて、哲雄は目をしばたたいた。

「ケンさん？」

返事はなく、相手はそこに立ったままだった。

たしかにそれはリーダーの来栖健一なのだが、どこか違う。両手をだらりと下げて、無表情に立つ姿は名状しがたい不気味さをはらんでいた。

それはたしかに彼であり、また彼ではなかった。

逃げた方が良さそうだ。本能がそう告げていた。

この街では、いろいろなことが起きている。しかも常識ではかれないものばかりだ。

哲雄はバイクのギアを蹴り込んでローに入れると、クラッチレバーを離しながらアクセルグリップを力強くひねった。

一瞬、前輪が浮き上がったが、すぐにそれを接地させ、来栖の姿に背を向けながらバイクを走らせた。

草地から出ようとしたとき、前方、道の真ん中に小さな姿があった。

お下げの髪を垂らした少女だった。焦げ茶のトレーナーにデニムのスカート。

やはりさっきの来栖と同じように、無表情にこちらを見つめたまま、その場に立っていた。

ハッと思った瞬間、バイクの前輪がだしぬけにロックした。

後輪が地面から離れて持ち上がったと思ったら、オフロードバイクは哲雄を乗せたまま浮き上がり、逆スピンのかたちで一回転した。たまらずハンドルを離し、投げ出された哲雄は、一瞬後、大地に腰から叩きつけられた。

背骨が折れる音が、はっきりと聞こえた。激痛が全身を襲った。

哲雄は草地に仰向けになり、そのまま動けずにいた。すぐ傍らで愛車のセロー２５０が横倒しになったまま、タイヤを激しく空転させていた。

接地のテンションがないため、ローギアのまま、甲高いエンジン音を鳴らし、狂ったようにタイヤが回っている。

ゆっくりと顔を上げた。

すぐ傍に、ライダーブーツの足が見えた。

「ケンさん……」苦しげに哲雄が声を絞り出した。

来栖は冷ややかな目で、地面に倒れた哲雄を見下ろしていたが、ふいに口許を吊り上げて笑った。

ゆっくりとライダーブーツを持ち上げたかと思うと、それを哲雄の首に下ろし、そのまま力を込めた。

背骨に続き、今度は頸骨《けいこつ》がへし折れた。

哲雄は瞬時に絶命し、メキッというその響きが、この世で聞いた最後の音となった。

4

「このまま、街を出られないかな」

救急車の助手席に座った恵理香が、ぽつりとつぶやくようにいった。

摩耶はその横顔をちらと見た。疲れ切って充血した目、顔色も青かった。前方に視線を戻してから、摩耶がいった。

「あの人たちの話だと、街の境界線を越えた瞬間に――」

「元の場所に戻される?」

摩耶はうなずいた。

「だって嘘か、勘違いかもしれないじゃない」

「病院を出た小坂《こさか》君たち、けっきょく、帰ってこなかったわ。次に出て行った森本《もりもと》さんたちも。それだけじゃない。街の人はきっと誰もここから逃げられなかったのよ」

「私たちが確かめたわけじゃないわ」

「恵理香、いろいろあってつらいのはわかるけど、あなただって本当は認めているんでしょう。私たちが生き残るためには勝たなければならないの」

しばし沈黙が流れた。

また助手席を見ると、恵理香は前を凝視したままだ。その頬を涙が一筋、伝っているのが見えた。摩耶は前を向いた。

真っ暗な道、白いセンターラインの破線が前方の闇から無限に生まれては、こちらにやってくる。

ルームミラーで見ると、ストレッチャーを運び込むための荷台、その左右の椅子に座っている吉倉京介や三宅順たちは、そろって眠り込んでいた。

摩耶とて、ひどく疲労していたが、不思議と眠気はなかった。精神が高ぶっているらしい。

「ちょっと前まではふつうの女子大生だったのに」

鼻をすすりながら恵理香がいった。

二連の散弾銃を傍らに、赤い薬莢の散弾をポケットからとりだし、じっと見つめている。誰に習ったわけでもないのに、こんな武器をいっぱしに使いこなせるようになった自分たちに、今さらながら驚く。

「私ね、同じ木村ゼミにいた北尾《きたお》くんが好きだったの」

恵理香のその言葉に摩耶は微笑した。

清潔そうな髪を長く伸ばした、ちょっとキムタク似の学生だった。テニス・サークルの女の子たちの間でよく話題になっていた。

「夢を壊すようで悪いけど、北尾くんのホモ疑《ぎ》惑《わく》って知ってた？」

「え……」

恵理香が目を大きくして摩耶を見た。「ホント？」

「北尾くんって、彼女いない歴、何年だった？」

「たしか、まる四年」

「でしょう？　あのマスクでだよ。実はむっつりスケベでオタクって噂もあったし」

恵理香はふいに口を尖らせた。

「ちくしょう。この何カ月かのつらい恋心は何だったのよ」

「だけど、あくまでも噂。まだ、そうと決まったわけじゃないから」

摩耶がいいかえしたとたん、前方に異変が起こった。まっすぐに延びた道路を壁のようなものが塞いでいるのだ。

高さは一〇メートル近くあり、左右は視界いっぱいに広がっている。極彩色の斑、迷彩模様に似ているがもっと複雑に無数の色が入り組んでいる。

摩耶は急ブレーキを踏んだ。

時速七〇キロで走っていた救急車が、タイヤの悲鳴を上げながら斜めになりつつ停車した。前方の視野いっぱいに広がる〝壁〟まで、ほんの数メートルの距離だった。

摩耶は思わず肩をすぼめていたが、ゆっくりと顔を上げ、フロントガラス越しに外を見た。

それは壁画のようだったが、まったく違っていた。

規則性がない複雑怪奇な模様。赤や緑を基調とした、いくつもの原色が絡み合い、それが見ているうちに蠢いているのがわかった。

「何、これ……」恵理香が眉根を寄せてささやく。

そのとき、〝壁〟が、ずっと動いた。左から右へ。

摩耶たちは驚いた。その動きは次第に加速し、同時にざあっという音がした。

〝壁〟の表面を覆う無数の色が激しく変わっていた。それは表面を覆う無数の突起物が不規則に、いっせいに起き上がったり戻ったりしているからだ。

無数の鱗だった。一枚が人の顔ほどもある。

その不規則な動きで、体表にある無数の鱗の色がネオンサインのように変化し、奇怪な模様が踊っているのだとわかった。

そのときになって、初めて眼前の障害物の正体が分かった。

ヘビ——。

怪獣ほどもある大蛇だ。

それは、いったん救急車から離れ、右の方へと素早く移動していった。末端に行くほど細長くなり、やがて唐突に巨体が見えなくなった。

先端が終わった。地面を引きずるキャタピラのような痕だけが残った。

摩耶と恵理香はそろって視線を動かした。救急車の右手にカラマツの疎林がある。その木々をいくつかメキメキとへし折りながら、巨大なヘビが滑るように移動していた。

見ているうちに、そのヘビは大きさに似合わぬ敏捷《びんしょう》さでくるりと旋回《せんかい》した。怪獣のような頭部がこちらを向いた。

金色に光る眼。大きな鱗に覆われたその顔、閉じた口の先端から、まっかな二股の舌が垂れていた。それがぬるりと中に入った途端、ヘビは巨大な顎を開けた。

恵理香が悲鳴を上げた。同時に、摩耶がアクセルを踏みつけた。

救急車がエンジン音を高めながら加速していく。バックミラーを見た。大蛇が映っていた。巨大な口を開けたまま、信じられない速度で救急車を追ってくる。

「何があったんだ」

ふたつのシートの間から、後ろにいた京介が身を乗り出してきた。

「後ろを見ないほうがいいわ。夢見《ゆめみ》が悪くなるわよ」恵理香がいいながら、散弾銃の安全装置を外した。

「こんな武器、あのデカブツに効果があるのかしら」

窓を下げながらいった。たちまち冷たい風が車内に吹き込んできた。

「あの甲冑《かっちゅう》みたいな鱗を見て。たぶん撃つだけ弾のムダでしょうね。掴まってて！」

摩耶がいいながら、ハンドルを切った。

道路を外れて急カーブを描きながら、救急車は住宅と住宅の間の隘路《あいろ》に突入する。それを追って、大蛇も道から逸れた。

二階建ての家屋に巨体が激突すると、バルコニーの木っ端《こっぱ》が爆発したように四散しながら飛んだ。雨樋《あまどい》がマッチ棒のようにへし折れ、無数の屋根瓦が木の葉のように舞い飛んだ。

そうして一軒の家屋を半壊させせながら、巨大なヘビの屍鬼は、なおも救急車を追ってくる。

突如、鋭い牙が上下に並ぶ顎を開いたかと思うと、急加速して救急車を呑み込もうとした。

バックミラーでタイミングを計りながら、摩耶はブレーキを踏み込んだ。逆にハンドルを切り、救急車を左手に見えた小さな児童公園に突っ込ませた。

5

〈ビューレストラン〉と正面入り口の看板に書かれた建物だった。

最上階のフロア全体が回転するようになっていて、三十分かけて三六〇度を自転する。北アルプスの山嶺《さんれい》など、遊園地の周囲の遠景を眺めながら客たちが食事ができるようになっていた。

その建物の一階に彩乃たちは逃げ込んだ。

開けっ放しになっていた分厚いガラスの自動扉を苦労して閉めたのに、唸りを発しながら外から飛んできた〝スフィア〟は、そのガラスに激突し、派手な火花とともに真円の孔を穿って室内に飛び込んできた。

三人がよけたとたん、光球は目の前にある土産物屋のレジカウンターに激突し、すさまじい火花を飛ばしながら、それを突き抜けた。

三人が見ていると、今度はあらぬ方角にあるコンクリの壁を突如としてぶち抜き、〝スフィア〟が飛び出してきた。

彩乃が倒れたままだった。そこに向かってまっしぐらにやってくる。

とっさに片桐が猟銃を振りかざした。台尻でたたき落とそうとした途端、それは空中で向きを変えざま、片桐の顔面めがけて飛んできた。

間一髪で躱したはいいが、強烈な熱で片桐の服が燃え始めた。

あわてて片桐が上着を脱いだ。タンクトップになって上着を投げ捨てる。

よほどの高熱だったのか、左上の肘から肩にかけて赤く腫《は》れ上がり、水ぶくれができている。

片桐が呻きながら苦痛に耐えた。

さらに接近してくる〝スフィア〟に、彩乃が右手に持っていたソウドオフ・ショットガンの銃口を向け、片手でぶっ放した。

至近距離でダブルオー・バックの散弾を受けた光球が無数の青白い火花を散らし、爆発した。無数の金属片が壁に突き刺さった。

「大丈夫？」

「な、わけねえだろう。くそ。腕がもげそうに痛い」

歯を食いしばり、満面に脂汗をうかべながら片桐がいった。

出入り口の外に靴音がして、彩乃は見た。黒衣の魔人がガラス扉の外に立っていた。

〝スフィア〟が穿った孔が一瞬にしてひび割れ、ガラスが粉微塵《こなみじん》に飛び散った。

「上に逃げろ」頼城が階段を指さした。「ここは俺が――」

「今のあなたに何ができるの。行きましょう」

頼城を無理やりに助け起こすと、彩乃は自分の痛む脚をかばいながら二階への階段に向かう。片桐が火傷した左腕を押さえて続き、振り向きざまに右手で猟銃をぶっ放した。

しかし銃弾は〝司祭〟に届く前に白い輝きを発して空中で停まり、パラパラと音を立てて床に落ちた。

ふたつ折りの階段をいくつも上ると、突如、広い展望レストランの中央部に出た。

周囲を見渡すと、四角いテーブル席がいくつも整然と並んでいるが、座席がひっくり返り、グラスや皿が床の上に散乱して砕け、料理が飛び散って腐っていた。

その異臭に混じって、人間の死体が放つ臭いもある。血の海の中に腕や胴体が転がっていた。ここにも屍鬼たちの襲撃の痕跡《こんせき》があった。

いつもなら自転して三六〇度の景色がゆっく

りと楽しめるここも、今は稼働《かどう》していない。

窓際まで三人が後退すると、階段を上る靴音がして、ふいにそこから〝司祭〞が姿を現した。

黒衣の姿がステップを踏みながら上がってくるとともに、彼の両肩の上に、ふたつの〝スフィア〞が回転しながら浮かんでいる。

いや、ふたつだけではなかった。

〝司祭〞の頭の周囲を、周回軌道を回る衛星のようにゆっくりと旋回しながら、ふたつが四つになり、四つが八つに増えた。

彩乃たちはさらに後退った。背中がガラスに押しつけられた。

絶体絶命であった。

「もっとゲームを楽しみたいが、そろそろ時間も迫ってきたようだ」

〝司祭〞が薄い唇を歪めながらいった。

顔の周囲で光跡《こうせき》を曳《ひ》きながら光って周回する、八つの〝スフィア〞の照り返しを受けて、骨張った顔が不気味な陰影に彩られていた。

「これが最後だ。女、私の許へ来い」

そういいながら右手を差し出してきた。

「断るわ。死んだほうがまし」

彩乃が毅然というと、〝司祭〞が哀しげな笑みを浮かべた。

「ならば、その望みをかなえてやろう」

メタリックに輝く光球群が、ゆっくりと彼の両側を離れて、空中で揺れ始めた。

ヒュンヒュンという不快な音が、しだいに大きくなってゆく。〝スフィア〞たちが、それぞれ攻撃のためのエネルギーを充填《じゅうてん》しているのだと彩乃は思った。

そのとき、〝司祭〞の様子に変化が生じた。

奇異な表情で、彩乃たちの向こうを凝視しているのだ。ふっと黒衣の男が眉根を寄せ、片目を眇める。

彩乃は振り向いた。

大きな展望ガラスの向こうに、遊園地のシンボルともいえる巨大な観覧車が真っ黒なシルエットになって存在していた。

彼は何かをそこに見いだしていた。

〝司祭〟は急いだ様子で踵《きびす》を返し、階段を下りてゆく。

その後ろ姿が見えなくなった。

しかし、〝スフィア〟たちは残っていた。八体が彩乃たち三人に向かってきた。それぞれが同じリズムで青白い光輝を放ち、輝きを増しながら、恐るべき速度で空中を滑ってくる。

彩乃はM870ショットガンをかまえた。

弾丸は残り三発。

6

観覧車のゴンドラが天と地を巡りながら二周した頃、またピエロがやってきた。

ドアガラスをコツコツとノックする音に気がつくと、窓の外に白塗りに赤鼻の顔が見えた。ガチャリとロックが外れる音がして、ドアが開き、ピエロは素早くゴンドラの中に滑り込んできた。

向かい側のシートに座り、赤く縁取られた唇を吊り上げて笑った。

「野暮用が終わったぜ、坊や」

「ぼくをここから出してくれるの？」

「いいともさ」真っ赤な唇をさらに歪めて、ピエロが笑った。

「その代わり、おいらのいうことを聞いてくれるかい」

「どんなこと？」

するとピエロは顔を寄せてきた。生臭い息にミチルは顔をしかめた。

「あのいけすかない〝司祭〟をやっつけるのさ」

「どうやって？」

「坊やは〈力〉を持ってる。わかるだろ？　それはあの〝司祭〟なんかよりも、ずっと上なんだ。本気になれば、あんな奴、あっさりと斃せるさ」

そういってピエロはゴンドラのドアを開いた。

ひゅっと音を立てて冷たい風が入り、ミチルの髪を揺らした。

ピエロは立ち上がりざま、ゴンドラの外に出た。ミチルの方を向いて、手招きをした。

「おいで」

空中に浮かんでいるピエロを見てから、ミチルは地上を見下ろした。

ずっと下のほうに遊園地の地表が見えていた。ゾッとした。

「ダメだよ。あんたと違って、ぼくは……」

「大丈夫」

ふいに腕を掴まれ、引っ張られた。

アッと驚いた瞬間、ミチルは空中にいた。

「どうして……」

「おいら、何の手助けもしてないよ。つまり、これが坊やの〈力〉なのさ。こんなのまだまだ序の口だけどね。さあ、ゆこう」

空中を歩き出したピエロを見て、ミチルは焦った。

「どこへ行くの？」

振り返りざま、ピエロは手招きをした。「いいから、おいで」

背を向けて空中をゆくピエロのあとを追って、ミチルも歩いてみた。

足の下の感触がまったくないのに前に進んでいることに驚いた。これじゃ、まるで夢の中の出来事だ。

観覧車を離れて歩き続けているうち、前方に鉄骨に支えられた巨大な橋梁《きょうりょう》が見えてきた。このへアルプス・テックランド〉の目玉アトラクションのひとつであるジェットコースターで、〈マウンテン・ループ〉と名付けられていた。

コースの途中、螺旋《らせん》状に三回の空中回転をするのが売りで、そのスリルを目当てに首都圏からも客が押し寄せていた。

そのループの直前、急下降のコースを降りた場所にピエロは乗って、鉄路の上で振り返った。ミチルをまた手招きする。

おっかなびっくりで空を歩きながら、ようやくミチルは足場に到着した。

ジェットコースターのレールは鉄骨を組み合わせただけの簡素なものだった。コースに沿うように、保守点検用のメッシュの足場が手摺り付きで取り付けられている。

ミチルはその上に立った。

地上から三〇メートルぐらいの高さだ。

それまで魔法のように空中を歩いてきたというのに、下界の景色を見ただけでやっぱり足がすくむ。なまじ足場があるほうがリアルな怖さを感じるのだろう。

「こんなところに、あいつがいるの?」と、ミチルは訊ねた。

ピエロは大げさに肩をすくめてみせ、首を振った。「ちょっとウォーミングアップをするんだよ」

そういって、ミチルに差し出した掌を上に向けた。

たちまちそこに光が生じ、空間がぐにゃりと歪んだと思ったら、青白いスパークを放つボールが出現した。

ミチルはそれを知っていた。〝司祭〟が自分をさらったとき、あいつが操っていたものだ。この光を見ているうちに意識を失ったのだ。

「これは〈力〉が作り出す最大の武器だ。ミチル、君もやってみろ」

「やれったって……」

「意識を集中して、強くイメージするんだよ」

光の球はピエロの周囲を飛び回りながら、ヒュンヒュンと音を立てていた。が、ピエロが右手をかざし、白手袋をまじないのように躍らせた途端、それは空間の歪みに呑み込まれるようにぐにゃりと曲がり、消えた。

「君の番だ」

いわれるまま、ミチルはイメージした。

額の中心に意識の力を込め、それを送り出した途端、躰から少し離れた空間に小さな光が生じた。

青白いきらめきを見つめながら、ミチルはさらに念を込めた。光がだんだんと大きくなっていき、やがて金属質の球体が空中に姿を現した。

「いいぞ、坊や。なかなかの優等生じゃないか」

ピエロがわざとらしく拍手した。

急に真顔になり、彼は眼を細めながらいった。

「それがお前の〝スフィア〟だ」

「これをどうするの？」

「思ったとおりに自在に空を飛ばし、あらゆるものを高熱で溶かし、破壊する。他にもいろんな使い方があるぞ。何しろ、高度に凝縮された精神体だからな。これで〝司祭〟を殺せる。世界を滅ぼすことだってできる」

ミチルはゆっくりと頭を振った。「ぼくにはそんなことはできない」

生じたときのように、ミチルはそれを消そうとした。しかし、いったん現れた光球は消えることがなかった。ピエロはあっさり消せたのに、どうして？

「あいつを斃さないかぎり、お前は自由にはなれない」と、ピエロがいった。

ミチルは唇を噛んで俯いた。「怖いんだ」

「お前は〝司祭〟が憎いはずだ。あいつはお前の父さんや母さんを殺した。友達も殺した。街の人間たちも皆殺しにされた。ただ殺すだけじゃない。屍鬼どもを使って無惨に喰い殺させたのだ」

ミチルは泣いた。父と母のことを思うと、止めどもなく涙が流れ落ちた。

そうして自らが作り出した球を凝視しているうち、いつしかミチルは憑かれたようにその光に魅入られていた。ヒュンヒュンという甲高い音が、何かを語りかけてくるようだった。

――殺せ。破壊しつくせ。

声が聞こえた。それが自分の中から生じた、自分自身の声だと気づいた。

はっきりとした憎しみの感情が芽生えていた。

母さんたちの仇を討つ。

ミチルは背後に気配を感じた。肩越しに振り向くと、すぐ傍《そば》にあいつが立っていた。

黒い聖職者の服。青白く、頬骨の突き出した顔。いつもの無表情さはそこにない。明らかな途惑いの様子を見せていた。

「まさか……お前がなぜ？」

〝司祭〟が、嗄れた声でいった。

傍らに立っていたはずのピエロの姿が、いつの間にか見えなくなっていることに、ミチルは気づいた。

7

「ちひろ、これを持って！」

助手席から車輛後部に移ってきた黒沢恵理香が、床に転がっていた上下二連の散弾銃をとって、谷村ちひろに差し出した。ちひろは首を振った。

「こんなの怖くて撃てない」

「大丈夫。さっきのクロスボウと変わりはないよ。同じ感じで引鉄を引くだけ」

「銃は通用しないんじゃなかったのか」

京介はストレッチャーに座ったまま、豊和M1500ライフルを持っていた。

「あの大きな口の中に弾丸を撃ち込めば、あるいは――」

恵理香の言葉にうなずき、青ざめた顔で散弾銃を持ったちひろを見ながら、彼はいった。

「リアゲートドアを開けて、いっせいにぶっ放す。そいつの引鉄を二度、引けばいい」

ちひろは抱きかかえるように散弾銃を持ちながら、黙ってうなずいた。

「浩史、火炎罎だ」

思い出したように順にいわれ、中道浩史が点滴台を掴みながら立ち上がった。

心電図計などの救命機器などが載っていた架台の下から、〈抗菌マスク〉と書かれた大きな段ボール箱を引っ張り出す。箱の中には、浩史の労作といえる火炎罎が二十本。

順はひとつを掴むと、蓋代わりにしていたガムテープをはぎ取り、病室のシーツを破って作った導火布を狭い口から突っ込んだ。

弥生がライターを手渡す。

リアゲートの窓越しに、迫ってくる巨大なへビの屍鬼が見えた。

大きな口を開き、二股の舌を出し入れしながら、急速に接近してくる。耳障りな車のエンジン音に混じって、巨体が地上を進んでくる轟然とした音がはっきりと聞こえていた。

「もう限界。追いつかれるわ」

運転席から摩耶の声が聞こえた。

恵理香がストレッチャーの手摺りに掴まり、車の左右の揺れに耐えながら叫んだ。

「ブレーキをかけて！」

「いくよ！」

摩耶がハンドルを握る両手を突っ張るようにして、靴底でブレーキペダルを踏んだ。

たちまちタイヤが悲鳴を上げる。斜めに傾ぐ車体の下から白煙を洩らしながら、救急車が減速した。

一〇〇キロ近かった時速が四〇キロにまで落ちた。そこに背後から大蛇が追いついてきた。

大きく口を開き、車を丸呑みにしようと迫ってきた。

「射撃用意！」

叫びながら、恵理香がリアゲートのドアノブを握った。それをぐいと引きながら、リアゲートを外側に向かって蹴り開けた。

真上に跳ね上げられた大型ドア。その向こう、視界いっぱいに大蛇の口が広がっていた。

恵理香が「撃て」といおうとしたとき、ふいに開放されたリアゲートの左右から焦げ茶色の小さなものが、素早く車内に飛び込んできた。薄汚れた頭巾、いやフードのようなものをかぶった小さな怪物が数匹――。

今まで、ずっと救急車のルーフに集団で掴まっていたのに違いない。そいつらは小さな手足を使ってサルのように身軽に車内に侵入しざま、獣の唸りを発しつつ、恵理香たちにいっせいに飛びかかってきた。

悲鳴と怒号が渦巻いた。

恵理香は背中に飛びついていたそいつを、躍起《やっき》になって引きはがそうとした。

鋭い爪が肩に食い込んで、なまじっかなことでは振り落とせない。仕方なく背後の医療器具に思い切り背中からぶつかると、気味悪い悲鳴を放って車外に転げ落ちた。

魔物のみならず、人間までもが外に振り落とされそうだ。

運転席の摩耶はさらにブレーキを踏みたかったが、それはできない。たちまち、背後から肉薄してくる大蛇の口に救急車ごと呑み込まれてしまう。

「摩耶！　拳銃」

恵理香の声。

身をひねりながら、摩耶がトカレフを放った。

キャッチした黒沢恵理香は両手で握りながら、横合いから飛びかかろうとしていた屍鬼の頭部を撃ち抜いた。狭い車内に青白いフラッシュとともに拳銃の炸裂音が空気を圧しながら轟き、一瞬、耳鳴りで何も聞こえなくなった。

次の怪物に銃口を向けようとした刹那、後ろから飛びついてきた小さな魔物が利《き》き手の肘にかじりついた。恵理香が悲鳴を放ち、拳銃を取り落とした。

吉倉京介は肩口に噛みつかれていた。小柄な魔物は、小さな口なのに牙は鋭く、カミソリのように筋肉を穿ちながら深々と食い込んできた。

京介は片手でまさぐり、ようやく屍鬼の僧衣のようなフードをつかむと、自分の躰から引きはがした。それを開け放ったままのリアゲートから外へ放り投げた。

小さな躰が二度ばかり路面をバウンドしたかと思うと、直後に巨大な顎を開けて迫っていた大蛇の屍鬼の口腔《こうこう》の奥に消えた。

大蛇が反射的に口を閉じてそれを噛み砕く。おかげでほんの少しだけ大蛇のスピードが落ちて救急車との距離が空いた。

京介は肩の肉をえぐられた激痛にたまらず、ストレッチャーの把手を握りながら倒れた。

屍鬼は少年たちにも容赦《ようしゃ》なく襲いかかっていた。

浩史が眼鏡を吹っ飛ばされて仰向けに倒れ、上半身にのしかかられていた。順が左脚に噛みついた奴を引きはがそうと必死に拳で殴りつけている。

壁際に背をつけて激しく顔を振りながら、弥生が恐怖の悲鳴を長く放っている。その目の前で屍鬼がフードの中にある黒い顔を歪め、獣のように牙を生やした口を開けて威嚇の声を放っている。

ゆいいつ無事なのは谷村ちひろだった。

車内のフロアにへたり込んだまま、膝を立てて散弾銃を抱きかかえるように震えていた。

ふいに疾走している救急車が、激しく蛇行し始めたので、たまらず横に投げ出された。すぐに身を起こして顔を上げ、ちひろは見た。

運転席のサイドウインドウを粉々に砕いて、焦げ茶色のフードをかぶった小さな屍鬼が飛び込んできた。それはハンドルを握っている摩耶に飛びかかり、顔に噛みつこうとした。摩耶はハンドルから手を離し、両手を突っ張って魔物をどけようとしている。

ちひろは自分の手の中にある散弾銃を見下ろした。これで運転席を撃てば、きっと弾丸は摩耶にも当たる。

次の瞬間、フロアに落ちている黒い自動拳銃に気づいた。恵理香が落としたトカレフだ。それを拾い上げて、ちひろは運転席に向けて両手でかまえた。

震える銃口。引鉄を引くと、摩耶を撃ち抜いてしまいそうだ。

摩耶の上半身にとりついていた屍鬼が振り向いた。フードの中の真っ黒な顔。金色の双眸がまともにちひろの目を捉えた。

金縛りにあったように動けなくなったちひろに、次の瞬間、摩耶の頭を跳び箱のように越えて、小さな屍鬼は獣のように唸りながら飛びかかってきた。

とっさにそれを撃とうとしたが、間に合わなかった。拳銃を保持した両手を掴まれ、そのまま乱暴に仰向けに押し倒されて馬乗りになられた。

偶然、拳銃の銃口が自分の喉許に食い込んでいた。あっと思った瞬間、人差し指に力が入っていた。

短い銃声。衝撃が顎下から脳天を突き抜け、ちひろは灼熱の弾丸が頭骨を貫通するのを感じた。

順はようやく脚に噛みついていた屍鬼を引っぺがした。そいつは順の右手に襟許《えりもと》を掴まれながら、赤ん坊のような小さな手を振り回し、カミソリのような牙をむきだして暴れ狂った。

順はもう一方の手に火炎罎を持ったままなのに気づいた。歯を使ってガソリンがしみこんだ導火布を引っ張り出すと、罎を手首のスナップをきかせて扇状《おうぎじょう》に振った。揮発性の液体がたちまち屍鬼に降りかかる。

落ちていたライターをつかみ、点火したとたん、目の前で屍鬼が青い炎に包まれた。

そいつは炎を全身にまとったまま、踊り狂っていた。狭い車内に燃焼臭が充満した。すさまじい熱が圧力のように押し寄せてくる。

他の屍鬼たちの攻撃が一瞬、とまった。

恵理香が右手から屍鬼を引きはがすと、落ちていた散弾銃を拾い上げた。

目の前で火だるまになっている屍鬼に銃口を向けざま、引鉄を絞った。

轟然、銃声とともに炎に包まれた屍鬼が吹っ飛び、煙を曳きながらリアゲートから車の後方に落下した。それは路面を炎の塊となって転がり、たちまち迫ってきた大蛇の口に消えた。

続けて恵理香は少年たちを襲撃している魔物に銃口を押しつけざま、ぶっ放した。至近距離から散弾を喰らって、そいつは血煙とともに文字通り四散した。

弾丸の尽きた散弾銃を逆手に握ると、他の屍鬼を台尻で殴り飛ばす。小さな悲鳴とともに魔物がボールのように跳んだ。

三宅順が立ち上がり、京介のライフルをつかむと、同じように屍鬼に台尻を叩きつけた。フードをかぶった小さな頭がぐしゃりとつぶれた。弥生を襲っていた屍鬼の背中をつかむと、引っぺがしざま、台尻の突端でそいつの顔面をつぶした。

何度も何度も、執拗に殴りつけた。

放心して座り込む弥生の隣、浩史に食らいついていた屍鬼を、恵理香が引っぺがし、リアゲートの外に放り出す。残る屍鬼も、次々と恵理香と順が片づけた。

膝に両手を突き、ぜいぜいと背中を揺らしていた恵理香は、フロアに倒れて即死していたちひろを見つけた。傍らにトカレフが転がっていた。

　恵理香は掌で口を覆い、悲鳴を押し殺す。

「嘘だろ……」順も、へたり込むようにフロアに尻を落とし、つぶやいた。

　すぐ目の前、仰向けになったまま、中道浩史が大きく双眸を見開いていた。細い首に真っ赤な傷がある。そこから大量の血がほとばしって、車体内部の壁に円弧を描いて流れ落ちていた。頸動脈《けいどうみゃく》を咬み切られたのだと一目でわかった。

「お兄ちゃん。いやぁぁぁぁ！」

　弥生が金切り声を発した。それを順が抱きしめた。兄の無惨な骸《むくろ》を見せないように、顔を自分のTシャツの胸に押しつけさせた。

　やがて車内が静かになった。車のエンジン音が聞こえるだけ。

　しかし、背後の大蛇はまた迫っていた。あと数一〇メートルにまで追い上げていた。


　吉倉京介がよろりと立ち上がった。顔に無数の傷がある。カミソリで切られたように斜めに顔面を幾筋も横断していた。

　が、致命的なのはそこではない。左肩。服の上からも大量の肉をもぎ取られていることがわかった。

　暴走族の銃弾を受けた傷の辺りが、さらにひどいことになっていた。大きな傷口から流れた血が、躰を伝って落ち、足許に赤いたまりを作っていた。

　出血多量なのは一目でわかった。本来ならば、緊急輸血が必要なほどだ。

「京介さん……」恵理香が蒼然《そうぜん》とつぶやく。

「火炎罎の段ボールを寄越《よこ》してくれ」

「どうするの？」

「ぼくはもう長くはない。銃で戦うこともできない」

京介はいいながら背後を振り返る。吹き込む風に前髪を乱しながら、京介は背後を凝視した。大蛇が指呼《しこ》の距離まで迫っていた。呼気が吹き付けられんばかりだ。

恵理香が運んできた段ボール箱を片手で掴み、京介は火炎罎の一本のガムテープを開封して導火布を差し込んだ。残りの火炎罎が入った箱を抱え、すべての罎からガムテープの封印を取り去った。そして導火布にライターで火を点けた。

恵理香や順たちを見つめ、吉倉京介が微笑んだ。

「彩乃に伝えてくれ。愛してるって」

恵理香が黙って首を振った。

「頼むから約束してくれないか」

「いいわ」仕方なく恵理香が答えた。

「じゃあな」

段ボール箱を抱えたまま、車外に身を投げた。

救急車から数メートルまで接近していた大蛇の屍鬼の顎に、京介はまともに飛び込んだ。その直後、彼は火炎罎同士を叩きつけて、それらを粉砕した。大蛇の口蓋《こうがい》の中、たちまち紅蓮の炎が広がって、一瞬後、ヘビの頭部は口から噴き出した火に包まれた。

運転していた摩耶が、急ブレーキを踏み、救急車が斜めにスピンしながら停止した。

恵理香たちは見た。

順も泣きながら、それを見つめた。

中道浩史がいったとおりだった。ガソリンに中性洗剤などを混ぜた特殊な火炎罎。その炎は、いくら大蛇が暴れても、ナパームの燃焼のようにしつこくまとわりつき、けっして消えることがなかった。

たちまち炎は全身に広がる。大蛇は長い躰をのたうち、大地を叩きながら暴れ狂っていたが、火はますます巨躰を覆い、燃やしてゆくのだった。

真っ赤な炎と真っ黒な煙を噴き上げながら、巨大な屍鬼が断末魔《だんまつま》の声を放つ。やがて赤い地獄の中で黒いシルエットとなって動かなくなった。

停車した救急車の後部室内。

死んだ谷村ちひろと中道浩史の遺体が並べられている。その横で、生き残ったふたりの少年少女、ふたりの娘たちが寄り添って泣いた。いつまでも声が絶えることなく、彼らはさめざめと泣き続けた。

8

奇怪な音を発しながら、八つの〝スフィア〟が飛来した。

青白いスパークを放ち、その光の残像の曲線を幾筋も曳きつつ、それぞれが螺旋状にまといつきながら飛行してくる。

深町彩乃はソウドオフ・ショットガンをかまえて立て続けに撃った。

最初の一発は的を外したが、二発目が命中し、光球が目映い閃光を放ちながら爆発して砕け散った。

すかさずポンプアクション。最後の散弾を装填して発砲する。ふたつ目の光球が九粒弾の直撃を受け、斜めに弾かれながら炸裂した。

残る六つの〝スフィア〟は、さながら意思があるかのように、いったん大きく旋回して、彩乃を回避するように飛んだ。

片桐が左足を落とす姿勢で散弾銃を撃った。

だが、弾丸がまともに命中したにもかかわらず、光球は空中で弾かれ、壁に激突しただけだった。ピンボールのようにバウンドしたそれは、唸りを発しながら三人めがけて飛んできた。

「貸して！」

唖然《あぜん》としている片桐の手から、彩乃が散弾銃をとった。

銃身後部の薬室に収まった実包に念を込めた。まっしぐらに飛来するそれに銃口を向けるや、引鉄を絞った。銃声とともにストックが肩を突き上げ、同時に〝スフィア〟が無数の小さな星屑《ほしくず》になって砕け散った。

「弾丸を――」

左手を伸ばしたその掌に、片桐が残った散弾を渡す。あと二発。

猟銃を投げ捨てると、使い馴れたソウドオフ・ショットガンを〝スフィア〟に向けながら、左手でフレーム下の切れ込みから二発の散弾を弾倉に装填した。素早くフォアグリップを前後させて初弾を薬室に叩き込み、ぶっ放した。そして二発目。

立て続けにふたつの光球が無数の光の粒になりながら砕け散ると、残った三つの〝スフィア〟がそれぞれ距離をとりながら、彩乃たちに向かってきた。

三人はそれぞれ背中を押し付け合い、死角をカバーするかたちで立っていた。

その周囲を、獲物を狙う鮫《さめ》のように、三つの光球が旋回している。そうしているうちにメタリックに輝く光球が、ヒュンヒュンという音を高めていく。

「こいつはまずい……」

片桐がつぶやいた。

何が起ころうとしているか、彩乃にはわかった。奴らがエネルギーを高めて、それを発射しようとしているのだ。立てこもっていた御影中学の教室で、どんな惨事が起こっていたか――。

「くそ。これで最後ってわけか」

片桐がいったとき、頼城が右手の拳を握り、力を込めた。

「彩乃。加勢しろ」

「どうやって？」

頼城は飛行する〝スフィア〟のひとつを指さした。「あいつに意識を集中するんだ」

ハッと頼城の横顔を見た彩乃は理解した。すぐに前方に目を戻し、旋回する光球を視線で追った。

すると、その〝スフィア〟の様子に変化が起こった。それまでの飛行コースから大きく外れると、ゆっくりと逆向きに旋回をした。

彩乃はその瞬間、何かを掴んだ。手応えという言葉を思い出した。

自分が光球の操縦者になったように、念を込めてそれを操ってみた。その〝スフィア〟がにわかに輝きを増し、あとのふたつに向かって矢のように飛んだ。

不意打ちを食らった二体の光球は逃れようがなかった。

最初に衝突したものは、銃弾を受けたとき以上に派手な光の粒子を撒き散らして爆発した。

そのまま、彩乃は残るひとつの〝スフィア〟にそれをぶつけた。

「危ないッ」

頼城が叫び、彩乃を突き飛ばした。

フロアに低く三人が伏せた途端、広いレストランいっぱいに光芒が弾け、視界が一瞬、白くすっ飛んだ。

〝スフィア〟は強烈なエネルギーの矢を無数に放ち、自ら砕け散っていった。天井の照明器具が派手な音を立てて粉砕され、窓ガラスがいっせいに飛び散った。

彩乃は目を閉じようとしたが遅かった。

強烈な光がまともに網膜に飛び込み、そのまま衝撃が脳を突き抜けたように感じた。

彩乃は意識を失い、その場にくずおれた。

9

藤木ミチルは眼前に立っている黒衣の聖職者を凝視していた。

〝司祭〟が、こんな途惑いの表情を見せたのは、おそらく初めてのことだっただろう。それまでは、彼がすべてを制していたからだ。偉大な魔力を持つ〝司祭〟の前には、どんな抵抗も攻撃もなすすべがなかった。黒衣の聖職者は魔界の支配者であった。

それが今は違う。

ミチルには彼の心が読めるようだった。

自分に拮抗《きっこう》する力を持った少年がここにいる。その〈力〉は〝司祭〟の施術ではなく、少年自身が体得したものだった。

だから〝司祭〟は少年に恐怖を感じた。少年の目を見れば、全身全霊を込めた憎しみが自分に向けられていることがわかったからだ。

ミチルの目の前には、彼自身が作り出した〝スフィア〟が浮遊していた。

それが放つ光が次第に強くなり、輝きが増していくとともに、ヒュンヒュンという音が高くなっていく。回転速度が速まるにつれ、〝スフィア〟のエネルギー出力が上昇する。そしてそれは、ひとつの小さな太陽のようになった。

〝司祭〟は深く眉根を寄せながらミチルを見て

いたが、避けられぬことと悟り、ふいに右手をかざしてその掌の上に光球を出現させた。〝司祭〟のそれも回転速度を上げながら金属音を高めていき、ふたつの光のスパークが空間でぶつかり合うたび、視界が白く弾けた。

ミチルは攻撃を開始した。

最大限にパワーを使って〝スフィア〟を敵に向けて飛ばした。

〝司祭〟が自分の〝スフィア〟でそれを弾こうとした。ふたりの中間で、ふたつの光球が衝突し、空間が青白く炸裂した。

しかしそれぞれの光球は砕けず、いったんお互いに離れると、どちらも同じ方角に旋回を開始した。双方が大きくカーブしながら、間合いを計っている。光球同士の空中戦。

ミチルは一気に距離を詰めた。向こうも角度を変えてきた。

ふたたびふたつのエネルギー体が激しく衝突し、強烈なスパークが無数の矢のように闇を切り裂いた。

そして双方がもつれあい、螺旋を描きながら真横に飛んだ。それはジェットコースターのループ状になった鉄骨に激突し、また光の爆発を放った。

ふたつの光球が上昇する下で、灼熱に晒《さら》され、一瞬にして真っ赤になった軌道の鉄骨が、オレンジ色の炎を揺らしつつ、ゆっくりと飴のように曲がって落ち始めた。橋架《きょうか》が〝く〟の字にへし折れて、ジェットコースターの高架そのものが横倒しになってゆく。

だが、ミチルは宙に浮かぶように立っていた。それに向かい合う〝司祭〟も。

ふたりの躰は、それぞれ〝スフィア〟と同じ青白い光に包まれていた。

打ち上げ花火のように、ふたつの光球は残像を引きながら急上昇していく。

遙かな高みに達したところで、お互いにいったん離れると、すかさずぶつかり合った。核爆発のように強烈なスパーク。低くたれ込めた雲が眩い光芒に照らされ、くっきりとした陰影を雲底に浮き上がらせた。

ふたつの光は雲に呑み込まれ、いったん見えなくなったが、ふいにあらぬほうから出現し、あっという間にミチルと〝司祭〟の浮遊する場所まで降りてきた。

ふたりは対照的だった。

〝司祭〟は満面に皺を刻み、口を歪めながら、飛行する光球を目で追っている。が、ミチルは涼しげな顔で飛行体には目も向けず、そんな〝司祭〟を眺めているのだった。

ふいに甲高い音を発しながら、光球のひとつがミチルの顔の傍をかすめて、後方へ抜けていった。それを追ってきたもう一体。だが、先に飛んでいたそれは、予想外の動きを見せた。空中で急停止したと思ったら、すぐに元来たルートをたどって引き返した。

果然《かぜん》、あとから飛んできた〝スフィア〟に、それはまともにぶつかった。

空中に大きな爆発が生じた。

無数の光る破片となって、ひとつの〝スフィア〟が砕け散った。

残った一体は笛のような飛行音を曳きながら、ミチルのすぐ横を抜け、少年の背後で大きくターンを切って、今度は前に向かっていった。

満面に深い皺を刻み、陰影を落としている〝司祭〟。その目の前に光球は矢のように飛び、そして急制動をかけて静止状態になった。

ヒュンヒュンと唸りながら、〝司祭〟の眼前で揺れている光球。

ふっとミチルが力を抜いた。かすかに眉間に刻まれていた皺が消え、口許に笑みが浮かぶ。もはやあの男はぼくの敵ではない。そう思って〝スフィア〟を消滅させようとしたときだった。

――トドメを刺せ。

ふいに声が聞こえた。エコーをともないながら、意識の中にはっきりと響いた。

ミチルは途惑った。

たしかにそれは、あのピエロの声だった。もっとも、それまでのおどけた口調とはまるで違う、おぞましさのようなものを含んだ声色だったが。

――敗者に情けをかける必要はない。早く殺せ。

驚いたのは、ミチルだけではなかった。目の前にいる〝司祭〟も、目を大きく見開き、歯を剥き出していた。それは心の苦悶であった。

そんな険相のすぐ前で、〝スフィア〟が光を放ちながらゆっくりと自転していた。

視界の端に、赤と白の模様を認め、ミチルは見た。

何もない空間から忽然と出現したピエロが、丸いポンポンのついた帽子を揺らしながら、踊るように空中を歩いてくる。

赤く縁取られた大きな口を満足そうに歪めて笑い、ピエロはミチルのすぐ傍に立ち止まると、〝司祭〟を見た。

「なぜ……？」

黒衣の聖職者が訊ねた。

「あんたはもういらない」と、ピエロがいった。

おもむろに向き直りざま、ミチルの耳許に口を寄せた。

「やれ」

前触れもなく憎しみの心がわき起こった。父と母を殺し、街の住民を皆殺しにした〝司祭〟を、ここで生かしておく理由はなかった。あいつを殺せば、すべてが終わる。

ミチルはすっと眼を細めた。

それを見た〝司祭〟が、虚ろな表情でいった。

「莫迦め。お前は何もわかっていない……」

次の瞬間、〝スフィア〟が金切《かなき》り声のような高音を発し、強烈な閃光を放った。すさまじい勢いで加速して飛び、司祭の胸の真ん中に激突したかと思うと、そこに大穴を穿ち、背後に抜けていった。

〝司祭〟が大きく目と口を開け、ミチルから視線を離して上を向いたかと思うと、ゆっくりと落下を始めた。あっという間に躰が地上に叩きつけられ、その鈍い音が響いた。

ミチルが見下ろすと、〝司祭〟はコンクリ敷きの大地に仰向けに倒れていた。躰の下から青い液体が広がり、みるみる四方に枝を伸ばすように流れてゆく。

微動だにしない。死んでいるのは明白だった。

「いい子だ。これでお前は〝司祭〟を超えた」

ピエロが剽軽《ひょうきん》な笑みを浮かべて、ミチルにいった。「俺たちは本物の兄弟になれる。すでにお前は〝発現者《ザイトル・クアエ》〟ではない。それを超越したのだ。ふたりで邪 神をよみがえらせ、ともに世界を支配しよう」

10

『久が原』と標識のあるバス停。

その後ろになだらかな丘陵《きゅうりょう》があり、一面の草地になっていた。闇に閉ざされていなければ、ここから御影町を一望することができる場所だ。

墓穴を掘って埋める余裕もないので、摩耶と恵理香たちは谷村ちひろと中道浩史の遺体を枯草の中にそっと運び込み、横たえた。それから三宅順、中道弥生を入れた四人で黙祷《もくとう》した。

弥生は兄の突然の死から立ち直れず、ずっと嗚咽していた。

私も死にたいとつぶやいていた。

この草地のあちこちにも不気味な赤い花が咲き誇っていた。御影町全体のそこここにも、点々と赤いものが無数の染みのように鮮やかに浮かんでいる。

街のどこかで怪異が始まるとともに、この花は咲き始めたのだろう。こうして街が滅び、人々がもうすぐ死に絶える頃には、大地のすべてを覆い尽くすのかもしれない。

もしやこの植物こそが、邪悪の本体なのかもしれない。屍鬼どもや、あの〝司祭〟ですら、地中に根を張る植物に操られているとしたら？

冷たい風が吹き寄せてきた。

荻島摩耶は疲れ切った顔で立ちつくし、暗晦な空を見上げた。

昼でも夜でもない一面の闇が空と大地を覆い、まさにそれはこの世の終わりを思わせる荒涼《こうりょう》たる景色だった。

ひとり、またひとりと仲間が死んでゆく。きっと自分もいずれ。

恐怖は麻痺した。いま、心の中を占めているのは、氷のような冷たい哀しみだ。秩序が崩壊し、人間の生存が無意味に思えるようになったこの街で、ひたすら戦い続けてきた。その目的と意味を、摩耶は見失いつつあった。

どうせみんな死ぬ。死を畏《おそ》れなければ、それが何だというのだろう。

絶望と恐怖にさいなまれつつ、永遠の夜を彷《さ》徨《まよ》いつづけるよりも、死はいくらか慈悲深い。

そう思いながら、街の西の空を見上げた。赤や緑色のいくつかの光が、ゆっくりと空をめぐっている。屍鬼たちの光だった。

遠くから、風に乗ってかすかに笑い声が聞こえてきた。

ふと気配を感じ、横を見た。

少し離れた場所で、恵理香がライフル銃を持っていた。京介が使っていたものだ。右手でボルトを引き、薬莢をはじき出し、弾倉の弾丸を装填する。そんな動作を何度か繰り返している。

彼女は昔から器用だった。横浜の街中でスポーツ車を乗り回し、オフロードバイクの大会にも出場したことがある。テニス・サークルでは副部長の進藤里沙とともに、摩耶をずっと支えてくれた。おそらく精神的にもっともタフな子だ。

暴走族の男に強姦《ごうかん》されながらも、恵理香はその心の疵を払拭《ふっしょく》しようとしている。

つらさや口惜《くや》しさ、哀しみをバネにして立ち上がり、なおも強く生き抜くことができるとすれば、それはあの子に違いない。

片膝を地面に付く膝射《ニーリング》の姿勢でライフルをかまえ、恵理香がスコープを覗いていた。もう十年もそれを扱っていたかのような自然体、見事なまでに美しい姿だった。自分が男だったら、きっと惚《ほ》れただろうなと摩耶は思った。

恵理香には生命の躍動が感じられる。この子なら、きっと生き残る。何があっても。

ネガティブな思いに憑かれていた自分を、摩耶は恥じた。

「遊園地にはいつ行くの？」

恵理香にいわれ、彼女は我に返った。ライフルをスリングで肩掛けし、こちらを見つめていた。が、さすがに恵理香も顔色が悪い。緊張の連続で心身を消耗《しょうもう》し切っている。自分だって足許が覚束《おぼつか》ない。立っているのが精いっぱいという感じがした。

「一時間ばかり、休みましょう。疲れをとっておかないと、戦力にならないわ」

恵理香はうなずいた。救急車の傍まで歩いていくと、タイヤに背を凭《もた》せるようにして胡座《あぐら》をかいて座った。ライフルを膝の上に横たえている。呆れて見ているうちに、恵理香はたちまち寝入ってしまった。

ふっと笑った摩耶は、順たちを見た。

ふたりはリアゲートを開けた出入り口に座り、こっくりこっくりと舟をこいでいる。

歩いていった摩耶は、ふたりを車内に入れてやり、ストレッチャーの上に載せた。三宅順と中道弥生は、まるで兄妹か恋人のように抱き合って眠っていた。

11

吉倉京介が死んだ。

彩乃は夢の中でそれを知った。いや、それは夢でなく現実だった。

すぐ間近に自分がいたように、彼女はすべてを見た。京介は自分を犠牲にして仲間を救った。大蛇の形をした屍鬼の口の中に、火炎壜を大量に抱えて、自ら飛び込んでいったのだ。いかにも彼らしい無鉄砲な最期だった。

莫迦野郎。本当に大莫迦野郎だ。

彩乃は泣いた。

恋人として彼の傍にいたのは、いったいどれぐらいの歳月だっただろうか。その間に、何度、「好き」といえただろう。本当はもっともっと近くにいたかったのに、いたずらに突っ張ったふりばかりしていた。そのことを彼に告げる間もなかった。

けれども、きっと京介はわかっててくれたのだ。

だから、最後に言葉を遺した。

——愛してる、と。

深町彩乃は目を開いた。

涙をぬぐって、そっと上体を起こした。そこはちゃんとした寝台の上だった。白いシーツが敷かれて、毛布が掛けられていた。

辺りを見回すと頼城茂志が丸椅子に座り、小さな窓から外を見ているところだった。

彩乃は本能的に気配を感じようとした。屍鬼や〝司祭〟が放つ、独特の邪気が周囲の空気からなくなっていた。

「うなされてたな、お嬢さん」振り向きながら頼城がいった。

「ここはどこ？」

「レストランの一階に遊園地のオフィスがあった。その横にある医務室だ」

彩乃は思い出した。昔、この〈アルプス・テックランド〉に叔父夫婦に託された小さな従姉妹とふたりで遊びに来たとき、当時、四歳だったその子が貧血を起こした。それでここに連れてきたことがある。

頼城の足許に、スキットルが転がっていた。

「何が起こったの？」

「お前が自分の〈力〉であれを操った。憶えてないのか」

彩乃は思い出した。思念の力で光球をコントロールし、それを破壊したことを。片桐の銃弾は敵に効かなかったが、彩乃が心の力を使うと、銃弾は明らかに破壊力を増した。

まさか自分にそんな能力があるとは思いもしなかった。

「あなたは知ってたのね」

頼城は答えず、硬い表情で目を逸らしていた。そう、だから〝司祭〟も、ミチルばかりか、自分まで狙っていたのだ。それが頼城という男が守ろうとした理由だったのだろう。

「すぐにミチルを捜しにいかなきゃ――」

「今は無理だ。さっきいったように、あの子がいるのはここじゃない、時間の位相がずれた別の次元にいる。だが、そういう特殊な空間に長くはいられない。じきにこっちへ戻ってくるだろう」

「その間に〝司祭〟に何かされたら……」

「無事を信じることだ」

彩乃は吐息を投げた。

「脚のその怪我はどうだ？」

頼城にいわれ、肉離れをした脹ら脛を見た。ジーンズの裾を上げ、素肌をそっと手で触ると、まだ痛い。筋肉が部分断裂して腫れているのがわかる。腓腹筋の辺りらしい。

「まだ痛むけど、何とか歩けると思うわ」ジーンズを下ろして彩乃がいった。「ところで、表がやけに静かなようだけど？」

頼城がいった。「邪気が消えているのがわかるか」

彩乃はうなずいた。

「少なくともこの周囲に屍鬼どもはいない。連中は気配を消し去ってここに近づくことはできない。奴らの存在は空間を歪めるからな。気温が下がったり、電磁波のようなもので機械が狂ったりする。だから〝司祭〟や屍鬼どもが来れば、すぐにそれとわかる」

「私たちを油断させるためかしら」

「それもあろうが、総攻撃のための一時撤退だと見たほうがいい。おそらく次は総力で奇襲攻撃をかけてくるはずだ」

「ねえ。重大な質問があるの」

「何だ――」

「あなたが〈ゾーン〉と呼んでたこの異空間は、過去、他の場所にも作られたっていってたけど、実際に何度か出入りしたことがあるの？」

「ある。数えるほどだがな」

「今までに、その街の人たちを外に連れ出してあげたことは？　たとえば、片桐さんとか順くんたちとか、それにあの女子大生たちのような」

頼城は、火の点いていない煙草を無精髭の間に突っ込んでくわえている。

彩乃はその硬い石を思わせる横顔を見つめていた。

「連れ出したことはない」

「外の世界で歴史や記憶から消された街の人たちは、たとえここから出られても、どうやって生きていけばいいのかしら」

「それはサービス対象外だな。アフターケアまではとても面倒見られない」

彩乃は京介のことを思った。彼が生きていたら、外の世界に出られてもいっしょに生きていくことができたかもしれないのに。今となってはかなわぬ願いだ。

急にこみ上げてきた感情を抑えるのに苦労した。

頼城の右手には、革鞘に入れた大型のサバイバルナイフらしいものがあった。片桐穣二が持っていたものだ。

「片桐さんは？」

「食い物を捜しにいった。弾薬もな。あの子たちが立てこもっている病院も見てくるそうだ」

「ひとりで街へ行ったの？」

「バイクを見つけたんだ。あいつは自衛隊でオートバイ偵察部隊だったそうだ」

病院はむだ足になるだろうと彩乃は思った。幻視が本当だとすれば（彩乃はそうと確信していたが）、彼らはとっくの昔に脱出している。その脱出行で京介が命を落としたのだ。

ジーンズのポケットからジッポーを取り出し、頼城はいった。「煙草、吸っていいか。お前が起きるのを待ってたんだ」

彩乃はうなずいた。「案外、優しいじゃない」

かちりと音がして、薄闇に紫煙が立ち上った。眼を細めながら、頼城は旨《うま》そうに煙を吸い、ゆっくりと細長く吐き出した。「ちくしょう。片桐に酒も頼めばよかったな」

彼の足許に転がっているスキットルをまた見た。飲み干してしまったらしい。

彩乃の顔をじっと見ていた頼城がいった。「顔が冴えないな」

「京介さんが死んだ。夢じゃなく、はっきりと見たわ」

いったとたん、今度は声がうわずった。

彩乃はあらぬ方を向き、口を引き締めて涙をこらえようとした。が、できなかった。まるで堰《せき》が切れたかのように、あとからあとから涙が湧いては頬を伝った。

頼城は俯き、そっと煙草の煙を吐いた。「そうか」

すぐに理解したようだ。眉間に深く皺を刻んでいる。

まるで自分のことのようにつらそうな横顔を見ているうちに、彩乃はふいにあることを思い出して胸を打たれた。少し前、戦いの最中に頼城が絶叫した声が脳裡によみがえっていた。

——どれだけの子供を殺してきたと思ってるんだ！

それまで徹底して自分の過去を吐露《とろ》しない男だった。それが心の生傷をえぐられるように叫んだ言葉。いつまでも彩乃の中に残っていた。

「ずっとこうして戦ってきたの？」

「ああ」

「つらかったでしょうね」

「馴れたさ。二百年も人生やってると、いろいろな経験を積むぶん、いやでも感情を棄てていくことになる。いちいち人のしがらみに流されてちゃ、やってらんねえからな」

「誰かを好きになったことはあるの？」

頼城はわずかに眉を上げて彩乃を見てから、また視線を足許に落とした。「ある」

「大勢？」

「ひとりだけだ。今の名前を使う、ずっと前の時代だ。俺はまだ普通の人間で、相手の娘は〝守護者〟だった。ミチルのような小さな〝発現者〟を守って俺といっしょに戦い、その子とともに死んだ。それ以来、俺は誰かを好きになったことはない」

「あなたの前任者は女性だったのね」

「〝守護者〟の力は、男から女へ、女から男へと引き継がれる」

「それが歴史の必然？」

頼城はうなずいた。「〝発現者〟は同時に複数が現れることがあるが、〝守護者〟は常にひとりしかいない。理由はわからないが、そういうことになっているらしい」

「神様が想定したパワーバランスだとしたら、あまりに不公平だわ」

「さあな。前にもいったが、俺は長く生きても神にだけは遭ったことがない。もし遭うことがあったら訊いておくさ」

彩乃は頼城を見つめ、微笑んだ。

「もしかして、あなたは私を選んだのね？」

彼は硬い表情をしたまま、横顔を見せていた。口許から立ち昇る紫煙に目をしばたたいている。

「そうなんでしょ？」

「それはお前の自由意思だ。俺が決めることじゃない」

彩乃はそっと近づくと、頼城の指先から短くなった煙草をとり、床に押しつけて揉み消した。

「男から……女へ、か」

そういうと、そっとしなだれかかった。頼城が身を強張らせた。

「よせよ。死んだ彼氏の代わりにはなれない」

「そうじゃない。それにあなたの〈力〉が欲しいだけでもない。ずっといっしょに戦ってきて、ようやく気づいた。前から好きだったわ。京介さんとは別の理由で。だから今は純粋にあなたが欲しい。それだけじゃ、いけない？」

頼城が振り向いた。その唇に彩乃は自分の唇を寄せた。

最初、彼は明らかにとまどっていた。やがてゴツゴツした手が荒々しく彩乃の身体をまさぐってきた。乳房《ちぶさ》を愛撫《あいぶ》され、下腹部に指先が入ってきた。

彩乃はもどかしげにショルダーホルスターを外して傍に置き、タンクトップを脱いだ。ジーンズを下ろして、下着だけの姿になると、自分からコートを脱いだ頼城を寝台の上に仰向けに倒した。

男のジーンズを下着ごと下ろすと、頼城のそれはすでに勃起していた。それを両手で掴み、しばらく彩乃は口に含んで愛撫してから、下着を脱いだ。自分の濡れた秘所に頼城のものをあてがい、ゆっくりと腰を沈めた。

硬い感触が奥に入ってくると、彩乃は背を反らして吐息を投げた。

髪を振り乱しながらあえぎ、ギシギシと寝台を軋《きし》ませながらリズミカルに律動を繰り返した。頼城の高まりを感じつつ、自分も昇りつめていく。そうして快感の頂点を迎えたとき、頼城が自分の中に放ったのを感じた。

12

一時間後、二輪車の排気音を立てて、片桐穣二が戻ってきた。

大きなダッフルバッグに食糧などを詰め込んでいた。

保存の利くフランスパンや缶詰、缶飲料など。それらを医務室のデスクの上に無造作に放り出した。コンビニやスーパーはあらかた荒らされていたので、あちらこちらの家屋に入って、それらを探したという。

「丘の上の病院はもぬけの殻だった。戦いの痕跡があったが……」

片桐はハッと吐息を洩らし、つらそうな顔をした。「女子大生の遺体がふたつ。それから他の人間たちも」

やはり京介たちは病院から脱出していたのだ。彩乃が見たヴィジョンは、そのあとのものだったのだろう。

「散弾は当面、確保した。銃砲店はダメだったが、うちの近所に猟友会の会長をやってるジイサマの家があったのを思い出したんだ」

Ｔシャツの袖を破り、大火傷をした左腕を白い包帯でぐるぐる巻きにした片桐は、無精髭を生やした口許を吊り上げて笑った。「帰りがけに屍鬼に出くわしたおかげで、だいぶ使ったがな」

十二ゲージの散弾を、食糧の横に無造作に放り出した。

五十発以上ありそうだ。

片桐の説明だと、赤いケースのものが十発。彩乃が使ってきた鹿撃ち用ダブルオー・バックだった。あとはすべて青色のケースで、雉猟《きじりょう》などに使われる五号散弾だという。三二グラムと書いてあるから、直径三ミリの粒が二百発前後詰め込まれているらしい。こちらは威力の点では頼りないが仕方なかった。

赤いダブルオー・バックの実包はすべて彩乃に寄越した。

「あんたが使え」

「いいの？」

「俺にはあんたのような〈力〉ってのがねえ。いくら射撃が上手くても、屍鬼どもはともかく、あの〝司祭〟を斃すのは無理だ」

彩乃は三発の実包をＭ８７０ショットガンに装填し、あとの弾丸をショルダーホルスターのループに差し込んだ。片桐も分厚い革製のガンベルトのような弾帯を銃砲店から見つけて持って帰り、そのループに散弾を一発ずつ差し込んでいる。二十発を差し込むと、残りの実包をジーンズの四つのポケットに押し込んだ。

「あなた、文字通り無鉄砲にひとりで出かけていったりして、怖くはなかったの？」

片桐は口許に笑みをたたえたまま、首を振った。「何しろ、ひとつところにじっとしてらんねえ性質でな。危険は承知の上さ。怖くないといえば嘘になるが、俺がこの世で本気で怖がる相手は鬼女房だけだ」

それを聞かされたのは、たしか二度目だ。いまは別居状態で、静岡の実家にいるということだった。

「そんなに凄い女性だった？」

「もしかして、あんたよりもな」

嘘か本当かわからぬ答えを口にして、片桐がまた笑った。

それから、三人であわただしく食事を始めた。

彩乃は缶詰を次々と開き、フランスパンを片桐から借りたナイフで切り分け、ときおり頼城の顔を見た。が、彼は素知らぬふうを装い、何かを考えているように深刻な表情を浮かべたりした。

片桐はがっつくように食べ、彩乃も久しぶりの食事を堪能《たんのう》したが、頼城だけはほとんど食べなかった。今にも倒れそうだったときに比べると、いくらか元気そうにはなっていたが、それでもいつもの気迫に欠け、衰えは隠せないようだった。

食事が片付いた頃、片桐はダッフルバッグの中から、いくつかの道具を机に置き、上下二連の散弾銃を横たえた。大きなノコギリ、金鋸《かねのこぎり》、万力《まんりき》、ペンチなど。どこかのホームセンターのＤＩＹコーナーから調達してきたのだろう。

万力を机上に設置すると、その間に散弾銃を挟み込み、締め付けた。

「彩乃。そっちの銃床をしっかり持っていてくれ」

「どうするの？」

「バイクの機動力を生かすためだ。片手で散弾を撃てるようにしたい」

額に汗をうかべながら、最初にノコギリを使ってストックを半分に切り落とすと、次に金鋸で銃身を切断し始めた。彩乃が必死に押さえている。

その作業を、椅子に座った頼城がじっと見つめていた。

「もしも――」

金鋸を挽《ひ》く騒音の中で頼城の声がして、彩乃は振り向いた。「何？」

「無事にこの街を出られたら横浜に行ってくれ」

「横浜？」

頼城はうなずき、つづけた。「本牧埠頭に行って、〈CJ's BAR〉という看板を見つけたら、経営者の白人男性を訪ねるんだ。名前はジャック・シュナイダー、渾名はキャプテン・ジャック。今年で六十になるはずだ」

「その人は……？」

「俺に洋酒の味と、銃を使った戦い方を仕込んでくれた元米兵だ。傭兵上がりでな。鬼六《おにろく》爺さん亡きあと、この秘密を知っている唯一の人間といっていい」

彩乃はその名を心に刻んだ。「わかったわ。でも、どうしてそれを今？」

だが、頼城は答えなかった。

片桐が無心に使う金鋸の音だけが続いていた。

13

鳥のさえずりを聞いたような気がした。

三宅順は夢うつつの中で、たしかにそれを耳にした。鳥の名前はわからない。スズメやヒヨドリではなく、たぶん山に暮らしている種類。シジュウカラだとかメジロだとか、その類いだろう。

ふと、順は気づいた。

ぼくは夢を見ていたのだろうか。長い長い悪夢を。

だったらそれでいい。すべてがあまりにもつらい出来事だった。あれが夢だったら。

ゆっくりと目を開く。

白い天井が見えた。照明器具が吊り下がっている。

壁には雪山の写真のポスターが貼られ、一方がめくれて落ちかかっていた。壁際の大きなクローゼット。扉に木目模様がはっきりと浮き出している。それに大きな姿見。そこにベッドに横になっている自分の姿が映っていた。

順は気づいた。ここは寝室だ。けれども知らない部屋だ。自宅ではない、どこか別の家だ。

そう思った途端、周囲の昏さが押し寄せてきた。明かりはベッドの脇、ベージュ色のカーペットの上に置かれた大きな懐中電灯だった。

シーツをはねのけて、順は起き上がる。

もう一度、部屋を見回し、それから傍らに視線を落とした。セミダブルらしい広いベッドの隣に、中道弥生が横向きになって眠ったままだった。兄のものらしい、だぶついたジーンズと白いTシャツ。そういえば自分も着の身着のままだということに気づく。

ここは知らない家の寝室。そこに寝かされていたのだ。

二時間か三時間、あるいはそれ以上か。夢も見ずに眠ってた。

順は両手で顔を覆い、ゴシゴシと乱暴に擦った。それから何度も吐息を投げた。

夢――なはずがなかった。すべては現実だった。

あの救急車での戦いのあと、三宅順は睡魔《すいま》に勝てず、力尽きたように倒れた。そんな順と弥生をふたりの女子大生がここに運んできたのだ。

外で、チッチッと鳥の声がした。

順は顔を上げた。

莫迦なと思う。街が闇に閉ざされて以来、鳥なんて一羽だって見かけなかった。

そっとベッドから降りて、窓際に歩み寄る。カーテンが引かれたそこを、わずかに開けてみた。窓ガラスに顔を寄せてから、順ははっと退いた。

すぐ外の往来を、全身から髪の毛のように細長く、真っ黒い羽毛《うもう》を無数に生やした屍鬼が、ゆっくりと歩いていた。

巨大な鉤爪《かぎづめ》がついて、ねじ曲がった脚がふたつ。頭はワニのようなかたちで、鋭い牙が並ぶ大きな口をだらしなく開けたまま。チッチッという不似合いな声が、その口から聞こえてくるのだった。

ゆっくりとカーテンを戻し、順は壁にもたれた。

部屋を横切り、ドアを開けた。

外の廊下は昏く、しんと静まりかえっていた。いくつかの部屋のドアを開けてみた。摩耶と恵理香の姿がどこにもなかった。

ぼくらは置き去りにされたのか。そう思った。だが、すぐにそれを否定した。

もちろん、摩耶たちが順と弥生を残していったのは、何もここが安全だからという理由ではない。やむにやまれず、というのが真相だろう。

弥生が眠っている部屋に戻った。

窓際の小さなテーブル、そこに小さな青色のデイパックと紙片が置いてあるのに気づいた。手紙とすぐにわかった。それを手にしてみた。

『順くんへ。

彩乃さんたちのところに加勢に行きます。

あなたはここで弥生ちゃんを守っていて下さい。

必ず戻ってきます。

——荻島摩耶』

ボールペンで書かれたきれいな文字だった。

順は紙片を掌の中でくしゃくしゃにした。投げ捨てようとしたとき、青いデイパックに目が行った。病院を出るときに、誰かが持ち出したものだと記憶していた。

持ち上げると案外と重たい。蓋を開け、逆さにすると若干の食糧とペットボトルに入ったミネラルウォーター、それから拳銃が転がり出てきた。

トカレフだとすぐにわかった。死んだ浩史ほどではないが、漫画やアクション映画などで銃の知識は少しは持っている。それを握り、しばらく凝視していた。

背後でうめき声がして、振り向いた。弥生が起き出してきたところだった。

「みんなはどうしたの?」

「行っちゃった。俺たちは、ここに残れってさ」

弥生はふと何かを思い出したらしく、ぎゅっと唇を噛み、俯いた。

「お兄ちゃん……やっぱり死んだのね」

順はそんな弥生を見つめてから、いった。「ああ」

机上の荷物から、ペットボトルをとって、少女に渡した。「喉、乾いたろ」

弥生は蓋を開けると、そのまま喉を鳴らして飲んだ。

もう一度、わずかにカーテンを開けて、外を見た。さっきの屍鬼はどこかに行っていなかったが、屋外の庭や、その向こうに見える道路の端に無数の赤い花が咲いている。まるで光るように、夜目にも鮮やかに花弁を広げている。

その花々に順は視線のようなものを感じた。やっぱりぼくらはどこにいたって見張られているんだ。

そう思って窓に背を向けた順は、ふと外から聞こえてくる音に気づいた。素早く振り向き、窓にとりついた。

エンジン音。

徐々にそれが近づいてくる。順は嬉しさのあまりに飛び上がりそうになった。彼女たちが、ここに戻ってきた。きっとミチルという子を救い出してきたんだ。

そんな思いも、一瞬後には消え失せた。

接近してくるエンジン音は、救急車のものではなかった。また、明らかに自動車の排気音でもない。それは騒々しいツーサイクル・エンジンのものだ。

見ているうちに、ヘッドライトの明かりが道の向こうからやってきた。

オフロードタイプのバイクに乗ったライダー。その姿を見て、順は背筋に戦慄が走るのを感じた。はだけた胸に革ジャンを羽織《はお》り、黒いヘルメットをかぶっている。腰に大きな山刀の鞘をぶら下げていた。

あのときの暴走族のリーダーだ。

バイクのヘッドライト、その強烈な光芒が一瞬、順の立っている窓に当たり、彼はとっさにカーテンの陰に隠れた。オフロードバイクは案外とスローなスピードで道を走ってきた。そっと顔だけを出し、窓越しに順は見た。

ライダーの様子がおかしかった。

たしかにあのときの暴走族の男だった。右手が不自然に露出していた。肘の辺りから革ジャンが破れていて、その破れ目が風にバサバサとはためいていた。

何よりも奇異なのは、そのライダーの躰の周囲を、オーラのように淡く、赤い光が包んでいることだ。

屍鬼――？

そうじゃない気がした。

けれども、そいつは明らかに危険をはらんだ存在だった。

ライダーがどこへ向かっているのか。順にはわかった。摩耶と恵理香を執拗に追跡しているのだ。もちろん、先に行ったふたりはそんなことを知りもしないだろう。

赤い尾灯を闇に滲ませながら、バイクが去った。排気音がフェードアウトした。重苦しい静寂が戻ってきた。

順は右手に握ったままのトカレフを見つめた。意を決して、三宅順は向き直った。「弥生ちゃん。出かけるぞ」

「え？」ペットボトルを持ってベッドに座ったまま、少女が首を傾げた。

「どこ？」

「ここにいたって危険は変わりないと思う。だったら、俺たちにもきっとやれることがあるだろう？」

弥生はじっと俯いていたが、やがて順を見上げ、うなずいた。

ドアを開けて、三宅順は驚いた。

外は一面の濃霧。

一瞬、火事の煙にまかれたのかと思った。

しかし、それはまぎれもない霧だった。山間にある御影町は、まれに雨上がりなど、こんな霧に包まれることがあるが、それとは明らかに違う。もっと質感のあるガスだ。

あとから出てきた弥生も、その光景を見て立ちつくした。

ほんの五分前まで、窓越しに外を見たかぎりでは、こんなものはなかった。

「これってどういう……」いいかけて、弥生が口を閉じた。

「心配ないさ。黒い闇が白に変わっただけだよ」

そういいながら、順はスニーカーの靴底で大地を踏みしめ、歩き出した。弥生が左の袖に掴まりながらついてくる。

浩史の形見ともいえるシュアファイアを点灯しても、光は濃霧の中で拡散し、かえって景色が見づらくなる。

それに下手にライトを点けると、この濃霧の中にひそんでいるかもしれない屍鬼に悟られてしまうかもしれない。そう思ってライトを消した。

「まいったな。これじゃ、方角だってわからない」

そう順が独りごちたときだった。

――君たち、どこにゆくんだい？

男の声がした。わざと甲高い口調で剽軽に喋っている。

順たちは足を止め、濃霧の中に目を凝らした。じっと見ているうちに、前方に何か赤いものがふっと浮かび上がるように出現した。楕円形の何かがユラユラと揺れていた。

その正体がわかるまで、少々の時間がかかった。

ぽっかりと浮かぶ赤い風船、その下にある紐を白い手袋の手が握っている。

背後にいた弥生が順のTシャツの裾をぎゅっと握るのがわかった。

順はジーンズの前に差し込んでいたトカレフを抜き出し、前に向けてかまえた。銃口が震えているのは銃の重さだけが原因ではなかった。

——おいらについておいで。

また剽軽な声がした。

ふいに濃霧が左に流れ、人影がぬっと姿を現した。

順は凝視した。

丸いポンポンのついた赤いサンタの帽子をかぶったピエロ。白に赤の水玉模様がついたツナギのような服を着て、先端のしゃくれたブーツを履いている。両目には十字のような模様を描き、鼻と口の周りを赤く塗っている。

「誰だ！」銃をかまえながら順が叫ぶ。

するとピエロが赤い縁取りの口を歪めて笑った。

「わかんないのかい。おいら、サーカスのピエロだよ」

近づこうとした相手に、順は拳銃を突きつけた。「あっちへ行け」

わざとらしく驚いたゼスチュアをしてから、ピエロは声高らかに笑った。

「君たちをサーカスに招待したいんだよ。さあ、ゆこう」

そういって白手袋を差し出した。順はかぶりを振った。「断る」

するとピエロがニヤリと笑った。

突然、何の前触れもなく、ピエロが飛び上がりざま、くるりとトンボを切った。ひょっこり立ち上がったときには、コミカルな表情が消え、形相がすっかり変わっていた。目が異様に吊り上がり、真っ赤に縁取られた口の中から、大きな牙が覗いた。

「いいのかなあ。おいらを怒らせちゃったりして」

老人のように嗄れた声でピエロがそういった。

そのとき、順は気づいた。

さっきまで赤い風船を持っていたピエロの右手、そこに握られているのは別のもの。

それはバラのような形をした真っ赤な一輪の花だった。

「ほうら。きれいな花だろう」

ピエロの顔がまた剽軽に戻っていた。

「名前は〝ザイトル・クァエ〟。またはザイクロトルの死の植物といわれてる。古き神々とともに他の星からやってきたんだよ。今はこの街だけに広がっているけど、いずれは地球全体を覆うことになる。この星は邪神に支配されるんだ。どうだい？　楽しみだねえ」

そういった瞬間、ピエロの口がゆっくりと左右に裂けた。口蓋の中、真っ白な鋭い牙が上下に並んでいる。

14

深町彩乃は電撃を喰らったように、ビクッと両肩を持ち上げ、振り向いた。

心が鋭敏になっていた。レーダーの感度が上がるように、五感を超えた感覚が研ぎ澄まされている。そんな彩乃の中に、あるイメージが前触れもなく流れ込んできた。

それは少年の姿。

(ミチル――？)

心の中で呼びかけた。しかし答えはなかった。

傍らにいた頼城、彼も同時に気づいたらしい。

間近から彩乃を見てきた。

「ミチルがこっちの世界に戻ってきた」と、彼がいった。

「わかってる」

彩乃はてきぱきと支度《したく》をした。傍らの寝台に横たえていたソウドオフ・ショットガンをホルスターに突っ込み、ホックを留めた。藍色のキャップをとって、指先でツバを持ちながら目深にかぶった。

「行こう。あの子を取り返すのよ」

頼城がうなずき、ふたりは建物の外に出た。

彩乃はまだ足を引きずっていたが、以前よりはましになっていた。激痛が疼痛に変わっている。

頼城のほうは相変わらず不調らしいが、痩せ我慢は彼の特技のようなものだ。

医務室とオフィスがあるレストランの出入り口を抜けた。

片桐はアイドリング中のバイクの前に座り、マイナスドライバーを回しながらエンジンを調整してるようだった。傍らに懐中電灯が点けっぱなしで置いてあった。

銃身とストックを切り落とした上下二連の散弾銃を、腰に吊した革の筒に突っ込んでいた。もとは工具入れだったものを、切り落として作った手製のホルスターだ。

「こいつはホンダ・シャドウ４００。水冷Ｖ型二気筒エンジンを搭載したマシンだ。キャブの調整が悪くて、アイドリングの回転が不安定だったが、これで何とかなりそうだ」

四〇〇ＣＣの中型バイクにしては、車体が長く、シートが低くたわんでいる。どこかハーレーのような外国の大型モデルを思わせるフォルムだった。

「ミチルが現れた。俺たちはゆく」

相変わらず顔色は冴えないようだが、頼城はしっかり立っていた。

片桐はうなずき、工具セットを放り出してから、バイクをまたいだ。腰には銃身と台尻を切り落としたばかりの上下二連銃、銃砲店から持ってきた弾帯を巻いている。

「部隊じゃ、いちばんのバイク乗りだった。ようやく馬を獲たカウボーイの心境だ」

アクセルグリップをひねり、エンジンを吹かしながら片桐が得意げにいった。「これからは足を生かした遊撃隊になって、あんたらを側面から支援するぜ」

ふいにその顔が神妙になった。じっと彩乃たちの後ろを見ている。

「どうした？」

頼城とともに振り向いたとき、彩乃はそれを見つけた。

遊園地のいくつかのアトラクション、大小の建物の向こうから、真っ白な壁のようなものが立ち上がり、こっちに迫ってくるのだ。その輪郭が、まるで巨大な生き物みたいに揺れ動いているのを目撃した。

「霧だ……」片桐が緊張した表情でいった。

「こっちへ来る」

風に煽られているかのように真っ白な霧が蠢き、踊りながら迫ってきた。さながら白い津波のようであった。たちまち駐車場の車を包み、木々を呑み込み、前方にあるいくつかのアトラクションの建物、メリーゴーラウンドなども見えなくなってしまった。

その濃霧の中、赤や緑の小さな光が一対ずつ、動いていた。

いくつかのシルエットも見えた。

「霧の中に何かがいるわ」

「屍鬼どもがひそんでる。気をつけろ」

頼城の声を合図に片桐はスタンドを蹴った。ハンドルを回しながらバイクを急発進、車体を斜めに倒すようにしてターンさせた。走るバイクの上から肩越しに振り向きつついった。

「ここは俺が引きつける。あんたらはミチルのところに急ぐんだ！」

豪快なエンジン音を残し、赤い尾灯が濃霧に吸い込まれ、たちまち銃声が轟いた。間髪入れず、屍鬼たちの怒声や悲鳴が続いた。

「せっかちな野郎だ」

「でも、頼もしいわ。行きましょう！」

彩乃と頼城は踵を返すと、急ぎ足に歩き出した。

15

救急車が濃霧に包まれて動けなくなり、十分近く経過した。

緊張した面持ちでハンドルを握りながら、荻島摩耶はまっすぐ前を向いていた。隣に座る黒沢恵理香もライフル銃を持ったまま、油断なく周囲に目を配っていた。

道路がまったく見えないほど霧が濃いため、車を進ませることができない。しかもそこらじゅうに邪気が満ちていた。霧に紛れて屍鬼どもが徘徊している。

摩耶はいつでも車をダッシュさせられるように、エンジンをかけたままにしてある。だから、アイドリングの低音とともに車体が小刻みに振動していた。その音を聞きつけて屍鬼が来ないとも限らないが、背に腹は代えられない。

「どうするの？　摩耶」

「霧が薄れるのを待つしかないわ。十メートルだって進めやしない」

恵理香がうなずいた。「下手に突っ走って、どこかにぶつかったり、落ちたりするよりましか」

「まいったな。そよ風も吹きゃしない」

ヘッドライトを消していても、外の様子は見える。が、白あるいは灰色の壁に四方を囲まれているようだった。それが車窓《しゃそう》をひしひしと圧している。

その濃密な霧の中から、いきなり何かが現れてもおかしくない。今しも、そう遠くないところで、獣のような野太い咆哮が聞こえたばかりだった。

「ね。ホモ疑惑の北尾くんのことでひとつ思い出したわ」

恵理香が横目でちらと見た。「どうせ、また悪い噂だよね」

「ううん。そうでもない」

前を凝視したまま、摩耶が続けた。

「あの人、妹さんが病気だったの。もう何年も東都医大病院に入院してたって。それが今年の春、亡くなったって聞いたわ」

「どうりで暗かったわけだ」

「疑惑が晴れたわけじゃないけど、理由があるだけましってとこかな」摩耶はくすくすと笑いながらいった。

「惚《ほ》れっぽいあなたにはいい薬になったね」

「もう。ふざけやがって」恵理香はむっとした顔でいう。

「そういうあなたは誰よ？」

「え？」

「だからぁ、意中の人」

荻島摩耶はまた前を向き、目をしばたたいた。

「いないよ」

「三年間、ずっと？　その美貌で？」

「悪い？」

恵理香がまた笑った。「今度はレズ疑惑決定」

「あのな――」

右手を挙げようとしたとき、ふと摩耶は気づいた。

車の前方、霧が流れ始めていた。ミルクを流し込んだように濃密だった白い闇に、ほんのわずかながら濃淡が生じていた。

さらに霧が流れ、だんだら模様の向こうに道路のアスファルトに描かれた白い破線がはっきりと見えた。

「行くよ」摩耶がハンドルをしっかり握り、アクセルを踏み込んだ。

路面にタイヤを鳴らし、ふたりの救急車がはじかれたように走り出した。

16

片桐穣二はホンダ・シャドウ４００を快調に飛ばした。

遊園地に立ちこめた霧には濃淡がある。視界の利く場所を選びながら、バイクを走らせる。

最初に街に出たとき感じた回転の不規則性や排気音に混じったノイズが、修理のおかげで解消されて気持ちのいい走りだった。

駐屯地では、いつもオフロードタイプのバイクを駆っていた。舗装路なんかめったに走らない陸自のオートバイ偵察部隊という立場上、それは仕方のないことだ。

しかし、片桐は脳震盪《のうしんとう》になりそうなほど揺られるラフロードや荒れ地の走りに、いいかげんうんざりしていた。

もっとも現状に満足していたわけではない。

シャドウ400のすばらしい走りっぷりはともかく、周囲にはおぞましい形状の屍鬼どもがひしめいていた。飛びかかってくるもの、粘液のようなものを飛ばしてくるもの、中には真正面にノコノコと出てきて走行を妨害しようとする奴もいた。

片桐はとっさに前輪を持ち上げてウイリー走行となり、ミイラのような格好をしたボロボロの屍鬼の顔面に、思いっきりタイヤ痕を刻みつけて倒してやった。そして右腰に吊していたソウドオフ――彩乃が今、使っているショットガンと同じ、短く切った散弾銃を抜きざま、片手でかまえ、至近距離からゾンビ風の屍鬼の頭をぶっ飛ばした。

小さな弾が二百発も詰まった雉猟《きじ》用の五号散弾とはいえ、間近からそれを喰らえば、さすがの屍鬼もただではすまない。爆風と散弾に吹っ飛ばされてしまう。

しかし、一〇メートル以上離れたら、もう威力がなくなる。取り回しの良さをとって銃身を切り落としたためもあって、散弾が飛び散ってしまうからだ。

複数の敵相手に接近戦を挑むためにも、小回りの利くバイクは良かった。

敵の死角に突っ込み、上下二連銃を二発ぶっ放しては、拇指でラッチをひねって銃身を折る。煙を曳きながら弾ける空薬莢と入れ替わりに、腰の弾帯から抜いた次の二発を装填する。その間、ハンドルがフリーになるが、片桐のテクニックならばお手の物だ。

タコのような形をしていて、吸盤だらけの長い足で這ってくる奴を撃ち砕いたら、背後から風を切って急降下してきた人面鳥に銃口をひるがえし、顔を吹っ飛ばした。

すかさずまた二発をロードする。前から皺だらけの老婆のような小さな屍鬼が飛びかかってきたので、散弾銃を歯でくわえ、グリップを強くひねってタイヤで跳ね飛ばした。

一瞬、周囲の屍鬼たちとの間に余裕ができた。

片桐は片足を接地させてバイクを停め、振り向いた。排ガスの臭い、路面との摩擦《まさつ》で焼け焦げたタイヤのゴム臭すら心地よかった。

頼城と彩乃たちはどこだ？

遊撃隊といいつつ、支援するふたりから距離を置くのは得策ではない。戦いに夢中になるあまり、そんな簡単なことを忘れていた自分を恥じた。アクセルをひねりながらバイクをターンさせ、霧の中に分け入った。

そっちにも無数の影があった。

「てめえら、どきやがれ！」

前方を塞ごうと右手から飛び出してきたのは、黒い毛むくじゃらの獣。オオアリクイそっくりな屍鬼。

散弾銃を握った左手を前に突き出すようにして、彼はぶっ放した。小さな頭部が粉砕され、屍鬼がひっくり返る。その上をタイヤで踏みつけながら、片桐はバイクを加速させた。

17

片桐の奮闘を背後に騒音として聞きながら、頼城と彩乃は横並びになって、霧の中を歩いた。

彩乃はショットガン、頼城は片桐の大型ナイフを持っている。ふたりとも満身創痍に近く、足取りも覚束ないが、それでも大地を踏みしめてゆっくりと歩く。

前にかざした手が見えなくなるほどの濃霧だったが、風が吹くたびにそれが流れて、数メートル先まで見通せるようになったりする。忽然《こつぜん》と目の前に大きな影が出現し、彩乃はギョッとして立ち止まるが、それは四角いコンクリの台座の上に立てられた外灯だった。

さらに少しゆくと、赤レンガをきれいに並べて囲まれた花畑の中に、日時計が作られていた。すっかり闇に閉ざされてしまったこの世界で、もはやそれは無用の長物と思われた。

その先に芝生を植えられた広場があった。全体が擂り鉢状の円形シアターのようになっていて、小さなステージが見えた。

その上が小さな赤い点描《てんびょう》に彩られていた。それらはすべて、この街のいたるところに見られるようになった、あの奇怪な赤い花なのだった。

なぜ、ひとつところにこんなに？

彩乃がそう思いながら目を凝らしていると、霧がさらに晴れてきた。

ステージの中央に架台があった。真っ黒な木製らしき太い柱が何本か立っていて、階段らしきものが作られている。

左右に渡された太い梁。その中央にロープが垂れていて、黒い人影がぶら下がっているのに気づいた。

頼城が足を止めた。彩乃も横に並んだ。

架台からまっすぐ下がっているのは太いロープだった。それを首に巻き付けたかたちで、黒衣の男が手足を垂らして宙《ちゅう》吊りになり、ゆっくりと揺れていた。

足許のステージに青い粘液がしたたり落ちて、

たまりを作っていた。

「〝司祭〟が、まさか？」彩乃が呆然とつぶやいた。

ふたりはそこに足早に向かった。

ステージの上、およそ一メートルばかりの高さのところに〝司祭〟の黒い靴があった。

両手は力なく垂れ下がり、ローマンカラーをつけた首――太いロープが食い込んだ喉の皮膚に無数の小さな皺が刻まれ、首全体が奇妙な角度で曲がっていた。頸骨が折れているのだとわかる。

その頭が傾いでいて、無表情な容貌があらぬ方を向いていた。血の気のない薄い唇が半開きになり、虚ろに開かれた双眸は、何も見ていないようだった。蓬髪《ほうはつ》が風に揺れていた。

「あいつが……まさか自殺なんかするはずないよね」

彩乃がいいながら頼城を見つめると、彼は黙したまま、石のように硬い表情で〝司祭〟の縊死《いし》体《たい》を見上げているのだった。

ふいに頼城は〝司祭〟の黒い服に手をかけた。彼が胸の辺りをまさぐると、そこが爆発したように大きく裂けていることに気づいた。

銃で撃たれたか。いや、もっとむごたらしい、大きな貫通創《かんつうそう》が、胸のど真ん中にポッカリと空いていた。ねっとりとした青い粘液がそこから流れ出し、黒い革靴の先からぽたぽたとステージの上に落ち続けている。

誰かに殺されたのか――彩乃がそう気づいたときだった。

背後から感じられ、突然、強くなった気配に、彼女と頼城が同時に向き直った。

すぐ目の前に小さな影が立っていた。

彩乃は目を凝らし、眉根を寄せながらいった。

「ミチル……？」

まぎれもない、それは藤木ミチルだった。〝司祭〟に拉致されたときと同じ、ジーンズにTシャツ姿。少しうなだれ気味に立っているのだった。

「まさか――」

いいかけたとたん、少年が両膝を突き、バッタリと倒れた。

あわてて駆け寄った彩乃が抱き起こす。それでなくても色白の子だったが、血の気を失って青ざめている。彩乃はミチルを抱きしめ、小さな鼓動と体温を感じた。

「〝司祭〟を殺したのは誰なの？」

薄目を開いているミチルに訊ねた。しかし彼はぼんやりと目の前にぶら下がる黒衣の男の姿を見たまま、しばし口を閉じていた。やがて力のない視線で彩乃を見て、首を振った。

「わからない」

「だったら、どうしてあなたは――」

なおもミチルに訊きたかったが、彩乃はやめた。

少年は疲れ切った顔で彼女によりかかっていたからだ。四肢も胴体もさらに痩せて、まるで体重が消え失せたようにミチルの躰は軽かった。囚われて以来、絶食状態だったのだろうか。

「おかしい」

頼城の声がして、彩乃は顔を上げた。

「〝司祭〟が死んだのなら、何か異変が起こるはずだ」

周囲を見渡しながら彼が言った。「街に呪いをかけた本人が死ねば、空間のバランスがいやでも崩れるはずなんだ」

周囲は相変わらず濃い霧に囲まれ、頭上には昏い空が広がっていた。

屍鬼たちの不気味な声もひっきりなしに聞こえてくる。

「〝司祭〟がそうじゃないってこと？　だったら、この街を盗んだのは誰？」

彩乃と目を合わせていた頼城が、ふいに別の方角を見た。

濃霧がゆっくりと流れていた。その中に影があった。

彩乃はミチルを抱きしめたまま、片手でショットガンを握った。白と灰色の川の流れのように、霧が右から左へと動き始めていた。しかし影はひとつところにとどまっていた。

「そこにいるのは誰だ？」

頼城が誰何《すいか》する。

ふいに笑い声が聞こえた。素《す》っ頓狂《とんきょう》な甲高い男の声。

霧の濃淡の隙間から、真っ赤な風船がふわりと浮かび上がった。予期せぬものが、意表《いひょう》を衝《つ》いた形で出現したおかげで、彩乃は激しく途惑った。その風船につけられた細い紐を握っている白い手袋。

霧の中から突如として出てきたのはピエロだった。

真っ赤なサンタ帽をかぶり、水玉模様の服を着て、先のしゃくれたブーツを履いていた。

「おいら、サーカスのピエロ。そちらのレディにはお初にお目にかかります」

おどけた口調でいい、ピエロは片足を下げつつ胸の前に手を当て、お辞儀《じぎ》をした。

下を向いたまま、こういった。

「頼城、貴様とは久しぶりだな？」

さっと上げた顔には凶相があった。

真っ赤に塗られた鼻と口。十字形にペイントされた目。コミカルなメイクのはずが、やけに怖ろしげに見えた。それは霧の中からぬっと現れたためではない。ピエロ自身が空気が凍り付くほどの殺気を放っていたのだ。

「すべてを操っていたのは、あなただったのね」

彩乃がいった。

「こいつのおかげで、いくつもの街や村が滅ぼされた。〝司祭〟の前任者だ。もっとも、昔はこんな滑稽《こっけい》な姿じゃなかったがな」

頼城の言葉に驚いた彩乃は、M870ショットガンの銃口を向けた。するとピエロは、大げさに怯えたゼスチュアをして、首を振りながら、二、三歩、後退った。

「おっと、早まっちゃいけないよ、お嬢さん」

ピエロが赤い唇を吊り上げて笑うと、そこから鋭い牙が覗いた。

「ミチルはもらっていくわ」

「そうはいかない」

ピエロの顔から笑みが消失した。白手袋の指先でミチルを指さす。

「その子はもうおいらの兄弟だよ」

「莫迦いわないで」

「だったら〝司祭〟を殺したのは誰だと思ってるんだい」

「まさか……」

ミチルを見下ろした彩乃の顔から血の気が引いた。

少年は無表情に彼女を見上げ、その手をふりほどくようにして、自分で立ち上がった。そうして少し離れたところで、ゆっくりと向き直り、彩乃をまっすぐに見つめた。

「ぼくの邪魔をするな」

「ミチル？」

近寄ろうとした彩乃を頼城が制した。

「あいつのいったとおりだ。ミチルは変貌した」

振り返って彩乃がいう。「もう取り戻せないっていうの？」

「ピエロを斃さないかぎり、だ。さもないと街から出ることもできん」

素早く彩乃の手からソウドオフ・ショットガンをとった頼城が、片手で射撃した。

耳をつんざくような銃声とともに、散弾が至近距離からピエロの胸の真ん中に命中したのがわかった。

一瞬、ピエロが驚いた顔をした。が、ふいに躰がCGかアニメーションのように縮まったかと思うと、水玉模様の大きなゴム鞠のようになって何度も跳ね飛び、霧の中に消えた。

甲高い笑い声が霧の向こうから聞こえてきた。

その場に残された赤い風船が、ふわりと浮かび上がり、空に向かって上昇していく。

「逃がすか！」

頼城が追った。ショットガンのフォアグリップを操作しつつ、走る。乱雑な靴音に混じって、プラスチックの空薬莢が転がる音がした。

彩乃はミチルと向かい合っていた。そっと彼に右手を伸ばそうとして、それをやめた。

殺気が強くなっていた。今ではくっきりとその波動を感じる。

「ぼくの兄弟を撃ったな」

ミチルが彩乃をにらんでいた。

「あなたは瞞されているの。私のことを忘れたの？」

小さな少年の全身に、目に見えないエネルギーが蓄えられているのを、彩乃は感じた。周囲の空気が重低音を放ちながら鳴動《めいどう》している。

鼓膜がどうかなりそうなほどだ。

突如、ミチルが立っているコンクリの足場に、放射線状に無数の亀裂が走った。

彩乃は小さく悲鳴を洩らし、跳び退った。姿勢を崩して転倒し、その勢いのまま、何度か転がって止まった。肉離れしていた右脚に激痛が走り、立ち上がれなかった。

大地が地震のように揺れていた。

「やめて！」

激しくかぶりを振りながら彩乃が絶叫した。

「ぼくらの邪魔をする奴は許さない」

ミチルが抑揚《よくよう》のない声でいい、ふっと眉間に皺を寄せた。

たちまち少年の前、空間がぐにゃりと歪むと、そこから光のボールが出現した。

彩乃は尻餅《しりもち》をついた姿勢のまま、後退った。

「やめて、ミチル！」

少年は彼女をにらみつけたまま、指さした。

「お前も死ね」

ミチルが創り出した〝スフィア〟が超新星のように強烈なスパークを放った。

七色の眩い光輝をまといながら、それはゆっくりと空中を滑り始めた。彩乃は大地に両手をつき、必死に脚を動かしてさらに後退ろうとした。

18

何度目の射撃、何度目の再装填《リロード》だろう。

片桐穣二はホンダのバイクを操りながら、右へ左へと釣瓶《つるべ》打ちの発砲を繰り返し、五十発ぐらいあった散弾実包が残り少なくなってきた。ジーンズのポケットに無理に押し込んでいた散弾を、腰の弾帯のループに差し込み、最後の戦いに備える。

屍鬼たちの攻撃は、いったんおさまっていた。

霧は濃くなったり薄くなったりしたが、けっして晴れようとしない。

自然現象ではなく、奴らが意図的にこれを操っている。だからだろうか、霧そのものが意思を持っているように蠢いていた。

片桐はバイクをアイドリングさせながら、不意打ちに備えて油断なく周囲を見る。

そのとき、久しく聞かなかった音が耳朶を打った。他のバイクのエンジン音。それもツーサイクルらしい甲高い排気音だ。

それが急速に接近してきたので、ハッと後ろに視線をやった。だしぬけに白い闇を突き抜けながら出現したライダーが、大きく口を開けて笑いつつ、左手に握った長大な刃物を斜めに振り下ろしてきた。

とっさによけようとして果たせず、片桐の右肩に激痛が走った。

肉が断ち割れて血潮が飛び、足許でザッと音がした。思わず転倒しそうになるのをこらえた。路面に大量の血液が落ちていた。自分のものだということが信じられなかった。

「野郎！」

片桐は歯を食いしばりながら叫んだ。

散弾銃を腰のホルスターに差し込むと、ギアをローに踏み込み、アクセルグリップを強くひねった。一瞬、前輪を宙に浮かせながら、ホンダ・シャドウ400が疾走する。

相手のバイクは、ヤマハ・セロー250らしい。ライダーは黒の革ジャンに黒いヘルメット。左手に長大な山刀を握っていた。マシェトと呼ばれるものだ。あれがまともに当たっていたら、腕の一本は飛んでいただろう。

だが、なぜ人間が屍鬼どもに加勢をする？

疑念が浮かんだが、理由を推測する余裕もない。黒いライダーはろくに制動をかけぬまま、片足を接地させてのテールスライド。地面に平行になりそうなほど車体を傾けて、急ターンをやってのけた。硬い路面にスタンドの先端が接触して、オレンジ色の火花が散った。

偵察部隊でさんざん鍛えられたバイクのターンテクニック。

路面にパイロンを置いてのタイトなターンから、オフロードでのラフなターン技術まで、徹底的に仕込まれた。しかし、あいつが見せつけたような凄い技は、未《いま》だかつてお目にかかったことがない。

「やってくれるじゃねえか」

片桐は歯を剥き出して笑い、相手の正面から突っ込んでいく。

双方がすれ違う瞬間、片桐はシフトダウンでエンジンブレーキをかけた。同時にホルスターからソウドオフした二連銃を引き抜く。

相手は左手にマシェトを握ったまま、躰を左に傾げながら切っ先を大地に接触させた。耳障りな金属音とともに、派手な火花を曳きながら黒いライダーが疾走する。

ふいに口を大きく開けると、そこから奇怪な声が放たれた。風を切ってカーブを描くマシェトの切っ先をかわすように車体を斜めに倒しながら、片桐は撃った。

至近距離から頭部に一撃。

黒いヘルメットに無数の小さな孔がうがたれ、その衝撃でヘルメット自体がすっ飛んだ。しかしライダーはバイクにまたがったまま、一気に二〇メートル以上、走ってから、また急制動とともにターンした。

そこで大地に両足をつけた。

片桐は見た。

二十代半ばぐらいの男。頬骨が出っ張り、目が落ちくぼんだ金壷眼《かなつぼまなこ》。

散弾がヘルメットを貫通したらしい。こめかみから口にかけて、小さな弾痕がびっしりと穿たれていた。おかげで顔半分が鮮血で真っ赤に染まっている。

それなのに男は平然とした顔だった。無表情のまま、何度もアクセルグリップをひねり、エンジンを空ぶかしさせている。

その姿の輪郭にぼうっと赤い光が宿り、オーラのように揺れていた。

「なるほど、てめえも化け物かい」

散弾銃をまたホルスターに突っ込むと、片桐は敵に向かってバイクを飛ばした。

戦いの高揚感で、右肩の刀傷の痛みすらも忘れていた。


お互いに武器を持つ手はひとつ。双方がその死角に飛び込もうと、バイクを右に左に旋回させる。

片桐はこまめなアクセルワークでバイクをコントロールしながら、相手の背後をとった。するとふいに革ジャンのライダーが逆ターンを切った。

敵はふたたび思い切って車体を倒しざま、深いバンク角をとりつつリアタイヤを滑らせた。摩擦でタイヤのゴムが焼けて、派手に黒煙を噴きながら、黒いライダーのヤマハ・セローが向きを変えた。

だが、向こうが加速する前に、片桐は彼我の距離を一気に詰めた。

「くたばれ！」

残る一発を、ライダーの胴体にぶち込んだ。

銃声とともに青白いマズルファイアがはため

く。散弾をまともに喰らった相手の男が両手をハンドルから離し、ふわっと宙に浮いて大地に落ちた。

片桐はすれ違いざま、バイクを停めて肩越しに振り向いた。

乗り手のいなくなったヤマハ・セローが、惰性で走り続け、やがて倒れた。

ライダーはすぐそこに俯せになっていた。その腹の下から、真っ赤な血だまりが広がっていく。

片桐はバイクのスタンドを下ろして降りた。

散弾銃の銃身を折る。エジェクターのバネに弾かれ、ふたつの空薬莢が小気味よい音とともに煙をまといながら飛ぶ。

新たな散弾実包を弾帯から抜き出すと、硝煙をくゆらせている二連銃の薬室にひとつずつ差し込み、銃身を戻した。

ゆっくりとライダーに歩み寄った。

俯せになっている男は、ピクリとも動かなかった。今度こそ、死んだはずだ。

そう思って踵を返したときだった。

背後にゴソリという音を聞いて、片桐は肝を冷やした。素早く向き直ると、ちょうど黒い革ジャンのライダーが地面に両手をつき、上半身を起こしたところだった。怪我ひとつしていないような、スムーズでなめらかな動きだった。

片桐は硬直した。

革ジャンの男は相変わらず無表情のまま、さも当たり前のように立ち上がった。

はだけた胸は文字通りの蜂《はち》の巣のように無数の弾痕があり、千切れた肉塊が赤い果実のようにぶら下がっていた。なおも噴き出しつづける血が、足許に音を立てて落ちていた。

それなのに、ライダーは冷めた顔で片桐を見て、いった。

「あんたの負けだ。ＦＵＣＫ！」

相手の左手に、まだマシェトが握られていることに、片桐は初めて気づいた。

跳び退ろうとしたが、わずかに遅かった。革ジャンの男は、その長大な刃物の切っ先を片桐の腹めがけて無造作に刺し込んだ。冷ややかな感触が胃袋を切り裂く。

片桐はあんぐりと口を開けた。

男がゆっくりとマシェトを引き抜くと、片桐は糸が切れたマリオネットのように、その場に倒れ込んだ。仰向けになりながら見上げる片桐の前、革ジャンの男が初めて表情というものを見せた。

それは凄絶な笑みであった。

19

霧をわけるようにピエロが走っていく。

その後ろ姿。赤い帽子に水玉模様のツナギが、やけにはっきりと見えた。

罠だということは、頼城にはわかっていた。

相手は自分をどこかに誘導しようとしている。だから、こんなよれよれの躰なのに追いつけそうに思えるほど、すぐ近くを走っているのだ。

しかし、追うしかなかった。

〝司祭〟が死んだ以上、あのピエロの姿をした悪魔を斃すしかない。

自分はともかく、ミチルや彩乃をこの〈ゾーン〉から逃がしてやらねばならない。あのふたりに未来を渡してやらねば――。

ふいにピエロが立ち止まり、振り向いた。

こちらをからかうように、片手を背中に回し、腰を折って前屈みの姿勢となり、胸に手を当ててお辞儀をしてみせた。

次の瞬間、すぐ横にある建物の入り口に消えた。頼城は散弾銃を両手で持ちながら、そのあとを追う。

入り口にかかっていたアトラクションの看板を、ちらっとだけ見た。

《ミラー・ダンジョン》

そう、書かれてあった。

両手でソウドオフ銃をかまえつつ、入り口から暗い中へと侵入する。

まるで胎内を思わせるような、真っ暗なせまい通路。頼城は闇に目を凝らし、周囲の気配に感覚をとぎすませながら、慎重に前進した。

黴臭い空気。

長い間、使われていなかったアトラクションなのだろうか。

ダンジョンとは迷宮《めいきゅう》のことである。遊園地に迷路は多いが、そこに鏡が使われているということか。そう思った矢先だった。

突然、光が瞬き、闇が払拭された。

その目映さに、頼城は思わず片手で目を覆った。

前方に人影を見つけて、すぐに銃をかまえた。

引鉄にかけた指の力を、ハッと抜いたのは、真正面に立っているのが自分自身だったからだ。

ボサボサの長髪にカーキ色の軍用コート。頼城は片目を眇め、おのれの姿を凝視した。

鏡の……迷宮。

ふと見れば、そこだけではなく、右にも左にも、無数の自分が立っていた。

真正面の姿もあれば、横向きのものもあった。

頼城が動けば、全員がいっせいに動いた。

あちこちにいくつも立てられた大きな鏡が、そんな魔法を現出させているのだ。

頼城は足早に歩く。足許の床にはドライアイスのような煙がたゆたっている。動きに合わせて、それがもわっと立ち昇り、千々に散ってゆく。

左右に視線を配りながら、頼城は歩き続ける。ピエロはどこだ？

くそったれ。あいつはどこへ隠れやがったんだ。

だしぬけに笑い声が聞こえた。頼城が振り向いた途端、まったく別の方角、彼の視野の隅に、赤い帽子と水玉模様の服がちらっと映った。向き直りながら、頼城はぶっ放した。

狭い場所に轟然と銃声が響く。

鏡が何枚も砕け散り、無数の砕片がきらめきながら舞い飛んだ。

沈黙が戻ってきたと思ったら、今度は別の方角から、口笛とからかいの声が聞こえて顔を向けた。音もなく走ってきたピエロが、すぐ目の前をジャンプして、鏡の一枚に飛び込んだ。そのままどこかに向かって走っていく後ろ姿が見えた。

歯を食いしばり、銃口を向けようとして、頼城はとっさにやめた。

弾丸はあと一発しかない。

あのピエロは常識を逸した存在だ。鏡に映った世界に自由に出入りし、こちらをからかっている。まるで合わせ鏡が創り出した無限の連鎖の中を悪魔が通り抜けるという伝説そのままではないか。

ピエロがここに頼城を呼び込んだ理由がそれだった。

幻惑によって頼城から闘志を奪おうとしてい

る。覇気《はき》をなくして疲労困憊《ひろうこんぱい》、こっちがその場にへたり込むのを、あいつは待っているのだ。

20

黒の革ジャンを着込んだ男。そのはだけた胸は、至近距離からの散弾でズタズタに引き裂かれていた。それにもかかわらず、男はにんまりと笑いながら、マシェトと呼ばれる長大な山刀を振り上げていた。

その前で仰向けになったまま、片桐は覚悟した。

俺は……ここで死ぬ。

天頂に向かって振り上げられたマシェト、その刃が弧を描き、風を切って振り下ろされるのを、片桐は待った。

その瞬間、短い異音を発して、男の顔面に孔が空いた。目鼻のある場所が爆発したように血潮を飛ばし、眼球や歯が飛び散った。

直後に銃声が届いた。

ライフル独特の、長く尾を曳く発砲音。音よりも速く弾丸が飛来した結果だ。

顔面に擂り鉢状の孔をうがたれたまま、革ジャンの男はゆっくりと仰向けに倒れた。鈍い音とともに背中から地面に叩きつけられ、そのまま動かなくなった。

片桐はうめいた。立ち上がろうとしても果たせない。

そりゃそうだ。腹にでかい孔が空いちまった。

地面に頭を落とし、彼はハッと息を洩らした。白い呼気が風に流れた。

足音が近づき、ふと見上げると、ふたつの顔がこちらを見下ろしていた。

「しっかりして!」

病院に立てこもっていた女子大生たちだった。

ふたり立っているうちの片割れが、木製ストックにスコープがついたライフルを持っていた。たしか豊和工業製の奴だ。警察でSATが使ってるというモデルだ。

こいつら、いつの間にこんな芸当を——。

片桐は声を出せなかったが、躰を小刻みに揺らして笑った。

すぐ近くに救急車が停まっていた。なるほど、彼女たちはそれで駆けつけてきたのだろう。そのまま俺を救急病院に運んでくれたらいいのだが、あいにくとここはまっとうな世界じゃねえんだ。

「恵理香。奴らが来た。この人を車に運ぶのよ」

娘の声がした。片桐はまた上体を起こそうとしたが、やはりダメだった。周囲から異様なうめき声や笑い声が近づいてくる。屍鬼たちが襲ってくる。

間近で発砲音が聞こえた。もうひとりの女子大生が、どこかに向かってガスオート式の散弾銃を連射している。派手な銃声に混じって、濃霧の中からけたたましい叫び声が聞こえてきた。

躰を何とか横向きにして、片桐は腰のホルスターから散弾銃を抜いた。

散弾は二発とも装填されたままだ。それを周囲に向けようとしたが、手に力が入らない。

屍鬼なんか怖くない。

へへっと笑った。

俺の鬼女房に比べたら、てめえらなんざ……。

ふいに躰が引きずられた。

ライフルをスリングで斜交いに肩掛けした娘が、片桐の両脇に手を入れて、後ろ向きに引っ張っている。どこかに運ぼうとしているらしい。

火事場の莫迦力というが、体重八〇キロの俺をよく動かせるものだ。

腹の傷さえなければ。

首をひねるように、後ろを振り向いた。娘の腰の向こうに、救急車のリアゲートが見えてきた。

「もうすぐよ！」

ライフルをかけた女子大生が叫ぶ声が聞こえた。

獣のような屍鬼どもの絶叫が、さらに近づいてきた。

21

――頼城！

また声がして、振り向いた。

鏡のひとつから突き出した白い手袋、その指が中指を立てたかと思うと、ひらりと軽やかに振られ、また鏡の中にすうっと入っていった。

――こっちだ、頼城！

エコーをともなった声が聞こえたかと思うと、赤と白の水玉模様の影が、すぐ右側を駆け抜けるのが見えた。それを追って走ろうとしたとたん、自分の姿が間近に迫ってきて、頼城は鏡のひとつにまともに激突してしまった。

鏡面に蜘蛛の巣状のひび割れを描いて頼城は仰向けにひっくり返った。

そんな無様な姿をどこで見ていたのか、また耳障りな笑い声が響いてきた。

立ち上がりざま、彼は走った。

また鏡にぶつかり、もんどり打ったと思ったら、他の鏡に思い切り背中をぶつけた。ガラスが派手に砕ける音がした。分厚い軍用コートの腕が斜めにすっぱりと裂けて、肘の辺りから血が滲んでいた。

これでは奴の思うがままだ。何とかしなければ。

そう思ったとき、いきなり背後から白手袋がふたつ伸びてきて、頼城の首を怖ろしい力で締め付けた。片手でそれを引きはがせないため、右手に持っていた散弾銃の銃口を脇の下から後ろに向け、引鉄を引いた。

壮絶な銃声とともに、また鏡が砕け散った。だが、ピエロの姿は忽然と消失していた。

頼城は肩を揺らして荒い息をついていたが、ふいに右手の銃を見た。弾丸はない。だが、まだ役に立つ。その銃身を両手で握って、台尻を鏡のひとつに叩きつけた。破砕音。鏡が粉々に砕ける。また別の鏡に向かってストックを振り落とす。

次々と鏡が割れていく音が、絶え間なく続いた。

そこらじゅうの鏡を破壊したはずが、まだ右手に頼城の姿が二重、三重になりながら映っていた。その青白い顔。口許から血がしたたり落ちている。

ふいに苦悶に顔を歪め、彼は歯を食いしばって耐えた。

ついに来るときが来た。そうなのか。

「まだ……早ぇぇってんだ、こんちくしょう」

独りごちながら、よろよろと歩いた。

肉体は限界にさしかかっている。もうとっくに二百年の寿命を終えてしかるべきところなのに、彼はその死を先延ばしにしていた。本来、許されない力を使って、ギリギリのところで生き抜き、戦ってきた。

しかし、もうこれ以上は無理だ。

その場に片膝をついたとき、またどこか近くで笑い声がした。

最後の力を振り絞り、彼は腰に吊していた片桐のサバイバルナイフを革鞘から引き抜いた。それをかまえて、声のしたほうに投げようとしたとき――

頼城の動きが止まった。

眼前に、二体の〝スフィア〟が浮遊していた。

わずかに揺れながら横並びに空中静止している。その中に、頼城はふたつの小さな姿が捕らえられているのを見てしまった。

三宅順と中道弥生。ともに胎児のように躰を丸くして、目を閉じていた。ふたりは捕まり、中に幽閉《ゆうへい》されているのだ。

ピエロが〝スフィア〟の後ろに立っていた。コミカルな顔はどこかに消えて、吊り上がった双眸、牙を剥きだして凶々しい笑みをたたえながら、頼城にいった。

「この〝スフィア〟は、ただの球だ。ガラスのボールのようなものだ。だから、たたき落とせば粉々に砕け散るぞ」

ピエロがいった意味を頼城は悟った。「俺が憎ければ、そんなに俺を斃したかったら、そいつらを壊してこっちへ来い」

「断る……」

「どうしたよ？　子供を大勢殺してきたといったな、頼城。だったら、この子たちふたりぐらい、何ともないだろう？」

「何がいいたい？」

「簡単な理屈だよ。お前と俺との間にある敷居は、実のところ、そうは高くはない。ちょっとしたことで越えられるのさ。こうして手を貸してやれるんだぜ。そしたらお前は永遠に死なずにすむ」

「その手には乗らないさ」

ピエロはあからさまな落胆の表情を浮かべた。

「ジュリアン神父はあっさりと誘惑に乗ってきたものだが」

「俺は奴とは違う」

よろめきながらも、頼城はかろうじて立っていた。

激痛が躰の中から発して、全身が燃えるようだった。体内の細胞という細胞が、それぞれの働きを終えて朽ち果てようとしている。

視野が暗くなり、呼吸もすでにままならない。自分はこうして仁王立ちになったまま死んでゆくのだ。

頼城の右手から、大型ナイフが音を立てて足許に落ちた。

両膝が落ちて、そのまま俯せに倒れた。虚ろな目をピエロに向けようとしたが、果たせなかった。呼吸が次第に浅くなってゆく。

「残念ながら有終《ゆうしゅう》の美とはいかなかったな。俺の申し出を断ったことには腹が立つが、その滑稽なお前のその死に様に、俺は満足しているよ。今までさんざん邪魔をしてきた報《むく》いというものだ」

ピエロはふたつの〝スフィア〟をもてあそぶように、掌の上に浮かせていった。

「さぞかし悔しかろうな、頼城。どだい俺を斃すなんて、はなっから無理な話だったのさ。何しろ、俺には殺すべき肉体という実体がないんだからな」

そうして鋭い牙を剥き出し、大げさに頭を振って笑い出した。

頼城は鏡の間の床に突っ伏したまま、最後の呼吸を終えようとしていた。

無念ではあったが、なすすべもない。

これでもう本当のタイムアウトだ。

せめて彩乃たちを、この街から脱出させてやりたかった。

未来を約束してやりたかった。

今となってはそれもかなわぬ願いだ。

よく、人が死ぬ間際に、過去の出来事が走馬燈のように心をよぎると話を聞いた。しかし、頼城にそんなものは現れなかった。ただ、ひたすら暗い深淵《しんえん》に向かって魂が落ちていくだけだ。

そりゃそうだ。頼城はひそかに笑う。

二百年ものこの長い人生を、どうやって一瞬で回顧《かいこ》しろと？

暗黒に溶け込んでゆく最後の意識の中で、ピエロの最前の言葉を思い出した。

——俺には殺すべき肉体という実体がないんだからな。

高らかな笑い声が、いつまでもリフレインしていた。

頼城茂志は、そうして死んだ。

22

黒沢恵理香は片桐の躰を何とか救急車の後ろまで引きずってくると、開けっ放しだったリアゲート下の搬入口から入れようとした。

しかし車のフロアには高さがある。しかも男の体重がありすぎてどうにも動かない。

本人はあの暴走族の男と戦って勝ったはいいが、最中に何か鋭利なもので腹を刺されたらしい。そこから大量に出血して意識を失いかけている。

救急車の周囲をびっしりと覆った屍鬼たち。

その包囲の輪が狭まりつつあった。

恵理香は闇に目をこらした。醜悪な形状をした百鬼夜行の群れだった。

人の悪夢から生み出されたという異形の化け物たち。御影町という小さな街の住民を皆殺しにして、これがその仕上げだとばかりにひしめき合い、迫ってくる。

私はただそれに巻き込まれただけ。最初はたしかにそう思っていた。

けれども、何というのだろう？　こうして彼らとともに戦っているうちに、自分の中に何かが目覚めつつあるのを感じた。それとともに、大きな運命の流れのようなものを感じ、自分自身もその中に最初から組み込まれていたのだと思えるようになった。

だから、畏れることなく戦える。

「恵理香、早く！」

摩耶が叫びながら、また二発連射した。

こちらを振り向いたとき、彼女の長い黒髪がさっとひるがえった。その艶やかな柔らかさに、恵理香は一瞬、魅せられた。

日頃、テニス・サークルで知っている荻島摩耶とは違う、白いミニスカートをひるがえして、コートでラケットを振っていたときの摩耶とは明らかに異なる、きわめて蠱惑《こわく》的なオーラのようなものを、彼女はいま放っているのだった。

そう。摩耶は確実に輝いていた。

摩耶の弾丸が尽きた。散弾銃を放り出しながら、こっちに向かって走ってくる。

早くこっちへ——恵理香がそういおうとしたとき、
上空から黒い影が降りてきた。

鷲のような巨大な翼を打ち振って、それは急降下してくると、巨大な鉤爪で摩耶の躰をがっしりとつかんだ。

不意を衝かれた摩耶は抵抗もできなかった。

長い髪を振り乱した女の屍鬼の顔が、真っ赤な唇を吊り上げてニヤリと笑った。

人面鳥。

それは無数の羽毛を舞わせながら翼をしきりに振り、摩耶の胴体をつかんだまま飛び立った。

恵理香は言葉にならぬ絶叫を放ちながら、肩掛けしていたライフルをとり、ボルトを引いてかまえた。スコープ越しに標的を捉えようとしたが、摩耶の躰が射線に入って引鉄を絞れない。

五〇メートルばかり上空に昇ったのち、人面鳥は無造作に摩耶の躰を引き裂いた。

血肉といっしょに手足や胴体が降ってきた。

「いやぁぁぁ！」恵理香が悲鳴を放った。

周りを包囲していた屍鬼どもが、いっせいに笑い声を放ち、奇怪な叫びを響かせた。

奴らがいっせいにかかってこないのは、これを余興《よきょう》だと思っているのだろう。

屍鬼は上空で黒いシルエットとなりながら、ゆっくりと二周ばかり旋回し、それからまた急降下に入った。翼を折りたたむようにすさまじい速度で降りてきた。

恵理香は目を見開いたまま、立ちつくしていた。

人面鳥が急降下してくる。まっしぐらに。

その顔が、人間の女の形状をそっくりコピーした容貌が、口を吊り上げて笑っている。獲物を手中に収めたと哄笑《こうしょう》している。真っ白な顔の額に、ふたつの角が生えているのが、はっきりと見えた。

恵理香は覚悟した。摩耶と同じ最期を迎えるのだ。

そのとき、彼女と魔物の間に、何かが入った。

ハッと目を見開き、恵理香は見た。

片桐穣二だった。

渾身《こんしん》の力を込めて身を起こすと、降下してくる屍鬼と恵理香の間に立った。

女の顔をした鳥の屍鬼を見ながら、ふいに片桐は肩を揺するように笑い始めた。

「こいつは傑作だ。たまげたな、うちの女房にこんなところで再会できるとは」

次の瞬間、鋭い鉤爪が片桐の頭と胴体をガッチリと挟み込んだ。

ばさばさと巨翼を打ち振り、女の顔をした屍鬼は獲物を持ち上げにかかった。嵐のような風が起こって、恵理香のポニーテイルの髪を乱した。

だが、片桐は救急車のリアゲートに手を伸ばし、その把手をつかんでいた。

強力な鉤爪を腹や頭に食い込まされつつ、その手を離そうとしない。怪鳥はけたたましい声で叫び、怒りの声を放った。女の屍鬼の憤怒の顔。

「ライフルを撃て！」

上昇しようとする屍鬼に抗《あらが》いながら、片桐がいった。

しかし彼の躰が邪魔になって、相手の急所である胴体や頭を狙うことができない。

もう一方の手を上げると、片桐は自分自身を拇指で差した。「ここをしっかり狙え。胸の真ん中だ。ライフルの弾丸なら俺を貫く。一発でこいつを仕留めるんだ」

「でも――」

「どうせこの傷じゃ、助からねえよ」

屍鬼の打ち振るう翼のすさまじい羽音と風の中で、片桐がいった直後、屍鬼の力に負けて、ついにリアゲートから手が離れた。

一瞬にして、ふたりは空に飛び立つ。さっきの摩耶と同じだ。空中で躰を引き裂かれてしまう。

上昇していく標的。恵理香は五倍に倍率を固定していたスコープの十字線の真ん中に捉えた。片桐の苦しげな顔が見えた。だが、あえて息を止めて引鉄を絞る。

下腹に響くような銃声とともに、パッと鳥の羽が舞い散り、巨鳥がきりもみになって落ちてきた。そしてもうひとつの影も。

恵理香は目を閉じ、鈍い落下音を耳にした。唇を噛みしめ、嗚咽した。


いつまでも悲しみにひたってはいられなかった。救急車を包囲していた屍鬼たちが、またぞろぞろとにじり寄ってきた。

恵理香は涙を振り払い、すぐにライフルのボルトを操作して、空薬莢を真横にはじいた。真鍮製のそれがチンと乾いた音を立てて舗装の上を転がっていく。

リアゲートを閉めると、車内を走って運転席に座った。

ずっとアイドリングさせていた救急車。燃料計を見ると、あとわずかだったが、シフトレバーをドライブに入れ、強引にアクセルを踏み込んだ。

異音を放ちながら車が苦しげに走るので、サイドブレーキをかけたままだとようやく気づいた。それを解除したとたん、ロケットエンジンに火がついたように救急車が加速した。

前方に立ちふさがっていた数匹の屍鬼どもをはね飛ばし、タイヤの下に押しつぶした。

23

ピエロは呪術を解いた。

空中に浮かんでいたふたつの〝スフィア〟がゆっくりと足許に下降すると、パッと光彩を放って消えた。

そこに横たわっているのは、三宅順と中道弥生。ふたりの少年少女。

頼城が死んだ今となっては、こいつらは人質としての役にも立たない。さっさと屍鬼どもの餌にしてしまおう。そろそろここは〈店じまい〉だ。

ミチルのことを想った。

あの少年は深町彩乃といっしょにいる。ミチルの覚醒が本格的に始まれば、あの娘は最初の犠牲者となるだろう。あの子には世界を滅ぼすだけの力がある。それを操るのは自分だ。

〝司祭〟という飛車を棄てて王手をとった。

我ながら素晴らしい奸計《かんけい》に、ピエロは満足した。

砕けた鏡が散乱している部屋から出ようとして、ふと足を止めた。

奇妙な気配に気づいたのだ。

ピエロが背後を見た。

床の上に俯せになった頼城茂志の遺体。そこに違和感を覚えた。じっと見ているうちに、その輪郭がわずかに揺らいでいることに気づいた。躰全体がオーラの光を放っている。

なんだ、これは？

ピエロは凝然と見つめた。

ふいに頼城が上半身を起こした。驚くピエロの目の前で、彼はゆっくりと立ち上がった。

しかし頼城の死体は俯せになったままだ。肉体とオーバーラップしたように、半透明でそっくりな姿が起きてきたのである。

その刹那、ピエロは悟った。眼前に立ち上がっている頼城の姿は淡い光に包まれ、その輪郭が不安定に揺らいでいた。そこに思念を感じた。怒りの思念を――。

お前はまさか。

ピエロが後退った瞬間、頼城が不敵な笑みを浮かべた。

――肉体という実体がないから斃せないといったな？　これでどうだい。お互いにフィフティ・フィフティだぜ。

さらに後退ったピエロに、頼城が襲いかかった。

まともにアッパーカットを喰らってのけぞり、つづけてフックを頬にたたき込まれた。

ぶっ飛んで仰向けに倒れたピエロ。そこに距離の常識を無視して、瞬間移動するように一瞬にして間合いを詰めた頼城が、馬乗りのかたちになって胸に手を押しつけてきた。

ピエロは怯えた顔で彼を見上げ、顔を振った。

やめろ。俺をどうするつもりだ？

頼城はニヤリと笑った。

――これでお前に引導を渡せる。

だしぬけに彼の右手がピエロの胸郭に突っ込まれた。ピエロが大きく口を開いた。頼城の右手は相手のドクドクと熱く脈打つ心臓を無造作に握った。

ピエロが身をよじった。

大きく口を開き、並んだ鋭い牙の間から、断末魔の声が洩れた。

（フングルイ……ムグルウナフ……クトゥグア……フォマルハウト……ンガアグア……ナフルタグン……イア！……クトゥグア！）

その奇怪な呪文の最中、頼城が最後にこういった。

——彩乃。こいつが俺のアフターサービスだ。

心臓を掴みだした頼城は、それを両手で引きちぎった。

まっぷたつにしたものを、遠くへと投げて棄てた。

頼城は動かなくなったピエロを見下ろしていた。

ピエロは胸のど真ん中に大きな孔をうがたれたまま、蒼い炎を上げて燃え始めた。その躰がアイスクリームのように溶け始めたのを見てから、ゆっくりと立ち上がった。

頼城の姿がまた揺らいだ。彼の躰を包んでいた光が強くなり、ふいに消えた。

残されたのは頼城茂志の遺体と、ふたりの少年少女たちだけだった。

24

深町彩乃は仰向けになったたまま、思念の力で〝スフィア〟を止めていた。

ありったけの気力を使い、その突進を押しとどめていた。

七色に光る光球の向こうにミチルが立っていた。

満面に汗をうかべ、壮絶な形相で力を使う彩乃とは対象的に、場違いなほど涼しげな顔をしていた。それでいて強烈な思念をもちいて、閃光を放つ光のボールを彩乃にぶつけようとしている。

もう、だめかもしれない。

そんな思いにとらわれて、彩乃は顔を歪めた。

よりにもよって、この子に殺されるとは——。

自分が守るべき存在に滅ぼされるなんて。

そうしているうちにも、〝スフィア〟は迫ってきた。ヒュンヒュンとヘリのローターが風を切るような音を立てながら、徐々に視界の中で大きくなってゆく。虹のような色彩を放つ光をまといながら、プロミネンスの真ん中で、メタリックな真球が高速回転している。

それにしても――ミチルが創り出した〝スフィア〟は美しかった。

彩乃は呆然とした眼差しで、それに見とれた。催眠術にかかったように虚ろな目となった。

そのとき、ふいにあるイメージが脳裡に浮かび上がってきた。

電車の車輛。いっせいに揺れる吊革。

鉄橋を渡るときの、がたんごとんという騒音。

最初に藤木ミチルに出会ったときだった。

東部電鉄の二輛編成の電車の中、ミチルはロングシートの座席に、ひとりぽつねんと座っていた。車窓の外、流れる景色をじっと見つめたまま、その白い横顔。眦《まなじり》から一筋の涙が光って落ちていた。

彩乃はその姿に魅せられた。

少年の姿、彼の涙が、とてつもなく美しく思えた。

その瞬間から、彩乃の時の流れが変わった。人生が一八〇度、コペルニクス的といえるほどの転回をなしとげた。いままで想像もしたことのない世界が彼女を待っていた。

つらく、苦しく、恐怖に満ちた日々。

しかしその苦境を支えたのは、ひとえにミチルの愛らしい姿だった。

私はこの子に会うために生まれた。そして今も戦い続けている。だから彼の存在を疑うことをやめよう。心の底からミチルを信じよう。

彩乃はゆっくりと目を開いた。

目の前に、少年が立っていた。涼やかな目をした端整な顔立ち。

「ミチル……？」

少年は返事をしなかった。しかし、ほんのわずかだが、唇が笑みのかたちを作った。

〝スフィア〟はまだふたりの間に浮かんでいたが、さっきのような強烈なエネルギーはなかった。

彩乃は彼が呪縛から解き放たれていることを知った。

25

一〇〇メートルも走らないうちに、黒沢恵理香は救急車のブレーキを踏んだ。

霧は相変わらず立ちこめていたが、当初よりも薄れていて、かなりの距離まで視界が確保できる。救急車のふたつのヘッドライトに照らされて、前方に人影が確認できる。

ふたりいた。

ひとりは仰向けに倒れていて、もうひとりがそのすぐ近くに立っていた。

倒れているのは若い女性。吉倉京介たちといっしょに病院にやってきた二十代半ばの娘で、名は深町彩乃といった。

すぐ傍で、それを冷ややかに見下ろすように立っているのは、見たこともない小柄な少年。小学校の上級生ぐらいの年齢だろう。

双方の間に、輝く光球が定位していた。

恵理香は助手席に横たえていたライフル銃を掴むと、ドアを開けて、外に出た。

台尻を肩付けして、恵理香はライフルをかまえた。

二キロ以上ある重さの狙撃銃が、今ではすっかり躰に馴染んでいた。

ラケットよりも重たい物を持ったことがないと、かつて恵理香のお嬢様ぶりをからかったのは摩耶だった。しかしこの短い間、現実のどんな戦場よりも過酷《かこく》で怖ろしい経験を積んでいくうちに、彼女はいっぱしの戦士となっていた。

豊和M1500。ボルトアクションのライフルを躰に引き寄せるように保持し、右肘を上げて台尻をその腕の付け根にあてがいながらかまえた。

縦よりも左右に長いワイドタイプのスコープ、十字レティクルの真ん中に捉えた標的は——小さな少年。

屍鬼だ。

恵理香はそう信じて疑わなかった。

ライフルに装填された弾丸は、最後の一発。絶対に外せない。

引鉄に力を加えようとした瞬間、霧が視野を覆った。恵理香は舌打ちをした。

26

「あなたに会いたかった」

深町彩乃はそういった。

ミチルがうなずいた。ぼくを助けに来てくれたんだね。

その心の声を、彩乃ははっきり聞き取ることができた。

不意に顔を歪め、彩乃は唇を噛みしめた。思わず熱い涙が湧いてきた。

あなたはぼくを守ってくれた。そう、ミチルはいった。

これからもずっと、ミチルを守って生きていくわ。彩乃は答えた。

ミチルがそっと目を閉じると、傍らに浮いていた〝スフィア〟が色を失っていき、やがて空間に吸い込まれるように消えた。同時に空気に張り詰めていた緊張感が消失した。

しかしながら、それがゆえに彩乃が見逃していたものがあった。

周囲を取り巻くようにたゆたっていた濃霧。その中にいくつも蠢いていた影のひとつが、ゆっくりと姿を現した。

猫背気味に立ったそれは、鋭い爪を生やした手を開いたり閉じたりしていた。

彩乃は振り返って、それを見た。

巨大なワニの頭を持つ、人間型の屍鬼だった。

そいつは低い唸り声を発したかと思うと、彩乃とミチルめがけて突進してきた。

意表を突かれた異形の出現に、彩乃は金縛りにあったように動けずにいた。

屍鬼は巨大な顎を開けると、強靭《きょうじん》な両脚で大地を蹴り、ジャンプしてとびついてきた。

とっさに右手で防ごうとしたところに、青緑色の鱗にびっしりと覆われた屍鬼の長い顔が来た。カミソリのような牙がびっしりと並んだ口蓋、それが彩乃の右腕を捉えた。

容赦なく咬まれた。大量の血がほとばしる。激痛に彩乃はのけぞり、悲鳴を上げた。

27

視界を灰色一色に塗りつぶしていた霧が、また音もなく流れ、つかの間の視界が確保できるようになった。

望遠スコープ越しに、黒沢恵理香は一部始終を目撃した。

少年と向かい合っている彩乃。その間に浮かんでいた光の球が、忽然と消滅した。

呆気にとられた瞬間だった。彼女に屍鬼の一匹が襲いかかった。

恵理香はスコープの十字レティクルの照準を、少年からその屍鬼へと移動させた。

いま、迷いは消えていた。

弾丸はあと一発。

28

のしかかってきたその屍鬼は、奇怪な雄叫びを上げた。露になった彩乃の喉笛《のどぶえ》を食いちぎろうと、おぞましい鼻息を吹き飛ばしながら頭を近づけた。

彩乃は死を覚悟した。

刹那、彩乃にのしかかっていたワニのような屍鬼の頭部が爆発した。

わずかに遅れて届いた銃声。とっさに見た。

一〇〇メートルばかり離れた場所に、救急車が停まっていた。

その運転席の横にジーンズにポニーテイルの若い娘が立ち、スコープを装着したライフルをかまえている。銃口から細く硝煙がたなびいている。

ヘドロのように悪臭を放つ粘液。顔に飛び散ったそれをぬぐいながら、彩乃はよろりと起き上がった。

右手の傷が深く、激痛が突き上げてくる。左手でそれを押さえながら目を閉じた。

駆けてくる足音。

「彩乃さん、大丈夫？」

ポニーテイルの娘が心配そうに見下ろしている。

名前をようやく思い出した。たしか黒沢恵理香だ。

大丈夫と返答しようとして、声が出ないことに気づいた。苦痛が腕から脳へと駆け上ってきている。

ミチルが気になった。何とか膝立ちになれた。眩暈《めまい》がして、また倒れそうになったが、彩乃は傍らに立っている少年を見た。

ミチルは無事だった。

彩乃はよろめきつつ、這い進み、少年の横に片手をついた。端整な色白の顔を間近から見つめた。

ずっと横顔を見せていたミチルが、ふいに振り向き、彩乃を正面から見つめた。

小さな唇をすぼめて笑う仕種《しぐさ》。

頬の両側に、わずかに笑窪ができることを、彩乃は初めて知った。

濃霧が音もなく流れていく。

視野いっぱいに覆っていた白い霧が、みるみるうちに散り散りになって消えていた。

それとともに、そこらじゅうを徘徊し、蠢いていた異形の者どもが、さながら潮が引くように周囲から去っていった。

彩乃は片桐穣二の最期を聞かされた。他の女子大生たちのこと、そして――吉倉京介。

「あなたのこと、愛しているっていってたわ」

恵理香の声に彩乃はうなずいた。「知ってる」

頼城茂志の居場所を教えてくれたのは藤木ミチルだった。

彼は幻視したという。鏡の立ち並ぶ間に三宅順や弥生とともに横たわっている、と。

鏡といえば他に思い当たらなかった。〈ミラー・ダンジョン〉と入り口に書かれたアトラクションの建物である。

無秩序に増築され、建て増しされた欧米の家屋のように、奇妙なかたちで作られていたその建築物の入り口から、彩乃たちは入っていった。

狭い通路を抜けると、そこは無数の鏡を立てられた迷路になっていて、なるほどタイトル通りの鏡の迷宮（ミラー・ダンジョン）だと彼女は思った。

そのうんざりするような複雑怪奇な迷路を歩く。入り組んだ通路を抜けたところで、あちこちの鏡が徹底的に破壊された場所があった。

フロアの真ん中に、頼城茂志が仰向けに倒れ、息絶えていた。

傍らにはレミントンM８７０ソウドオフ・ショットガンが転がっていた。

三宅順と中道弥生も近くに横たわっていた。

恵理香がふたりを介抱し、やがて順たちは目を覚ました。彼らの話によると、遊園地に向かった恵理香たちを追いかけようとしたところ、ピエロの姿をした不思議な怪人に出会い、抵抗しようもなく、小さなボールのようなものの中に閉じこめられてしまったという。

彩乃たちが見た、あの悪魔に違いなかった。

「ピエロは？」

彩乃が問うと、ミチルがいった。「もういない」

「いないって？」

「頼城さんが連れて行った。とても昏くて深いところへ――」

彩乃はまた仰向けに横たわる頼城の遺体を見

つめた。「やっぱり、そうだったの」

だから、ミチルは解放されたのだ。彩乃はそのことを確信した。

落ちていたショットガンを拾い、銃身を膝に挟みながら、怪我をしていない無事なほうの左手で薬室と弾倉に散弾を装填してからショルダーホルスターにもどした。

もう一度、頼城の遺体の傍に膝をつき、彼の死に顔をじっと見つめた。

頼城茂志は虚ろな目を開いたまま、そこに横たわっていた。もはや何の光も感じないだろう冷めた双眸を、彩乃はしばし見つめていたが、ふいにゆっくりと顔を寄せ、冷たい唇に自分の唇を押しつけた。

「あなたの運命は、私が引き継ぐわ」

そういって目を閉じ、彩乃は涙を流した。

29

迷宮から外に出ると、驚いたことに夜が明けていた。

濃霧はすっかり消えている。

東の空がわずかに曙光に彩られ、オレンジや赤色の縞模様が雲底に幾重にもなって見えていた。たしかな朝の空気の匂いがした。

もうこの街には二度と朝なんか来ない。彩乃だけではなく、誰もがそう思っていたはずだ。

しかし、ここは異空間だった。

御影町は二度と現実の歴史に戻ることはない。街はすでに人々の記憶から消え、滅び去ってしまったのだ。

遊園地のどこかから、恵理香がキーを差し込まれたままの車を調達してきた。臙脂《えんじ》色のボディのトヨタ・ハイラックスだった。

頼城茂志の遺体をその荷台に載せているうちに、空は白々と明けて、東の山の端《は》から朝日が差し込んできた。

空が青かった。

鮮やかに、目が滲みるほどにブルーだった。

出発の準備を整えて、最初に恵理香がハイラックスの大きな助手席に乗った。それから三宅順と中道弥生がタイヤに足をかけながら荷台に乗り込んだ。

「ミチル。行くよ」

彩乃が痛む足を引きずって歩きながら、少年に声をかけた。

なぜか返事がなかった。さっきまですぐそこにいたはずなのに。

いやな予感に、彩乃は周囲に目を配った。そして、ある場所で視線を止めた。

円形劇場のようになったステージ。そこに違和感を覚えた。

架台からぶら下がっていた〝司祭〟の遺体が、忽然と消えていたのである。階段を上った先に、ただ輪になった太いロープだけが、ゆらゆらと風に揺れていた。

空気が張り詰めていた。

まるで屍鬼が出現するときのように、冷ややかな風が吹いていた。

空気が震えていた。

彩乃はショルダーホルスターのホックを外すと、無事なほうの左手でそっとソウドオフ・ショットガンを引き抜いた。初弾は薬室に装填されている。セフティを解除した。

「彩乃さん……」

ハイラックスの助手席から、恵理香が顔を突き出していった。

その瞬間、異変が起こった。

辺りの視界がモノトーンに変調し、眩い朝日が消えて、周囲が急速に薄闇に払拭されていったのである。

同時に風が吹いてきた。危険をはらんだ怪しい風。

だしぬけに甲高い音を耳にして、彩乃は横っ飛びにそれを避けた。

背中をかすめるように、青白い光球が飛び抜けていった。

ヒュンと音を立てて、それは空中で静止した。

見ている彩乃の目の前に、黒衣の男が立っていた。藤木ミチルを前に立たせて、その顔を下から片手で押さえていた。

魔人の青白い相貌《かお》を、彩乃はにらんだ。

「生きていたの？」

〝司祭〟は片眉を吊り上げ、頬骨の突き出した顔に薄い唇を吊り上げて笑った。

「おいそれとは死ねん。我が希求《ききゅう》をこの手に得るまではな」

黒衣の男と少年、その周囲を青白い光球がゆっくりと回っていた。それが放つ異音が断続的に高まったり低くなったりして聞こえる。

「この子はもらってゆく」

「そうはさせない」

いいはなちざま、助手席のドアを開けた恵理香が、散弾銃をかまえた。

〝司祭〟は哀しげな表情を浮かべた。

「遊びの時間は終わりにしよう。お前たちはここで死に、私はこの子を連れて去る」

魔人がいった瞬間、周回していた〝スフィア〟が恵理香に向かって飛んだ。そのスピードに恵理香は逃げる余裕もなかったはずだ。

しかし、止めたのは彩乃だった。

〝スフィア〟は光の残像を曳きながら、まっしぐらに標的に向かったはずだった。その途中で、急制動がかかったように停まり、次の瞬間、千の星屑《ほしくず》となって爆発した。

黒衣の男がまた片眉を上げて、ほうと不敵な笑みを見せた。

「ほう。〈力〉を増したようだな、女」

彩乃はうなずいた。「経験のたまものよ」

「だがな、お前が人間である限り、私を斃せはしない」

そういった〝司祭〟の周囲の空気が、陽炎のようにユラユラと揺れ始めた。空間が歪み、邪悪な力が増してきている。

彼は最後に何かをしようとしている。彩乃にはそれがわかった。思念のパワーで、ここにいる人間を、一瞬にして消滅させようとしているのだ。

彩乃は息を洩らし、それから吸い込んだ。

そっと目を閉じ、自分の中に燃えているものを意識した。その熱さを感じた。

ゆっくりと瞼を上げ、澄み切った双眸を〝司祭〟に向けた。

「私が人間だって誰が決めたの？」

「何？」

黒衣の男は、そのとき何かに気づいたらしい。

「お前はまさか……」

「そうよ」

深町彩乃はショットガンを腰だめにかまえた。強烈な思念を薬室に装填された弾丸に送る。ダブルオー・バックの九粒弾が強烈な熱を発するのを感じた。

「私は〝守護者〟になった。だから、その子を命をかけても守り抜く！」

黒衣の男が後ずさった。

「やめろぉお！」

片手を突き出すように、〝司祭〟が絶叫した。

彩乃は撃った。

至近距離からぶち込んだ散弾が〝司祭〟の右脚を吹っ飛ばした。

がくっとバランスを崩した拍子に、男の手をすり抜けて、ミチルは足早に彩乃の許へと走ってきた。その肩に手をかけて引き寄せ、自分の背後にかくまいながら、深町彩乃は次弾を装填した。

右手がほとんど利かないために、左手だけでフォアグリップを持って、銃自体を上下にしゃくり、その重みで排莢と装填をやってのけた。

ショットガンを水平にしながら、右手の指先で引鉄を引いた。

爆音が空気を切り裂き、二発目に放たれた散弾が、今度は〝司祭〟の右手を吹っ飛ばした。

すかさず銃を縦にして、左手だけで勢いよくしゃくった。空薬莢が乾いた音を立てて転がり、次の散弾が装填される。

三発目。

今度は〝司祭〟の顔を直撃して、まるで魔法のように首から上が消失した。

胴体だけになった黒衣の男が、ゆっくりと仰向けに倒れていった。完全に倒れきる前に、頭をなくした場所から、突如として青白い炎が噴き出し、あっという間に躰全体が紅蓮の炎に包まれた。

倒れたときには、〝司祭〟の体躯のほとんどは炭化していた。

「彩乃さん」

恵理香が駆けつけてきた。

三宅順と中道弥生も。

彩乃はミチルの躰を抱きしめ、仲間たちに向かってうなずいた。

これで本当に終わりだ。

しかし、あとひとつだけ、この街でやることがあった。

めらめらと燃えてゆく、悪魔の残骸を見据えながら、彩乃はある決心をした。

30

御影町にはいつも同じ山風が吹く。

遙かなる北アルプスを下りて、西からそれは寄せてきて、街の輪郭をたどる榊川の清冽な流れに沿うように、やがては東へと通り抜けてゆく。この〈ゾーン〉と呼ばれる異空間に移送されても、その法則は変わらないようだった。


彩乃たちはハイラックスに乗って街を走り、やがて郊外に出た。

怪異が始まって増殖していた花。

あのピエロは〝ザイクロトルの死の植物〟だといっていたと、三宅順が教えてくれた。太古の昔、他の星から地球にやってきたのだという。

それが〝司祭〟やピエロ、あの屍鬼ども。さまざまな魔性を操っていたのだろう。

最初は白く咲き、やがて血のように赤く染まったバラを思わせる花たちは、街のいたるところでいっせいに枯れ始めた。今では褐色に朽ちた残骸が、通りや街区のそこかしこに見られるばかりとなった。

邪神の復活は、もうなくなった。

しかし、まだやらねばならぬことがある。

彩乃たちは車を降りた。

一面のだだっ広い草原。街を見下ろすなだらかな丘の斜面だった。

街が〈ゾーン〉に〝転移〟して以来、夏草はすっかり枯れて、乾燥しきっていた。本来ならば、もっと艶やかなはずの月見草やクローバー、ススキや葦などが、褐色に色褪《いろあ》せながらも風にそよいでいた。

ここに恵理香たちは、中道浩史と谷村ちひろの遺体を置いていた。

草の海の中、ふたりの傍に並べて、彩乃たちは頼城茂志をそっと横たえた。

それから片桐穣二、進藤里沙ら、女子大生たち。

荻島摩耶だけは遺体が広範囲に散乱していたため、回収はあきらめた。

今から三十数年前、放耕農地の刈り払いのため、ここに来て作業をしていた林業関係者の煙草の不始末で野火が発生し、やがて帯状の山林火災となって、それが麓まで降りたことがある。焼失家屋が二十数軒という大惨事だった。

それほどまでにこの西風は、火の災禍《さいか》を街へと運ぶのだ。

彩乃たちは御影町のあちこちにガソリンや灯油を撒いてきた。仕上げは徹底しなければならない。そういいながら、時間と労力をさいて、あちこちの家屋、建物、公園や施設、辻々にいたるまで念入りにそれらを準備した。

そしていま、彩乃は眼下に広がる自分の生まれ故郷である街を見下ろしていた。

少し前から彩乃たちは躰の変調を感じていた。心と肉体が不安定な〝揺らぎ〟を感じ始めていた。それは彼らがこの世界にいるべきではないということ。元の世界へと〝転移〟する兆しといえた。あと数時間もしないうちに、彩乃たちはこの〈ゾーン〉から消え去ることになる。

異空間を漂っているこの街も、遠からず宇宙から消滅するだろう。

その前に、ケリをつけなければならない。

しばし風に目を細め、じっと景色を見ていた彩乃は、意を決したようにジーンズの尻ポケットから四角いライターをとりだした。

メッキが剥げかかり、よく使い込まれたジッポーのオイルライター。

頼城が残した形見だった。

傍らにミチルが立っていた。恵理香が彩乃を見つめ、黙ってうなずいた。三宅順と中道弥生が手をつなぎ、街を眺めていた。

彩乃は傍に立つミチルに訊いた。「決心はついた？」

少年はじっと街を見つめていたが、何かに憑かれたような茫洋《ぼうよう》とした様子でこう答えた。

「いいよ。やって」


カチリとジッポーの蓋を開け、彩乃は拇指で火を点けた。

オイルのかすかな燃焼臭とともに、オレンジの炎が風に揺れる。彩乃はそれを左手に持ったまま、いまいちど自分が生まれ育ってきた御影町を見た。

中学の校舎、図書館、町役場。そして——両親と暮らしていた家。

今となっては、そのどこにも生の証はなかった。街は外の世界から途絶され、呪われ、死に絶えてしまった。

たくさんあった思い出のどれを想起しても、何の意味もない。

火はすべてを浄化する。

街を葬る手段はひとつしかない。灯油を撒かれ、揮発性の燃料の臭気を発する草叢《くさむら》に、彩乃はジッポーの火を寄せた。ボッと音を立てて枯れ草に火が点いた。

最初は小さな炎だった。

それが風に煽《あお》られ、だんだんと大きく広がっていく。

草叢に横たわる頼城の遺体、彼とともに戦って死んだ仲間たちの遺体を慈悲深く包み込んだ炎は、次第に街へと向かっていった。

終章

「ハードリカーはいける口かね、若いお姉さん？」

ジャックが濁声でいい、バックバーの棚に立てていた一本を持ってきた。

バーボンのようだった。

アイスピックできれいに丸く整形した氷をグラスに入れると、そこに琥珀《こはく》色の酒を注ぎ、軽くかき回す。ひとつを寄越した。

彩乃は黙ってうけとり、ジャックのグラスと重ねてから、そっと口にした。独特の刺激が喉を這い降りてゆく。

「〈オールドクロウ〉。頼城が好きだった酒だ」

ジャックが鑢を見せてくれた。鴉《からす》のイラストがラベルに描かれていた。

オールドクロウ。いにしえの鴉。

なるほどあの人にはふさわしい名だ。

ふたりはまた死者に向かって献杯《けんぱい》をした。


キャプテン・ジャックことジャック・シュナイダーはクマのような大男で、顔の下半分を銀色の尖った無精髭で覆っていた。丸太のように太い、毛むくじゃらの腕には、六連発の拳銃をかたどった入れ墨が彫られていて〈COLT45〉と読めた。

バドワイザーやクアーズを飲みながら、独特の濁声で流暢《りゅうちょう》な日本語をゆっくりと喋る。しかし、六十歳とは思えぬ若々しさで、動きは敏捷だった。

藤木ミチルを連れて訪れた、横浜本牧埠頭の店〈CJ's BAR〉の薄暗い店内。だだっ広いマホガニーのカウンターの一角に座り、ジャックは頼城茂志の最期を聞いた。それから黙ったまま、グラスにビールを注ぎ、一気に呷った。

ゆっくりと時間をかけて飲み干し、カランと氷を鳴らした空のグラスを、ほぼ同時にカウンターの上に置いた。

「あいつはいつだって孤独だった」

あらぬほうを見つめながら、ジャックが眉根を寄せ、つらそうにいった。「だけどな。最後の最後になって、あんたのようないい女を見つけた。それだけでも幸せだったな」

彩乃は笑い、自分で壜をとって、ふたつのグラスに琥珀色のバーボンを注いだ。

ジャックがタンブラーから氷をいくつか入れてくれた。

「これからどうするね？」

「旅をつづけるわ。奴らはこの世界のいたるところにいる。私たちが狩り出す」

彩乃はひと口飲んでから、グラスを置き、煙草を一本くわえた。

大学のときは吸っていたが、出版社への就職以来、久しく口にしたことがなかった。

頼城のジッポーをとりだし、見つめる。

傷だらけの小さなボディをしばし凝視してから、拇指でカチンと蓋を開け、火を点けた。揺らめくオレンジの炎を煙草に持って行くと、火口が赤く光って紫煙が立ち昇った。

彩乃は頬を伝ってくる煙に眼を細め、傍らに座っている少年の横顔を見た。

天使のようにミチルが微笑んだ。

嫋々《じょうじょう》と長い睫毛の下、潤《うる》んだように目が濡れ光っていた。

「そろそろ行くね、ジャック」

彩乃は傍らのストゥールに置いていた、大きなショルダーホルスターをとって、ブラジャーをつけるように8の字になった輪に両腕を通した。横たえていた傷だらけのショットガンをつかんで乱暴に差し込むと、ホックを留めた。

「こいつは店からのサービスだ」

ジャックが差し出してくれたもの。

それはビアンキの革製ヒップホルスターに入った自動拳銃。スプリングフィールド・アーモリー社の・四五オートと、弾倉がふたつ差し込まれたマガジンポーチ。

彩乃は受け取ると、それをマウジーのジーンズに巻いたベルトに装着した。

迷彩柄のタンクトップの上から、薄手の青いヨットパーカを羽織る。

お気に入りのキャップを目深にかぶり、レイバンのサングラスをかけた。

「グッドラック」

別れ際にジャックがいった。

彩乃は振り向き、拇指を立てるサムアップを返し、店のドアを開けた。


市街地を抜け、湾岸道路に入った。

右手にあまり美しいとはいえない色の東京湾を眺めながら、深町彩乃はハイラックス・ピックアップを飛ばしてゆく。

傍らの助手席で、藤木ミチルが涼しげに目を細め、風に前髪を揺らしているのを見て、彼女はそっと微笑んだ。

道の向こうには未来がある。その未来がゆっくりと時を刻みながら、ふたりの間を抜けてゆく。

歴史と時に忘れられた〈ゾーン〉。

燃えさかる御影町を脱出してから、ふたりはこの〝現実世界〟に戻ってきた。

黒沢恵理香と別れ、三宅順と中道弥生のふたりとも袂《たもと》を分かつことになった。

かれらはかれらなりに自分たちで生き抜いて

いくだろう。この世界、この時代、誰も自分たちのことを知らず、また彼ら自身もこの世界に身を寄せる場所がない。それなのに、助けを借りずにやっていくという。

別れ際にそういい残し、去っていった。

それぞれの人生を取り戻そうとしているのだ。

けれども彩乃とミチルは違う。

自分たちの生活などもてるはずもなく、これから先の不安な未来を生きてゆくしかない。

御影町は滅び、〈ゾーン〉は崩壊した。〝司祭〟やピエロたち悪魔どもも斃されて、あとは平和な世界が待っている——はずだった。

すべてが狂ったのは、二日前。

渋谷のハチ公前広場をミチルと歩いていた彩乃は、うんざりするほど集まっては都会を謳歌《おうか》する群衆のまっただ中に、小さなひとりの少女の姿を見たのだった。

デニムのスカートに焦げ茶色のトレーナー。〈Ｐｒｅｔｔｙ Ｄｏｇ〉の刺繍とアップリケ。お下げの髪をした小さな女の子だ。

あちらの街で、彼女は三田村友香と名乗っていた。

その前は北本真澄。そう呼ばれていたはずだ。

ふたりは群衆に飛び込み、必死に捜したが、少女の姿は二度と見つからなかった。

邪悪はまだ生きている。

けっして根絶やしになることなく、どこかで息づいている。そして虎視眈々《こしたんたん》と復讐の機会をうかがっているのだろう。

それを捜し、討ち滅ぼすのが彩乃たちの義務。

いや、宿命といってもいい。

彼らの旅が終わることはない。

〝発現者〟と、それをガードする〝守護者〟。

お互いに果てることのない旅をつづけるのだ。

彩乃はくわえ煙草のまま、窓を下ろして風を車内に入れた。

道はどこまでもまっすぐ続いていた。

（了）

あとがき（ネタバレ注意！）

この小説のシリーズには前身がある。

角川ホラー文庫から全三巻で上梓《じょうし》していた〈ロスト・ゾーン〉という作品である。読者のみなさまの何割かは、そのことをご存じだと思う。ところが、そのまた前――があることをご存じの方はさすがに少ないのではあるまいか。

かつてエニックス（現・スクウェア・エニックス）から出ていた漫画雑誌〈少年ガンガン〉に、〈ZONE〉というタイトルで連載されていたホラー漫画があった。作画は菊地秀行（敬称略）原作の〈魔界都市シリーズ〉でお馴染みの細馬信一（敬称略）。で、原作がぼくだった。単行本にもなっているので、古書やヤフオク！　で見かけるかもしれない。

ストーリーは霧生市という架空の街（本書では御影町の隣町として設定した）に住む少年少女が、一連の怪異に巻き込まれる。大きな蜘蛛《くも》に憑《つ》かれる女性が出てきたり、無限の迷路となった墓地に迷い込んで行方不明となる警官が登場したりと、かなり本書の内容とかぶっている。というか、〈ロスト・ゾーン〉とそのリブートとなる本書〈ファントム・ゾーン〉の原型（プロトタイプ）という位置づけができる作品だった。

連載中は残念ながら読者からの評判が芳《かんば》しくなく、途中打ち切り——というか、かなり強引にエンディングに持って行ってしまった。怪異が起こると街のあちこちに棘《とげ》を持った白い花が咲いたりという設定も同じだが、漫画版ではその正体を《クラーケン》という名の怪物にしていた。もともと海に出没して航海中の船を襲うという伝説の巨大生物だったが、それが地中に棲《す》み着き、人々の恐怖を吸い取って栄養にするため、さまざまな怪異を起こすというふうにした。

そうした設定を生かすために、もっともっといろいろな怪奇なエピソードを細馬氏とともに創作していこうと思っていたのだけど、残念なことにあえなく終了と相成ってしまった。

その設定を使って三部作のホラー小説として新たによみがえらせたのが、〈ロスト・ゾーン〉シリーズだった。主役を平凡な女性編集者とし、彼女と出会う美貌《びぼう》の少年。そしてつきまとう謎の男という構図は、そのとき新しく設定したものだが、まさか、そのか弱き女性がこれほどまでに活躍する女戦士として目覚めるとは、当初、まったく想定していなかった。

のみならず街の怪異に巻き込まれて生き延びようとした者。あるいは生き残った者は、誰もが魔の闘いという経験によって、それぞれに隠されていた戦闘能力をマックスなまでに引き出され、勇敢に活躍していく。

ゾンビもののＴＶムービーの傑作シリーズである〈ウォーキング・デッド〉も、世界の終末に際して集まった人々がそれぞれの特技や力を発揮して危難を乗り越えていく群像劇だったが、本作もまた、そういったカテゴリに属するシリーズといえるだろう。

前回の〈ロスト・ゾーン〉では、屍鬼という存在の定義が理解できない、守護者と発現者の関係がよくわからないといった読者のみなさまからの反応があった。それは最終巻のラストをお読みいただくとわかるように、シリーズはそこで終わりではなく、ここからまだ続くという作者の意図があったのだが、そうしたことが伝わらず、みなさまにいらぬ苛立《いらだ》ちをさせてしまったという反省もあった。

そこでシリーズのファンだという創土社の増井暁子氏が、ぜひ復刊、いや、リブート作品としてもう一度、よみがえらせたいと強く熱望され、そこにクトゥルー神話という設定を持ち込んではどうかという、実に素敵なアイデアを出された。

ぼくとしてはシリーズ復刊はもちろんのこと、クトゥルーでこれをもう一度、書けるならと、二重の喜びとなった。そして「敵の定義が分からない」「設定が理解できない」といわれた読者のみなさまの不満も、これで見事に解消できるのではなかろうか。

これこそまさに僥倖《ぎょうこう》というか、いにしえの邪神様がもたらしてくれた大いなるチャンス！

クトゥルー神話といえば、いまは古典であるが、《邪神の復活》というテーマが常にあって、それがさまざまなかたちでホラーストーリーとして創造されている。本シリーズにそれを組み込むにあたって、もちろん基本的な設定は踏襲《とうしゅう》するとして、「いかにもあの樋口らしい解釈だな」と読者のみなさまをニヤリとさせるべく、内容を変えたつもりだ。

前シリーズでは、過去と現在のそれぞれのエピソードをカットバックのようにくり返して行き来させるという手法を使ったが、それだとわかりにくい。また、それぞれの登場人物に感情移入しにくい――ということで、各エピソードを最初から整理し、ほぼ時系列通りに組み直してみた。そのため、かなり読みやすい展開となっていると思う。

創土社の増井氏からは「どのエピソードも大好きなので、なるべくカットはしないで！」とリクエストされたのだが、構成上、どうしてもやむを得ず削除する場面も少しあって、そこはもうしわけなく思っている。

が、それぞれのエピソード中の盛り上がる場面は、自分なりにかなり手を入れて、さらに面白い場面にするように努力してみた。

おかげでこれは小説の仕事というよりも、映画の編集作業、あるいは新たなるディレクターズ・カットの制作のような感じで、自分としても実に新鮮で楽しい経験となった。

だから、前シリーズを三巻ともお読みいただいた読者のみなさまにも、今回は新たにまたじゅうぶんに楽しんでいただけるのではあるまいか。

クトゥルー神話大系に初めて触れたのは、たしか大学の頃だったと記憶する。

最近の若手のファンはＴＲＰＧなどのゲームから入る方がほとんどだと思うが、ぼくは創元推理文庫の〈怪奇小説傑作集〉だとか〈ラヴクラフト傑作集〉あるいは〈ラヴクラフト全集〉から入った、いわばオールドタイプのクトゥルー・ファンである。むろんそのあとのオーガスト・ダーレス、ロバート・E・ハワードはもちろん、スティーヴン・キングや他の作家によるクトゥルーの継承作品に触れ、国書刊行会はもとより、もちろん創土社から出たいくつかの作品にも触れてきた。

　また栗本薫（敬称略）、そして菊地秀行（！）の作品中に登場するクトゥルーの世界観は大いに楽しんだものだ。

　もっともぼく自身がそこまでクトゥルーに入れ込んだかといえば、さにあらず。おそらく今のゲーム世代のみなさんのほうが、ずっとこの世界の設定にお詳しく、なおかつ楽しまれているような気がする。

　そもそもラヴクラフトが作った神話は、具体性に欠けていて、旧支配者もちらっと姿を見せる程度だし（いや、だからこそ怖いんけどね）、あとは読者の想像力におまかせ的なところもあった。ラヴクラフト亡き後、この設定を明確化していったのはダーレスだとお聞きするが、ぼくはどちらかといえば、邪神の類いがはっきりと出てきて何かをする話よりも、旧支配者が出現するに至る前振りのほうがゾクゾクして楽しめた。

　本シリーズで御影町という街に暮らす人々を脅かし、次々と死に追いやっていく屍鬼という存在は邪神＝旧支配者そのものではなく、あくまでも眷属であり、本体の邪神は実は――おっと、これを明かしたら完璧にネタバレだ（笑）。

　まあ、なんだかんだいって、肩肘《かたひじ》張らずに読み飛ばせるホラー・アクションとして大いに楽しんでいただき、その中にクトゥルー神話大系の片鱗をいくつか見つけて下さったらありがたい。

ぼくの作品はよく映画的だといわれる。

また、映画で観てみたいとおっしゃる読者の方も少なからずおられる。

というか、ぼく自身がエンターテインメントとしての映画が大好きだから、必然的に描写が映画的になる。銃をただ撃つだけではなく、射撃時の反動を描写し、空薬莢が路上に落ちる真鍮の音まで再現する。撃たれたり、殴られたりした者の痛みを伝え、傷口からしぶいた血の生臭さが読者に伝わるように描く。

アクションのみならず作品そのものの盛り上げ方も、活字を追いながら映画的な興奮が読者に伝わらないかと思いながら書いている。

逆にいえば、ぼくの小説――とりわけこのシリーズは、その映画から多大な影響を受けている。おそらくいくつかは読者のみなさまにも伝わり、感じていただけているのではないだろうか。

ジェイムズ・キャメロン監督から始まった壮大なＳＦ〈ターミネーター〉シリーズは、本作品の基調となった。作中でもそのことに何度か触れているし、闇を貫き、未来に向かって流れて行く絶望と希望の道路というあの見事な描写は、このシリーズにとっての大きなリスペクトとなっている。

もうひとつ。〈ファンタズム〉という映画がある。

当時、まったく無名だったドン・コスカレリ監督が作ったこのホラー映画は、自主映画に毛が生えたような低予算ムービーとして制作されたが、予想外にカルトな人気作品となってシリーズ化となった。異世界から侵入してきた魔人が、墓場から死人をよみがえらせては街を破滅させ、世界を滅ぼしていくというテーマは、もちろん、本シリーズで踏襲させていただいたものだ。

そして靴音《くつおと》高らかにスローモーションで歩いて迫ってくる長身の魔人。金属音を立てながら空中を飛翔する奇怪な銀球。魔物に向かって放たれるショットガン！　まさに、本シリーズはこの映画のイメージによって書かれたものだ。

その他、キング原作の〈クリスティーン〉、もちろんホラー映画を語るに外せないジョージ・A・ロメロ監督の〈ゾンビ〉シリーズ。さらには〈リング〉〈呪怨〉、黒沢清監督などによるJホラームービーまであますところなくいただいているのは、このシリーズの恐怖の端緒《たんしょ》が人々それぞれの持つ恐怖のイメージというところから来ている。

人間には誰しもトラウマとなるものがあって、それを具現化させて襲うという屍鬼の存在は、この先も中心的な設定として継承されてゆくことになる。

――というわけで、さて、いよいよ次巻、〈ファントム・ゾーン〉の第三弾は書き下ろしによる新作。ゾーンに送り込まれて消滅してしまった御影町から、からくも生還した深町彩乃と藤木ミチルの新たな物語。

眷属《けんぞく》の長たる〈司祭〉、そしてもうひとりの存在を倒された屍鬼たちは、予想外の手段でまた別の街を乗っ取り、そこに今度こそ、邪神の復活を成し遂げようともくろむ。

その街は――横浜。

それだけではない。

港町・ヨコハマと来たら、やっぱりハードボイルドでしょ。〈あぶない刑事〉じゃないけど。

深町彩乃は、今や街のヤクザや警察からも一目置かれる腕っ節の強い女探偵。しかしてその実体は、人間になりすまし、社会のそこここに潜む屍鬼たちを狩り出すクトゥルー・ハンター。彼女の相棒は、その鼻で人にまぎれた魔物の正体を嗅ぎ分ける狼犬のミロ。そしてもうひとり――美貌の女子大生だった黒沢恵理香は、ライフル射撃の才能が開花してマークスマン級の腕を持つスナイパー。

かつて魔物たちとの壮絶な闘いでサバイバルした女性たちは、サラ・コナー真っ青の女戦士として、横浜の街をふたたびゾーンに引き込もうとする魔の存在を相手に敢然《かんぜん》と闘いを挑む。

作者であるぼく自身も、執筆しながら、もうわくわくしています。

読者のみなさまも、乞うご期待！

二〇一六年十月某日
樋口明雄

本シリーズは二〇〇八年九月から二〇〇九年八月にかけて角川ホラー文庫より刊行された「ロスト・ゾーン」シリーズの三冊を、クトゥルー小説として加筆修正し、上下巻の新装版としたものです。

＊初出

ロスト・ゾーン・シリーズ

『闇の守護者』二〇〇八年九月

『魔の聖職者』二〇〇八年三月

『光の発現者』二〇〇九年八月

ファントム・ゾーン・シリーズ　書き下ろし新刊予告

『クトゥルーハンター　〈屍鬼狩り〉』

樋口 明雄

横浜港近くにある店〈CJ's BAR〉。その二階にある〈深町探偵事務所〉。女探偵・深町彩乃は腕っ節が強く、街のヤクザたちからも一目置かれる存在。しかし、実は彼女は社会のそこかしこに潜伏し、邪神の復活をもくろむ 屍鬼たちを狩り出して抹殺する闇のハンターだった。

彩乃の相棒は、犬のくせにアル中のウルフドッグ(狼犬)。名はミロドラゴビッチ。もうひとり、〈CJ's BAR〉で演奏する美貌のピアニスト、黒沢恵理香は、実はマークスマン級の腕を持つスナイパー。彩乃と恵理香は〈御影町事件〉のあと、クトゥルー・ハンターになるべく、店のマスター、元傭兵であるジャック・シュナイダーの導きで、三年間、アラスカに渡って、プロから戦闘訓練を受けてきたのだった。

その頃、人体自然発火や、躰じゅうから血液を抜かれた死体など、横浜市内各地で怪事件、異常現象が頻発していた。捜査に当たっていた県警のキャリア警察官、神谷はふとしたことで闇のハンターの噂を耳にする。

ゆいいつ、邪神の復活を阻止できる〈光の発現者〉、藤木ミチルは、今は大学生。街ゆく女性が振り向くばかりの美青年となっていた。その身辺にも 異常現象が起こり始め、彩乃はミチルに迫った危機の恐るべき正体を知ることになる。

折しも、横浜は開港記念祭に向けて盛り上がっていた。しかしその巨大なイベントにも、ひそかに魔の手が迫る。
〈古きものども〉の大いなる復活のために、横浜の街が少しずつ魔界へと変貌してゆく……。

シリーズ待望の書き下ろし長編！

2017 年 1 月刊行予定

ファントム・ゾーン
邪　神　街　下

2016年12月1日　第1刷

著　者
樋口 明雄

発行人
酒井 武史

カバーおよび本文のイラスト　末弥 純
帯デザイン　山田 剛毅

発行所　株式会社　創土社
〒165-0031　東京都中野区上鷺宮 5-18-3
電話 03-3970-2669　FAX 03-3825-8714
http://www.soudosha.jp

印刷　株式会社シナノ
ISBN978-4-7988-3039-1　C0293
定価はカバーに印刷してあります。